分手師

What's Left of Me Is Left of Yours

Stephanie Scott

史蒂芬妮・史考特——著

劉曉米——譯

目次

第三部

第四部

第五部

無論天堂的門多窄，
待受的罪罰多難以計數，
我是我命運的主宰，
我靈魂的統帥。

——威廉．恩尼斯特．亨利（William Ernest Henley）

序幕

皿島是個美麗的姓氏，一個如今只屬於我的姓。我並非出生就姓皿島，但我選擇這個姓，因為它曾經屬於我母親。

按慣例，在遇見某人時，我們會先說明自己是誰，打哪兒來，因此無論你理解與否，你都已經知道我是誰、我的故事。看仔細了。細細看入你內心最深的角落，並且翻找掩埋在底下的那些剪報、新聞快報和八卦小報的犯罪消息。你會看見我。我是一篇報導末尾的一行文字；我是以句點結束的最後一句話。

分手師入戲太深？

文／山田優

發布時間：一九九四年五月十六日晚上六點三十分

被控謀殺佐藤理奈的中村海太郎審判，今日於東京地方法院開庭。

由於被告中村的職業，此案已引發國際間的注意。作為告別店，或者所謂的「婚姻破壞」行業裡的分手師，中村坦承受僱於被害人丈夫佐藤里，藉由誘惑妻子佐藤理奈，達到離婚的目的。

中村宣稱他和死者墜入愛河，並且計畫一起展開新生活。倘若謀殺罪成立，中村將面臨至少二十年的徒刑：法官甚至可能考慮判處死刑。

佐藤理奈的父親，皿島先生告訴記者：

「應該禁止這類破壞人們生活的行業繼續在東京執業。理奈是我唯一的孩子，也是我們家的核心。失去她的傷痛，我永遠都無法平復，我也絕不原諒。」

佐藤理奈身後留下一名七歲的女兒。

記得初次讀到此消息的情景嗎？在家裡的早餐桌，還是辦公室？隨手翻閱著晨間新聞？當你讀到我的家庭時，我可以看見你的表情；雙眉輕攏，鼻梁上方浮現皺褶。或許是濃醇又安撫人心的咖啡香氣，終究你搖搖頭，翻過該頁。這世界充滿奇聞異事。

在海太郎捲入我母親生命的那個年代，分手師在日本尚不常見。但由於需要此類服務，如今世界各地都不難發現此行業的蹤跡。瞧瞧你身邊的人：那些你愛，那些愛你，那些覬覦你所有的人。他們都可以輕易走入你的生活，如同走入我的。

現在你知道我們是在何時初遇，或者在哪兒相遇的嗎？電訊報、紐約時報、世界報、雪梨晨鋒報？我的故事在外國媒體上畫下句點。之後的報導聚焦在婚姻破壞行業本身，以及賣身其中的人，再也沒有一篇文章提及我。重建的生活永遠不及被搗毀的有趣。就連在日本，我都從頁面上銷聲匿跡。

第一部

當你帶著知識去看世界，你將領悟事物
不變，同時又不斷改變。
——三島由紀夫

壽美子

名字的意涵

對皿島家來說，孩子的命名只是一場家族盛事。對我而言，則標示著傳統的羈絆，這傳統將執掌我一生。我母親那邊親戚的命名儀式總是選擇在目黑區清治寺舉行。那間從我們街尾公園就可瞥見的寺廟。它座落於我們街坊的正中央，在山腳處；高聳的翠綠屋瓦，在陽光下晶瑩閃爍，門廊的紅柱從周遭的建築物上探出頭來。

成長過程中曾聽外祖父說，我們家族自搬到東京後都在這裡參拜。他說在城市遭轟炸的期間，他們還是持續祈福，戰後，他們又重建了寺廟。對他來說，這廟象徵著重生。

我出生後，母親一能下床出門，便和家人前往清治寺（而非聚集在客廳東邊角落的「神棚」）神龕前舉行儀式。我母親把我抱在懷中，穿越寺廟重重的門，進入廟宇的中殿。

當我們爬上通往主廳的石階時，我母親抬眼瞥向寬大的木頭屋頂，看見它彎曲的屋簷一路往外開展伸出建築本體，把陽光隔絕在外，簷下涼爽陰暗。廳內，我們穿過氤氳的甜美煙香，來到祭壇前。周遭強風陣陣、氣流迴旋，寺廟旁的銅鐘開始敲響。

我自然不記得這段旅程，但我可以十分清楚地看見：我裹在奶油黃的毯子裡，父親拿著外祖父送我的白色小老虎玩偶，外祖父則穿著他入殮時的那套三件式西裝。我已聽過這故事千百次，所以早滲入記憶中。一名穿著靛藍僧袍的蒼白僧侶向我外祖父鞠躬，並且接過裝著一些精選名字的小囊袋。那是我母親事先備妥的，她先問過占星師，然後從中選出她最愛的三個，數算每個字的筆畫，好確保每一個名字和我們的姓相加後，能得出理想的數字。

我仍可看見她坐在家裡的餐桌前，穿著拖鞋和牛仔褲，一件過大的T恤蓋住隆起的肉球，也就是我。百葉窗是拉開的，太陽斜映在家中的大理石地板上，電鍋在廚房裡噗哧作響，洗乾淨的碗盤晾在滴水架上。我母親把一張張的宣紙擺在面前，轉向身旁的硯臺。我可以看見她把毛筆浸入墨水中，嗅聞空氣裡升起的馥郁泥味和松煙墨香。當她在紙面上按壓筆尖時，筆毛彎曲，寫出第一道流動的筆畫。

僧人再次鞠躬，並把姓名放入祭壇上的一只淺碟裡。然後雙膝跪落，他選了把精緻的木扇，順著飄過屏風而來的微風，打開扇子翻攪氣流。每個人都靜寂無聲。我母親所寫的名字一個接一個地朝天花板飛去，焚香灰色的煙朝屋椽高揚。終於，只剩一個名字留在柚木碟上。

外祖父跪下，從祭壇上拿起此名，逐字解釋這名字的意涵時，臉上綻放出一朵微笑：慶賀、美麗、孩童。

「壽美子」，他說，「皿島壽美子。」

整個過程中，我父親始終緘默。「收養」儀式在分娩前幾週就已商訂。根據日本法律，夫妻雙方必須共用同一姓氏，但在特定情況下，丈夫可以採用妻子的姓氏，並加入她的家庭，好讓她的姓與血脈得以延續。我父親是他家中的次子，因而佐藤家欣然同意。然而那天，當僧侶拿出一張新紙，準備寫下我的姓名時，我父親卻說話了：

「佐藤，」他說，「她姓佐藤，不是皿島。」

我所知道的

我由外祖父皿島耀西養大。

我和他一起住在東京目黑區的一幢白色屋子裡。

傍晚時分，他總會讀書給我聽。

他告訴我每一個故事，唯獨沒有我的。

外祖父是位律師，他講話總是字斟句酌。即便我們單獨在他書房，我坐在他膝上，描摹著他皮製扶手椅上的細褶子，抑或再年長些，我坐在他身旁的板凳上，即便這些時候，他都用詞精準。直到今日，我都對這份精準堅信不移。

外祖父什麼都讀給我聽，三島、沙特、大仲馬、托爾斯泰、松尾芭蕉，他年輕時的故事，和在下關港獵鴨的故事，還有一本書《審判》，後者成了我的最愛。故事的開頭像這樣：某個人說了個關於喬瑟夫．K的謊。

當我們頭一回讀到這行字時，外祖父解釋故事是翻譯的。當時我十二歲，伸長觸角探索自身之外的世界，然後我找到那泛黃的頁面，順著筆畫撫摸勾勒出某種新大陸的漢字。我朗讀著開頭，試圖召喚喬瑟夫．K的形象：一個寂寞的男人，一個別人會說有關他謊言的男人。

等我再長大些，我開始和外祖父爭辯《審判》。他告訴我其他人也對這本書意見分歧，直至今日，人們還在因為它爭吵不休，尤其是其中一個字的翻譯——「verleumdet」，造謠。在這故事的某些版本中，此字被譯為「誹謗」。誹謗牽涉到法庭、控告和輿論清算。這樣的詮釋完全顛覆童年對「說謊」的認知。然而，當我初次閱讀此故事時，正是「說謊」二字令我著迷。

謊言一說出口，便蒙上一層暗影，一種可以縈繞纏裹一個生命的蛛絲質地。它們具有那種輕如鴻毛的童年本質，而我的童年即建築在謊言上。

母親過世的那個夏天，我們去了海邊。每當回首那段時間，那幾個月不斷給我一種終結感，並非那是我和母親共度的最後一個假期，而是那是我最後真實回憶裡的一個遺址。

當每年八月的熱浪吞噬東京，我家就會收拾行裝，搭上支線火車前往海邊。我們去下田市。父親留在城裡工作，但外祖父皿島會和我們同往。每回他都向車站的同一攤販購買冰凍的小橘子，待旅途享用，而在金屬打造的車廂中，熱得快冒煙的母親和我，總不耐地等著水果變軟，我們好啜飲裡頭雪酪般的果肉。最後，當我們的下巴糊滿黏乎乎的果汁時，母親會從狹窄的雙人座裡，轉身面向我，問我到海邊後想做些什麼，就她和我兩人。

我們在半島的房子很舊，木頭門柱都被掃過太平洋的風磨蝕得變形，當我們朝著小山頂崎嶇的海岬攀爬時，看見那結了鹽殼的陰暗大門便表示家不遠了。Washikura——鷹巢；座落在富士山和海之間，俯瞰海灣的房子。

日本環山而建，人們層層疊疊水泥方盒、網籠。很少人能擁有土地，但下田的房子戰前就屬於我家族，戰後在失去一切的情況下，外祖父辛苦保存下來。

房子上有沿山丘攀緣的森林。孩童時，我是不准單獨上去的，所以那年夏天在火車上，當我一回視母親時，她便立刻明白我想提出什麼要求。下午母親和我會爬上鷹巢後方的森林高坡，眺望在秋天前轉為深色的茶田。我們躺在多石塊的黑土上，嗅聞松香辛辣的氣味。某些日子裡，我們還會聽見盤旋其上的海鷹叫聲。

外祖父知道這森林，但他從未上去找過我們。每天下午四點，他會去山坡底，然後對著樹林抬頭大喊我們的名字：「理奈！」「壽美！」。當外祖父的聲浪在空中飄蕩並且緩緩消失時，我們在松林間，依偎著彼此咯咯傻笑。

我通常比母親先聽到外祖父的叫喚聲，但我總是等她比出安靜的手勢。我們在森林裡的最後一個下午，我動也不動地躺著，感受母親陣陣吹拂在我臉上，輕柔均勻的呼吸。她緊摟住我，平靜徐緩地吐納。我張開雙眼，凝視著她垂落雙頰的深色眼睫。我把她的蒼白，她的靜止，收進眼底。我聽見外祖父開始叫喚，他的聲音細薄且遙遠。我更緊地抱住她，親吻她的臉頰，用我的呼吸吹散冰冷。突然間，她微笑了，雙目依舊緊闔，卻伸出手指按在她的唇上。

我們現已不再擁有位於下田市郊的家，鷹巢；外祖父數年前賣了它，但今天，當我去到那裡，穿過矮樹叢往上爬，我可以感覺母親在那裡，在樹下。當我席地躺下，頰下枕著尖銳的松針，我想像那拂面的沁涼微風是她手指的輕觸。

理奈

熱海

理奈站在鷹巢的花園裡，順著富士山綿延而去的坡道和群山遠眺，林木叢生的山丘籠罩於暗影中。她思索數百萬年前，構成此半島的板塊是如何聚合，導致一片有火山群、地震和溫泉的土地從海中升起。

她知道火山還活著。在晴朗的日子，可以看見覆雪的山巔有蒸汽和煙縷繚繞。暗示裡頭有新的島嶼、高原和半島等待降生。但那年夏天，當理奈看著眼前的山坡漸漸從萊姆綠轉成石榴紅到鐵鏽紅，她想到的不是未來會發生什麼，而是花園裡，跪在外祖父耀西旁的小女兒，她正用手中的小鏟挖著杜鵑花下的黑土，小臉氣嘟嘟地別開，不看她的母親。理奈抬眼看向俯視他們的群山，而在爺孫平靜的視線中，她爬進她的紅色Nissan，駛向熱海。

在人潮擁擠的濱海區，理奈煞車，尋找停車位。熱海已經成為享樂者天堂。領薪階級群聚到海灘，渴望用夏日度假屋、購物商場和卡拉ＯＫ，替自己在東京耗損的元氣充電。飯店因天然溫泉而獲利，建築物許久以前就取代了樹木。曾經環繞全鎮的樟腦和洋齒森林不斷遭砍伐，直到幾乎消失殆盡。理奈在海灘尾端停好車，然後沿著海濱往回走，抬手遮住從地面或其他水泥構造反射來的刺目陽光。

「你來啦！」

聽見這聲音，理奈轉過頭。海太郎正穿過海灘朝她走來，光腳走在沙上。她微笑，望著他悠緩地邁著大步。

「我怕你放我鴿子。」走近時他說。

「你才不怕。」

「當你不在我身邊時，我就怕。」他回答。

理奈笑了，他們開始走向在藍色水波中上下浮動的遊艇。

她在一個廣告著 azuki 的紅豆冰淇淋的小攤前停步。她身邊，海太郎把原本兩手拎著的拖鞋集中到一隻手上，然後掏出錢包找零錢。

「麻煩，一支就好。」

理奈對他微笑。「我女兒喜歡紅豆。」她咬下一口冰淇淋，品嚐豆子的焦糖甜香時說。她感覺到海太郎的視線，便垂下眼簾。

「我們可以帶壽美子來這裡，」他說。

「不可能。」在他走至身後時，理奈稍稍移動身體。她的背感覺到他的體溫，她的耳感覺到他的吐納。

「倘若我們只帶她出來一個下午，耀西不會發現的。」

「那這一切結束時，我要怎麼跟她說？」

「不會結束的，理奈。」

他從後面擁住她，貼近他的胸膛，她的腳趾陷入白沙中，感受到細小的沙粒從她的紅拖鞋和肌膚間滲入。

「我不該來這兒的。」她說，但她話還沒說完，就尖叫出聲，因為他一把舉起她，扛在肩上。

「我的天！」她生氣地小聲說道，同時用拳頭打他，「你在幹麼？」當手中的冰淇淋掉落沙灘時，理奈倒抽一口氣。

「這裡人太多，」他說，「我們沒法說話。」

「你多大啦，是小孩嗎？」

海太郎對她咧嘴笑道，「你把我最壞的一面引出來了。」

「大家都在看。」

「我不在乎。」他說。她想這是真話，他真的不在乎。

直到抵達他車旁，他才把她放下。理奈可以感到自己雙頰上飛起的紅暈；人們還在看他們。海太郎伸出手掌捧住她的臉頰。「理奈，」他說，「你今天都要和我在一起，所以努力專心喔。」

她深吸一口氣，抬眼看他，「我不能待太久。」

城鎮連山，車子沿山路上行，理奈瞥見窗外景色，那是一條夾道種滿松樹的窄路。深藍的海灣周邊是水泥構造。從坡道上，她可以看見熱海邊緣矗立著落羽杉和香柏木，彷彿在說，它們總有一天會收復故土。

他們駛向一間停車場，該處有石徑通往山腰。理奈用手帕把她的鮑伯短髮向後束起，以免被強風吹亂，然後她趕上已經在斜坡上的海太郎。兩人一起向上爬，走進一個夏蜜柑果園，夏季的柑橘沉甸甸地垂掛在枝頭，襯著像莢果般裹住周邊的深綠葉片。海太郎在草地上挑了塊合適的地點，把他從車上帶來的大衣鋪在地上——裸色的大衣是紐約偵探常穿的那款，理奈微笑，她喜歡拿此來取笑他。然而幾分鐘之後，當清涼的氣息吹拂在她的頸後時，她感到一絲不自在。她鐵了心跟他來的。他想索求更多，非常非常多，這點她很確定。理奈稍稍挪開身子，把裙襬拉過膝頭，當他在小背包裡翻找時，她又在大衣上往更遠處挪了挪。

海太郎抬眼看她；他必定看見她臉上的緊張，但他只是微笑。他的右手伸到背包底部時，理奈的指甲掐入掌心。

「我帶了這個給你，」他說。

她轉頭看向他手中握著的東西：一臺型號 EOS 3500 的佳能相機。

驚訝的情緒湧現，讓她忘了焦慮。她曾在秋葉原的後街上看過一臺，在很多目錄上看過它，但她從未擁有過。

「沒關係的，」他說，「拿去。我想我們可以趁在山上的時候做點工作。」

「工作？」

「你不覺得是時候了嗎？」

理奈別過頭。他不斷提起這事——她曾打算重拾攝影生涯的可行性，但她害怕，假如你棄置一件事太久，它是不是就廢了？

「理奈，我找到你的文章，你在《曝光》（*Exposure*）上發表的那篇。」

理奈緊咬下唇。「那只是實驗。」

「讀起來不像。」

「那是我放棄東大法律學業之後所寫。爸爸把每一本都丟了。」

「我可以幫你找到一本。」

「不需要，」她說，然後她看著他，「我都記得。」

默默地，他把相機交給她。

他們穿過果園，在樹葉堆上躺下。理奈注視著他，雙眼追隨他流暢的動作，他手指敏捷滑過鏡頭斜邊，調整光圈，讓山坡的自然色調更加凸顯。她就這麼一動不動地在他身旁待了半小時，享受快門的喀擦聲，感覺相機在她手掌中的重量。然後，慢慢地，她舉起她佳能的取景器，觀看他眼中所見的景象他們拍完彩色相片，接著測量下午的光線，便換成黑白底片，藉由黑白濾鏡勾勒出葉片的形狀。她回首，發現海太郎單肘撐地，正注視著她；他在等著捕捉她的影像。理奈斜睨他一眼，他咧嘴笑了，把鏡頭從相機上扭下來。她傾身靠向他，望著他的手伸進背包，扯出另一個鏡頭，遞向她，述說他如何捕捉他們身上漂移的光線。

之後，光腳坐在草地上，理奈伸長手，從一根枝椏上摘下顆橘子。她用拇指指甲剝開鮮豔的橘皮和橘絡，海太郎走到她身畔坐下，細微的橘皮汁液噴濺在空氣中。她把果肉掰出，把一半遞給他，然後吸吮從她掌心流出的酸果汁。當太陽沉落地平線下，理奈後仰，靠在他肩頭。她一邊的臉頰枕著他的鎖骨，凝望在林間閃爍的光線

一小滴水落在理奈的髮上，接著是兩滴、更多滴，直到陣雨穿透樹葉灑落，她才站起來。雨勢越來越急，簡直成了暴雨，山區就是這樣，矮樹叢浸潤在飽滿的溼氣中。海太郎把大衣披在兩人身上，她則連忙抓起她的拖鞋，兩人手腳並用滑過溼漉漉的樹葉，慌忙衝下山，回到他的車上。瀑布般的水流沿著車窗狂流，白色山嵐湧現，環繞著山坡，在完全遮翳群山之前，把景象從立體拉成平面的。兩人都沒打開收音機，他們沉默地坐著，海太郎牽起她的手，十指交扣。

「我拿下野口攝影獎第三名，」他說，「他們將特別展出我的一幅作品，你會來嗎？」

「在哪裡？」理奈問，轉頭望著他。

「秋葉原的一間倉庫。要是藝術不合你的口味，我以後就只帶你去吃上野蕎麥麵。」

理奈微笑；他是如此機靈地覺察她對食物的癡迷。

「不准提起鴨肉蕎麥。」她說，伸出手警告他。

「如果你能來，將對我意義非凡。」

她看著他，笑意從眼底淡去。「那麼我會去。」

雨緩緩轉成毛毛雨，在夜幕輕籠時完全停止。

他們下車，走向路邊的圍欄；山坡處還有縷縷霧靄逗留，他們看見海從掀開的面紗中浮現。

海太郎伸出雙臂環住她，摩搓她的肩膀消除寒氣。「我應該走了，」她說，但現在她有些捨不得離開。「海，」她轉向他，「關於今天……」

「你什麼也不必說。」

「謝謝你。」

他把她的頭髮從臉上拂開，解開固定住髮尾的溼手帕。理奈看著他把手帕放進他口袋，而她也默許。

「我愛你。」他說。

理奈在他的懷中輕挪身體，她想說些什麼，但他搖搖頭，把手指放在她的唇上；手指停留處觸感粗糙。

「我真的愛。」

壽美子

東京

我母親在成為一名妻子前是位攝影師。每年我們去海邊時，媽媽會和我在海灘上玩，殺完一卷又一卷的底片。外祖父會將這些底片送去柯達，做成柯達克羅姆幻燈片。秋天時，當葉色轉深，我們回到東京，母親會在外祖父位於目黑區的家，打開一瓶可口可樂，我們會用幻燈機把所有幻燈片一次放完。

我依然保有它們，這些勉強算得上家庭電影的幻燈片；它們被收放在目黑區房子的地下室，以窄皮匣歸檔保存。有時候我會下去拿出來觀看。它們很美，每一張長方形的瑰寶，鑲在白色的卡片中。我可以看見微型母親在咬一個冰淇淋甜筒；而在玩沙的我，拿著我的紅色小水桶，泳衣被捲上岸的潮水濡溼；外祖父躲在一把陽傘下，儘管他已經在陰涼處了。

我還有其他記憶，但卻不是下田市的。它們片段且隱約地閃現，在我的心靈之眼中，下田筆直的海岸線，和多岩石的海灣被開闊的港口所取代，而且在我不停向前奔跑時，我聽見雙足在水泥地上的拍打聲。還有些浮光掠影是清澈流動的景象：我看見浪間的遊艇，繃緊的船帆；我感覺有雙強壯的手臂把我高舉在空中；相機鏡頭的太陽反光讓我別過臉去。一個男人的手遞給我一支紅豆冰淇淋甜筒，一個擁有優雅修長手指的男人，那些手指不屬於我父親。

我從未在我外祖父的地下室找到這些影像，我也沒在我們的任何相片中看過那個海港。但有時候，我在飄散著紅豆焦糖香氣的夜裡醒來。微風在周遭逡巡，遠方傳來人交談的回音，但那或許只是天花板風扇的颼颼聲和廚房擺著放涼的小圓麵包香，外祖父的管家花江曾教我做過。

我曾問過外祖父這些記憶。他說我記得的是我們在下田市度過的夏天。當我繼續望著他，他笑了，然後示意我坐在他椅旁的凳上。他伸手拿起疊在書架邊緣的一落書，手指順著精裝本、平裝本和詩集摸索。「今天要讀哪一本？」他問。

數年之後，當纏裹我生命的謊言終於開始崩解，我再次站在我外祖父的書房裡。由於我去東大替應屆畢業生演講「法律人的職涯發展」，我穿著海軍藍套裝、頭髮往後梳成光潔的馬尾；完美無瑕卻遲到了，因為我找不到我的筆記。

我記得我趴在外祖父的書桌前，文件胡亂拋扔得到處都是。我一年前便通過核可，加入日本律師聯合會，現在我在和光市最高法庭的實習已近尾聲，最終測試也剛完成，這麼多月以來，我輪流跟隨法官、檢察官和律師見習的所有案件早把書桌堆滿，找不出半點空隙。外祖父和朋友們泡溫泉去了，但他老早就把辦公室讓給我，我的職業選擇、獲得「野村＆東野」錄用讓他太滿意，因而對這入侵毫無異議。

走到書房角落的皮椅處，我翻找留在椅上的檔案夾，每日從家中前往和光，漫長的通勤時間讓我經常在皮椅這兒看文件看到睡著。過去一年中，為了超越其他見習律師，我接下額外的案件，並且努力工作以建立律師和檢察官圈中的人脈，但睡眠債終究得償還。

我跪在地上，伸長手去拿一札紙，那可能是我的筆記，就在此時，電話響了。我的一生都在這間書房裡：童年和大學的證書；外祖父最知名的案件報導裱框；他替我保留的當今大事剪報。外祖父總會坐在早餐桌前，邊啜著他最愛的冷麵，邊把當日新聞剪下，這樣我才不會沒跟上時事。我在這房裡讀過每一篇文章、每一個故事，除了我自己的。對於幾乎聞所未聞關於我人生的過往種種我深深著迷。

「喂？」我說，接起電話。

「午安，」那聲音說。是個躊躇的女性聲音，「皿島先生在嗎？」

我心不在焉，因此邊對著話筒咕噥，邊掃視書房。「恐怕他現在在箱根町喔，有何指教？」

「請問這是皿島耀西先生的家嗎？」

「是的，」我再次解釋。「我是他的孫女，壽美子，有什麼可效勞的嗎？」

「是佐藤理奈女士的家和家人嗎？」

「我母親已過世。」我回答，開始對這通電話和電話那頭的人產生好奇。靜默。有片刻我都覺得對面的躊躇女聲已斷線，然後，我聽見她吸了口氣。透過聽筒，她說：「我這裡是法務部矯正署。很抱歉打擾您，佐藤小姐，我是因為中村海太郎的緣故才致電。」

「誰？」我問。

隨著我的話音消失在空寂中，對方掛斷。

鐘聲

人們說「覆水難收」；表示話一出口，就有了自己的生命。在我母親人生的最後一年，外祖父開始帶我去城裡的一間寺院。當我們一路朝淺草寺前進時，周圍人聲嘈雜。我邊走邊深呼吸，吸入燃燒樹葉和焚香的氣味，並拉扯外祖父的衣角，外祖父低頭，把我抱起，繼續往前走，穿過市場。那是我們之間的新儀式，每週例行參拜。他把我再托高些，托在髖關節上，將我的黃色裙襬塞入雙腿中。我會邊走邊和他喋喋不休，指出每一件吸引我注意力的事。上百攤販分布在大街入口和淺草寺之間，而且還有另一個東西走向的拱門，但他總選這道門，因為我最喜歡；這裡有我最愛的點心。

「小饅頭（manju）！」我指著賣油炸果醬小圓麵包的一個攤販要求。山藥、櫻桃、地瓜、巧克力，我全都愛，但我是為紅豆而活。「小饅頭，外祖父。」我重複。已經有一長條人龍往外延伸，離店好幾條巷子遠。人們彼此推擠，試圖挨近些，各種口味的熱圓麵包在櫃檯下依序排列。一名矮壯的中年婦女站在人潮中央，維持銷售動線的順暢，她會推下一位客人上前，一等他們選好麵包，便把他們推開，動作幾乎一氣呵成。

我指著一盤金色的小饅頭，但外祖父搖頭。「紅豆！」我尖叫。

「等會兒，壽美子。」當我惱怒地拉扯他的頭髮時，他說。

「你有帶媽咪來過這裡嗎？」

「有，她小時候。」外祖父邊回答，邊換姿勢，把我托到他的臂邊，可能我已經長太大，抱不動了，但他似乎不介意。他說他想記住這個年紀的我。

「媽咪呢？」我問。

「她在買東西。」

「她為什麼不帶我去？」

「我想和你一起。」

「我要——」

「你媽是在八歲大時和我一起來這裡的，就和你現在一樣大。」當我再次朝著小圓麵包攤探身，想掙脫他的懷抱時，他繼續說。

「壽美醬！」外祖父把我放在地上，「先去廟裡！」他呵叱，並且伸出手讓我牽。在人群中間，我緊挨他的腿，手指纏扣著他的；我不喜歡身邊都是其他人和觀光客。通過雷門下時，我很安靜，但我們一走近掛著巨大草鞋的內門紅柱時，我便伸長身子去找大鐘。那是一口光陰之鐘。我母親說，就連數百年前的詩人芭蕉都曾隔著花田聽見鐘聲。遠溯當時，東京還是江戶時代，整個城市都由這些鐘管理，告訴人們何時起，何時吃，何時睡。現在大鐘每天只在清晨六點和新年的第一個午夜敲響，它會敲一〇八下，代表驅散據說會綑綁人類的一〇八種世俗欲望。外祖父曾帶媽媽和我來看過。他在地方委員會的朋友替我們弄到一個離鐘非常近的位置，就連現在，我都還感覺得到空氣中的每一次迴盪；香柏鐘杵後拉，闃寂的片刻，拋擲出去後，青銅醇厚的振動緊接湧漫……

擠入人群中，外祖父奮力朝寺院前方的香爐走去。我們往前走時，外祖父告訴我，香爐升起的煙令他想起的不是淨化，而是我母親還是小孩時，他抱著她在浪花裡戲水，她的髮上繫著白色緞帶，她最好的洋裝下印透出小襯裙。

「可以進去了嗎？」外祖父問我，我知錯地點頭，他再次把我抱到髖骨上，當他在那口巨大、錚亮，翻騰著煙霧的鼎前找到一個容身處時，我對他微笑。我傾身向前，外祖父把香揮向我，我假裝浸沐其中，擦揉著我的臉和手。

「你現在純淨了嗎？」外祖父問。「你確定？」他取笑道，「不再淘氣了嗎？小丫頭？」當我甜甜地對他微笑時，他笑了。「我知道你想做什麼，」他說，「你想知道你的命運。」

這也是我們的一個儀式。每回我們來淺草，外祖父在正殿祈禱前，會先帶我到有一百個抽屜的櫃子處，給我個銅板，投入幣孔，我們會一起聆聽它滾落奉獻箱的金屬聲。然後他會遞給我一個圓筒，裡面裝滿細長棍子，讓我前後搖晃，直到某根棍子掉出。

舉起籤棍，我看著在木頭上的文字，我們尋找有相應數字的抽屜。等我找到，外祖父會拉開抽屜，拿出那疊紙上的第一張。然後交給我。

外祖父看著我蠕動雙唇摸索這些字的讀音，朗聲唸出命運。我愛這些預言。就連在山區時，我都會央求外祖父從滑雪坡旁的販賣機買給我。但那一天，當我唸完，我不太確定籤文的意思，我伸手遞給外祖父。他輕笑，對我稍一欠身，低語著樂意效勞。「我們來看看上面寫了些什麼？」他問，先掃視數字，尋找右上角的幸運等級。他把籤文拿高了些，我聽見他深吸了口氣。他轉過身去，我看見他望著掛在那些抽屜上方的鐵絲，所有他不會解釋給我聽的命運都掛在那兒。那一天，那裡已經掛了好幾個，百無聊賴地迎風飄搖。

他忙著把命運折成條狀，好用鐵絲纏緊綁好時，我走上前，一把從他手裡搶下他正笨拙盤弄的紙。

「到底是什麼意思？」我問，再度仔細瞧著那些數字和文字。

「我們不要這張，」他說，「我們把它綁起來，讓風吹走。」

「我想知道。」我說，同時退離幾步，手中抓著籤文。

「壽美醬，給我。這個籤文屬於風。」

「我要聽！」我說，緊握成拳的手把薄紙都捏皺了。

外祖父上前拉起我的手，把手指一根根掰開，「別啦，壽美子，我再給你抽一張。」他說，但當我把紙片塞進我嘴中開始嚼時，他雙眼驚恐地睜大。文字可以被掩埋，有些甚至可以燒掉，但多年之後，它們會再度出現，像寺院的鐘聲般鳴響，凌駕一切。

理奈和海太郎

新案子

海太郎穿著他的襯衫坐著，領帶整齊地折好擺在旁邊的書桌上。一杯咖啡氤氳的煙氣裊裊攀升，他正翻閱新接案件的檔案夾。對象是一名家庭主婦：三十歲，棕眼、棕髮、中等身材。喜歡起司蛋糕。

他邊抽出一張東京地圖按地址找到她家，邊瀏覽她的每日行程。記下她喜歡的交通路線，並仔細規劃他在這些地點間移動會占用多少時間。為了收集她的喜好，和最愛出入地，接下來他得跟蹤數星期。

主婦的先生填了一份表格，他的回答明確陳述離婚將冒的風險，列出可能失去的房產和家庭資產數字。他們在東京有兩個住所：惠比壽的家——夫妻所住，和在目黑的另一個家，在下田市海岸也有間度假別墅，全都登記在皿島名下——妻子娘家的姓。還有更仔細的數字報表；銀行帳戶、股票、淨值估計。海太郎在這份報表上添加一欄，開始寫下自己的註記。客戶經常謊報資產，或者至少誇大，他佐藤治無疑也會，他必定不會把一切都告訴他們。

放下筆，海太郎用拇指和食指捏夾鼻梁；頭從眼睛後方開始逐漸疼起來，他甩甩腦袋，再次掃視細節；主要的資產是由妻子或她娘家所擁有的房產，還有一個小孩，一名女孩。他以前看過這種財產列表。他的客戶無所不用其極地爭取優勢，有些人則鑽法律漏洞，因為在孩童監護權上，法律永遠只會判給一方撫養，共同撫養是違法的。因此孩子也可能會成為籌碼。當然，有些情況，分開反而對大家都好，包括孩童，但他看過的案子常不以福祉為考量點。對於人們為了得償所願會做到什麼地步他已不再感到訝異，但話說回來，他也不必贊同他的客戶，只要應付他們即可。

從檔案上抬眼，他看見前方書桌上擺放的名片盒，躺在透明塑膠盒裡的名片是白的，必要地低調，除了他的姓名、使用中的電話和傳真號碼，沒有其他細節。不知為何，在辦公室裡刺目的光線下，他名字的字體似乎有了立體感，呈現輪廓鮮明的浮雕狀，這個父母挑選的名字蘊含著如是的期盼：海太郎，由海和長子的字義組成。有瞬間，他幾乎可以感覺到自己回到位於北海道的家，和他的舅舅穿過高大的草叢，沉甸甸的相機穩妥地掛在他的頸間，周身盡是盤旋的海鷗和海的呼嘯。

曾經，在少有的寧靜時刻，兩三罐啤酒下肚後，他的父親會跟他說，他和母親是如何為他選了這個名字，他們是如何坐在小平房的廚房桌前，就兩個版本作討論。說這故事的當時，父親一直是若有所思的，剛跟著拖網漁船出了趟海返家，整個人不尋常地平和慈愛。父親喜歡

「海之子」，而且不肯讓步，直到母親妥協。他希望他的男孩能跟著他出海，或許以漁夫為業；他們靠海為生了這麼久，對他的父親來說，這似乎是不可避免的發展。

但他的名字永遠蘊含著另一層意思：意謂著他家旁那片開放水域的浩淼；浪花吞沒後，閃著銀光的細沙；以及當他握著他舅舅的相機，學習捕捉周圍鮮活世界時，手裡的重量感。他的舅舅僅零星到訪，但當他找到拍照的工作時，他就能負擔他們兩人的花費，他帶著海太郎走遍北海道各地，當漫長、筋疲力盡卻自由自在的白日結束，他們會倒在鎮上鄉村賓館的窄床或者背包客棧上下舖裡沉沉睡去。不可避免地，海太郎終將令他的父親失望，於是很快地，他學會了察言觀色。他一踏進門，就能從他臉上的表情分辨他是喝了酒還是火氣大。

他母親較喜愛他名字的另一個版本，海太郎的組合字義裡包含了「調停者」，她喜歡這名詞所寓含的媒介和才能之意，與丈夫爭辯他們的孩子可以從事本地海菜產業的代理工作，或者進入企業體系。凝視著澀谷小辦公室裡的名片，海太郎懷疑這是她想要的，她當然有其他的期許，其他想讓他擔任的調停角色，但他也令她失望了。他沒能調解她婚姻中的齟齬，沒能保護她甚至他自己。留下來的他確實成為一名調停者，卻不是別人有志成為的那型。海太郎走到咖啡旁，但表面已結了層厚膜，流淌舌尖的溫度也不夠熱了。他甩甩頭，再次試圖保持清醒，並驅走逐漸明顯的頭疼。想這些毫無意義；他終究辜負了他母親的所有期望，他不可能回頭。

辦公室內悶熱乾燥的空氣讓他雙眼刺痛，他揚起一隻手揉揉臉，然後重新思考檔案。眼前的工作是合算的，不僅僅「調查」——機敏監視迷途的男友或配偶，還得涉入關係，扮演分手師。調查可能要不了兩星期，很快就能解決，偏向於私家偵探類的工作：盯梢、拍攝出軌證據，向客戶報告，好讓對方決定如何處置配偶。但這份工作將耗時數月，費用也相當可觀，不論他的老闆武田挑選誰接案，對那人來說都是值得的；甚至可以替他爭取一些空閒時間。

這案子本身看起來相當單純。海太郎草擬了一套為期兩個月的「上鉤閃人」方案：頭一個月吸引對象，另一個月收集證據，或許是他們離開情趣旅館的照片，或者在街上擁吻的照片，假如這樣就足夠的話。那之後，他會斷聯，讓他給她的電話號碼撥不通，並且輪調到東京另一個辦公區；他們甚至可能把他暫時調到不同的縣市。然而，當他快速檢視檔案，並翻到最後一頁時，一個細節令他困惑，一個與色誘家庭主婦幾乎毫不相干的細節。是她的照片，一張護照大頭照，客戶方只提供了這張。光線刺眼，她沒有化妝。她直視著相機，但她凝視鏡頭的方式觸動了他，彷彿她對相機的興趣更勝於世間其他。她的雙眼，和其中的神情躍然紙面，刻進他腦海裡。

當米亞推開他辦公室的門時，他手中還握著那張相片。他們的老闆武田讓她管理發案和進度追蹤，但海太郎請她與本案丈夫碰個面。米亞精明圓滑，是在美國長大的日本人，而且她僑胞的身分很有利。她可以藉此突破個人心防，此外她交際手腕好。不過，那天下午，當她敲響他的門時，明顯一臉氣惱。

「他不跟我談，」她說。「他要求和與他合作的分手師見面。」

海太郎從卷宗裡抬眼。「武田怎麼說？」

「他希望由你負責。」

「你對他有何看法？」

米亞遞給他一張紙。「你決定。」當他掃視她的紀錄時，她說。

海太郎繫上領帶，順著襯衫撫平，然後跟著她走入會議室。他對著佐藤深深一鞠躬，並且遞出一張名片，雙手恭敬奉上。當米亞在兩個杯子中注入冰水時，海太郎坐下，估量他的新客戶，將他在檔案上所讀到的那個男人和眼前的作比對。

「我的同事告訴我，你無意和你妻子和好？」他說。

「我告訴那位小姐，我想要離婚。」佐藤答，揮手指指坐在他旁邊的米亞，後者正在剔除絲襪上的勾紗。

「在您作決定之前，我們一定會提供您一些初步調查，」海太郎繼續道，「米亞可以約你妻子，」他瞥一眼表格，「理奈，出來喝茶？了解她對你們婚姻的看法，或許摸清她對你們分開的反應。」

「她不能接受離婚。」

「為什麼不？」

「那不重要。」

「佐藤先生，」海太郎傾身，「假如我們打算接下這案子，我們會需要知道許多您和您妻子的事，而且其中大部分都是高度私密的。」

佐藤默不作聲。

「你妻子有對您不忠嗎？」

「沒有。」

「她可有任何情人、打情罵俏、親密的友誼？」

「沒有。」

「她沒有任何朋友嗎？」

「她非常無趣；所以我才想擺脫她。」

「但你想撫養你的女兒？」

「暫時。」

海太郎別開視線，佐藤笑了，「我聽說你很謹慎，」他低聲說，「我沒料到那表示——有精神潔癖。」

「這些都牽扯到感情。」海太郎迎上他的注視，「我們試著將所有牽扯其中的人會體驗到的痛苦降至最低，至少到簽字那一刻。最成功的分手，是彼此帶著最少的怨恨離開。」他若有似無地對佐藤微笑，後者眯起雙眼，他不喜歡受質疑。

「我再找別的分手師好了。」

海太郎聳肩，當佐藤站起身時，不由自主地鬆了口氣，但米亞卻攔住他，深深一鞠躬。

「我們可以理解您的心急，先生，」她解釋，敦促他再坐下，「這些都是重大決定，不能輕率處理。我們必須確定你真的知道自己想要什麼。」

「我又不是要該死的墮胎，」佐藤嘀咕，「我只是要和我老婆離婚。」

「那就這麼做吧，」米亞說，當她啪一聲打開她的筆電時，一邊眉毛可愛地挑起，「我們有多少時間？」她問。

「你們需要多久就多久，」佐藤回覆，「但你們不是以高效率聞名嗎？」

「確實，」米亞點頭，「我受不了長期交往。」她對他眨眼。

海太郎深吸口氣，抬眼望向天花板。

「我想把話說清楚，」佐藤說，「你們這位小夥子——，由他出馬對嗎？」

米亞點頭，「中村先生是我們的王牌之一。無論你有什麼要求，他都使命必達。」

「不要引起任何騷動。」

「你的目標是私下和解？」米亞問。

佐藤看著她，回答明顯寫在眼底。他徐徐轉身面向海太郎。「我妻子必須渴望結束我們的婚姻，而且必須願意即便犧牲一切也要這麼做。你能做到嗎？你能讓一個女人愛上你嗎？」

海太郎以淡漠無情的眼神回視他，直到佐藤笑了。「希望他對女士更有辦法。」

「你有你妻子的其他照片嗎？」海太郎問。

「幹麼？你只承接性感的離婚婦女嗎？」佐藤看向米亞，兩人面露淺笑。

「在執行任務前，必須作些研究，因而會有初步的費用，」海太郎說，「如果有一張她日常生活的照片會很有幫助。」

佐藤回以一抹嗤笑，在未來的會面中他會不斷擺出這樣的表情。「可別太興奮。」

「可否麻煩你現在就給我們一些額外的資訊？」米亞問。「關於她的背景、所受的教育、嗜好，和你女兒的關係，都還有一些疑問。或許我可以請您去喝杯飲料？」

佐藤別開視線。「寄到我辦公室來，要不了多久時間。」他站起身，走向門口。米亞深深一鞠躬，恭敬且感激地，然而佐藤隔著她低俯的頭看向海太郎。「我的確帶了另一張照片，好挑起你的興致。」他說。

當天稍晚，海太郎站在他辦公室的窗前。眼前澀谷的街道，在逐漸籠罩的薄暮中閃耀。他手中拿著他受僱色誘的女子照片；佐藤帶來的那張。

他傾身，單肩抵著玻璃，檢視那照片。他看見一名留著鮑伯黑髮的女子，身穿一件對她而言過大的開襟羊毛衫——衣料裹覆著她，勾勒出臉部輪廓。他看著她的姿態，拍攝的角度。那是張黑白照，框景精準，鏡頭貼近臉和軀幹，身後的室內景模糊。這可能是張自拍像。海太郎沉吟，當他看見極微小的細節時，更確定自己的猜測，因為半隱沒在她掌中，幾乎被羊毛衫遮蔽的是黑色的球狀氣動快門，和連結相機鏡頭，可以啟動快門的快門線。她是名攝影師，或者，她曾經是。

把照片朝光斜傾，海太郎用拇指順著她的眉線描摩。他想起她的名字，理奈。她有雙黝黑的大眼，覆蓋著纖長的睫毛，但臉上毫無喜悅之色，沒有奔放熱情，只有他先前就注意到的嚴肅，她凝視著相機的那種全心全意。理奈以一種專注甚至是侵略的神情看入鏡頭深處，同時還有別的東西：一種望向人生未竟風景的表情。

銀鹽

曾經有段時間她也是受矚目的，理奈很確定此點。她想要的不是身體上的親近，或者甚至談場小戀愛，而是一種接觸，有某個人看見了她，好證明她還存在。

在無數個早晨，她會為了晚餐和家人上街採買。她穿著及膝的洋裝，和一件可以裹住自己的外套。她穿過惠比壽時，空氣裡幾乎沒有絲毫騷動。她知道，現在已經知道好幾個月了，她可以走過一整條街，無人會回頭，無人會因為認出她或好奇而抬眼。當她的人生開始瓦解，便越來越少人看見她。

當她還是個孩子時，是不可能有人不注意理奈的——她活力四射，不僅因為青春，而是擁有一種只屬於她的沉靜自信。她很容易就交到朋友，在東京茶館、書店和街頭與她對話。人們看著她，因為她身上有他們想要的東西：她的幸福。

理奈是幸運的。她在自身渴望與家族期許一致的情況下長大。她與父親很親，跟隨他的腳步，走上研習法律之途。然而，當她的攝影文章開始被刊登，有人提供機會替她辦第一場聯展，理奈放下她的學位和法律生涯，專注在新的可能性之上。她想像著另一種人生。

起初也一切順遂，正如任何新的冒險常會有的現象。然而，當一年變成兩年，她該如何生活，該如何養活自己的問題依舊未決，還有誰要接掌耀西的法律事務所呢？她的同學畢業，考取資格，其他的則結婚。她眼見他們成為對各自家庭有用的人，被接納的人。在這個她曾經熱愛的城市裡，每一個相遇的新街角和路口都拋出她無法忽視的現實景況。她在身邊那些人的臉上看見它；就連陌生人似乎都在評判她，認為她不可能靠自己活下去。她父親先是頹崩潰，之後任傷口在沉默中潰爛發炎。當他開口探詢她和同是東大學生、他一個朋友的兒子佐藤治相親的意願時，她所承受的壓力突然緩解，她立即抓住這喘息的機會。她永遠不會原諒自己內在的那份軟弱。

她一搬到惠比壽就成為人妻。她大學的朋友們漸漸遷移到其他鄉鎮、城市，定居海外，沒多久，她和攝影圈《曝光》雜誌的同儕也越來越少聯絡，因為她脫離了他們的世界；她丈夫的同僚開始填滿他們的日常。曾經有段時間，理奈也喜歡宴客，她喜歡那些商務聚會、當東道主，並且表現出色。但當他帶越多的人來到她父親買給他們的公寓，他就越常使用他們的水晶醒酒瓶，並且在黑檀木餐桌上（另一件結婚禮物）饗客，理奈就越開始看清他娶她的原因。

當佐藤不款待他的客戶和上司時，他開始晚歸。他經常在某間居酒屋灌了一夜的啤酒後，匍匐上床，把她拉向他，渾身散發著尼古丁臭氣。

逐漸地如自己可預見，理奈熱愛的事物從她的生活中溜走，她為自己建構的想像世界也開始消失。她不再仰望天空，使用測光表。穿過街道時，她不再在每個轉彎處看見曝光、角度和新構思。日復一日，家庭淹沒了她。她的動作變得越來越慢，思考也慢。

一段時間後，她如此清晰且確實地印在佳能 T90 表面的指紋褪掉了，只留下淡淡的油汙。最後，油汙也融解了，直到彷彿不曾留下任何痕跡。她收藏的鏡頭蒙上一層灰塵；暗房裡的瓶罐，蓋子處出現結晶，顆粒狀的化學物質把瓶口牢牢封死。藥水池乾涸到只剩一層薄薄的塵垢，蜘蛛在房間角落織網。

佐藤把箱子搬進她的暗房。他用來貯存他的檔案、滑雪用具和破網球拍。更多的品項塞滿那房間：佐藤的衣服，舊運動鞋，朋友送的無用禮物。當理奈從門口端詳並嘗試往內張望時，她看見別人，另一樁婚姻，另一種人生。在她的暗房裡，就像底片被棄置在光線下，理奈消失了。

在海太郎公寓附近有一連串商店。週六和週日，這條小巷會變身成露天市場。冬天，遊民在此處搭建容身處，他們的臨時宿舍是由塑膠布和防水帆布做成的整齊箱子，樣式統一。但春天降臨，他們就會離開，改由販售盜版錄影帶、漫畫和任天堂遊戲的新攤位進駐，接收他們留下的小小領地。

這條巷子的遠端有間家族經營的照相館，每日早上八點開門，晚上七點打烊。但偶爾，當海太郎在深夜穿過火車站後的巷弄返家時，入口的鐵捲門依舊高高拉起，一抹光線從店的後方透出。

「晚安，仁成，」海太郎低語，老人正打開店的前門，揮手示意他進去。「謝謝你趕工到這麼晚。」

仁成微笑並點點頭，「沒問題的。謝謝你替我外甥女拍的照片，我妹妹很喜歡。」

「那是我的榮幸。」

老人遞給他一張凳子。「用過晚餐了嗎？假如你感興趣的話，我太太替我們留了些烤雞肉串和啤酒。」

「那真是太客氣了，但我不想耽誤你休息。」

「很忙吧？」仁成問，「這份偵探工作有意思嗎？很重要的案子吧？」

「我想是，很有挑戰性。」

仁成笑了，「我都不知道你怎麼能忍受，這麼貼近地看其他人。」

店內有樓梯通往他的公寓，當仁成把分隔店面和樓梯的簾子拉開時，海太郎說，「他們也不全是壞人。」

「晚安，孩子。」

「晚安，先生。」

海太郎朝店後方的暗房走去，習慣性地檢查警示燈，查看是否有任何人正在顯影。在暗房內，他吸入熟悉的化學藥劑的鹼性氣味，並從帆布背包中取出相機，彈出一卷底片。然後他啪地打開紅色安全燈，在紅寶石的光輝下，依序排列他的配備，並扭開水池角落的水龍頭。

當化學藥劑一一在身旁擺好，海太郎關掉燈光，拉出手裡的底片，緊緊地纏繞在捲軸上，他的手指靈巧，動作流暢。他很喜歡攝影的這個部分，那種親密、手感舒適的質地。海太郎的眼睛很快習慣黑暗，它那深沉、濃得化不開的漆黑。他熱愛它的寂靜。他大可把這部分的工作外包出去，但有時候他喜歡親自處理，或者他需要親自處理。在聚焦和燒錄等顯影的過程中有某種東西，可以將過去的他和如今置身東京的他連結起來。

用剪刀把底片從暗盒中喀嚓剪斷，再把纏好的捲軸放入手提顯影池裡，先泡在水裡，讓凝膠膨脹。再次打開紅燈，他加入顯影劑，雙手在池裡來回攪動，並且讀秒，熟悉的計時和節奏令他感到撫慰。接著把底片放到面前的桌上用力輕拍，消除氣泡。他讓底片擱置片刻，上頭的細微影像正轉變成銀離子潛像。然後他把水池的水放掉，加入停影劑，剎時整個房間都滿溢著醋味。終於，他塗上定影劑，再一次雙手來回攪動底片，琢磨起他那天所拍的相片，想像當看不見的銀鹽轉變成純粹的黑與白時，看起來會是何等模樣。

把底片從水中立起，海太郎用一塊麂皮布把負片從上到下揩抹乾，再夾在繩子上晾乾。一等它們變硬和凝固，海太郎會將連續五張當成一個片段，在投影機上拉伸影像。現在他看見她了，理奈。

照片不屬於任何一種證據，在法庭上它們無法證明任何事，但海太郎已經從他的口袋取出放大鏡，仔細地看著那些負片。即便在明暗顛倒的嚇人景況下，他也知道自己會放大和沖印哪一張。

當他看著她，想像她很快會浮現的臉龐，海太郎懷疑鏡頭是否真能如實捕捉他在市場所看見的她：理奈穿著一件深色洋裝，停在一個水果攤前；理奈突然微笑，把一顆蘋果拋到空中；理奈環顧四周，並且聆聽，彷彿她隨時可能轉向他？

海太郎選了最後一張，並放入投影機裡，撥轉盤，調到他要的尺寸，而且影像是聚焦的。然後他把相紙放在翻拍檯上，輕拂開關，打開排色投影燈八秒鐘。

再次打開紅光的安全燈，海太郎把紙片放入顯影池裡。尚未有任何影像，但漸漸地，漸漸地，它出現了，從中心逐漸加深，變成清晰的真實。他可以看見她臉頰的曲線，隨風飄動的一綹髮絲。他把相紙夾起，塗刷定影劑，接著在一個乾淨的池子裡漂洗，確保明晰的黑白影像不會隨時間褪色或發黃。最後手中的相片不斷在水中旋轉，他杵在原地透過層層漣漪和蕩漾，望著理奈。

夜市

理奈在燈的熱氣下漫不經心地瀏覽著。是春天的溫暖與溼悶。人行道上髒水的臭氣夾雜空氣中彌漫的豬肉燒烤香、乾魷魚的辛辣味和新鮮楊桃的酸味。她停在一個賣各種顏色山精的玩具攤前，這些小妖怪頂著鮮豔的蓬蓬花苞頭，她買了兩隻，紫的和綠的，幫壽美子收集。耀西帶壽美吃晚餐去了，理奈可以喘息片刻，然而只剩下自己時，她卻不知該如何獨處，所以她來夜市逛逛。每年櫻花盛開時，小販就會到惠比壽來擺攤，賣些速食、玩具，還有蔬果。那天有個賣特色農產品的小攤，商品都是由岐阜縣空運而來。理奈停在水梨堆前，金黃色的果皮在燈光下閃閃發亮。它們非常大，都完美地包裹妥當，每一顆都坐在各自的泡棉網套裡。她伸手掏錢包，當他走到她身旁時，她正在點數鈔票。

「不好意思，請問你知道哪裡可以買到好吃的起司蛋糕嗎？」

「起司蛋糕？」理奈抬眼。他很高，比尋常的上班族高而且瘦，眼周有皺紋，可能在笑的緣故。理奈微微笑了笑，手忙腳亂地闔上錢包。

「我上癮了。」他答道。

理奈揮手指指身後的攤子，「那裡有賣。」她說。

「好吃嗎？」

理奈仔細想了想，「我不確定。」她察覺自己眉頭都皺起了，彷彿這是件不容小覷的大事，「那些切片……看起來不太好，我想奶油不夠濃醇。」

「哦不！」

「嗯。」理奈點點頭，雙唇緊抿不讓微笑從嘴角溢出。

「我可以請你喝杯咖啡嗎？」他問，對她微笑。

「我結婚了。」

「我知道。」他說。

「你知道？」
「你的婚戒。」
「哦。」驚詫之餘，理奈感到一抹尷尬的紅暈緩緩升上她的臉龐。很明顯，已經有好一段時間，沒有任何人以這種方式和她攀談。
「謝謝你，」她說，「但我家庭美滿。」見他並未轉身，她又說，「而且我有一個女兒。」
「好吧，」他把手伸進口袋拿名片，「萬一你改變心意，很想喝杯咖啡或來片起司蛋糕……」
她接下名片，禮貌地點點頭，但當她的視線瞥見他的名字時，她感覺自己的嘴角彎起，「海之子。」她低語。
「什麼？」
「你的名字，」她抬眼看著他說，「不是那個意思嗎？」她甩甩頭，再次感到尷尬，他一定覺得自己很古怪，「抱歉，我——」
「沒錯，」他說，「是那意思。」當他打量著她時，雙眼溫暖而專注，「很多人都沒注意到。」
「你和這名字很像嗎？」理奈問，不由自主地膽大起來，「你從事什麼工作，中村海太郎？」理奈問。

「和我喝杯咖啡我就告訴你，」他再度微笑，「平安回家。」

理奈看著他穿過人群走遠。他步態優雅，巧妙避開來往行人。一陣涼風吹拂市場。理奈看著廣場周遭的櫻花樹，它們都盛開了，從淡粉轉為白色。樹下有些藍色塑膠墊，是興致盎然的賞花客所鋪排。她身邊的所有人都在微笑，享受著野餐和春日慶典。理奈可以感覺到空氣中飄散的喜悅和期盼；她看著他轉向一個速食攤位，暗自打定主意。

他走得很快，或許對她的拒絕感到有些尷尬。他人似乎不錯，理奈想，真誠，並且一點都不咄咄逼人。她看著他在一個飯糰攤前停下，跟小販買了一個米類點心。他邊走邊吃，同時謹慎有禮地避開身邊的人群。他迂迴地與挑選蔬菜的婦女們錯身，後者手腕上掛著色彩鮮豔的塑膠袋，也敏捷繞過吃著油炸咖哩麵包的青少年。當她加快步伐追趕時，他正繞過市場出口附近的一群小販。

「等等！」她喊。出乎意料，海太郎停下腳步並且轉身，彷彿他早料到她會追上來。然而，當他與她四目相對時，她可以看見他眼底的錯愕。

理奈感覺自己的勇氣動搖了。「嗨，」她說。「假如你也想的話，我是有點時間可以喝杯咖啡。」她微笑，在對方隨後的沉默中僵立著，「我叫理奈，」她邊說邊伸出手，「佐藤理奈。」

轉瞬間，她看見他臉上驚訝的表情轉為沮喪，再變成某種嫌惡。他退後幾步說，「我覺得你應該回家，佐藤太太，你最初的直覺是對的。」

當他轉身並且迅速走遠時，理奈皺眉。她沒有離開，一直等到他抵達市場邊緣，穿越馬路，但他不曾回首。

壽美子

證據

我母親在我小學一年級學年結束時過世，剛好是春假前，學期的最後一天。在我父母辦離婚期間，我搬去和目黑區的外祖父同住。母親也和我們一起住，但之後她離開了，去為我們尋覓一間屬於自己的新公寓，她說她都已經張羅好了，很快我就能搬進去。我們原本只打算分開一小段時間。我知道最後那幾週裡，她非常忙碌，但她依然堅持每天都要看見我，我很喜歡她來學校接我放學。我會想像她在門口等我的畫面，手上拎著個透明塑膠袋，裡頭有豬肉包子，或其他給我的點心。我踮起腳尖，隔著其他小孩的腦袋尋找她的身影，我使勁兒伸長脖子，好透過人群遠眺，日復一日，直到她過世的那一天。那天她派外祖父的管家花江來接我。她答應晚點和我在目黑碰面，但當然，我再也沒有看見她。

接下來幾週的事我幾乎記不得，那是空洞到只剩痛苦的日子，我永遠都不知道該如何描述。我知道我離開了東京，花江帶我去南部拜訪她的某些親戚，但我沒有留下太多記憶，彷彿失去母親之後，我的腦子也關機了，無法再接收任何其他訊息。我知道外祖父處理了所有事情，但他不想讓我暴露在她死亡的巨大驚恐中，然而這只讓整個事件在某種程度上顯得更不真實、更無法理解。多年來，我總要求他再跟我說一次她是怎麼死的，她怎麼沒有信守承諾到目黑跟我碰面，而他也會順著我。但答案永遠一樣：繁忙道路上的一起交通事故。當我長大些，我要他帶我去看事故發生地，他就帶我去品川區。告訴我母親是肇事司機，當我站在那兒凝視著高速公路的彎道時，我問是否還有其他人受傷，他說沒有，只有她。

花江和我回到東京，外祖父認為最好讓我盡快返回學校。他親自接送我。他不能來時，就讓花江來，她會一路牽著我的手，帶我坐地鐵回家。我不能和其他任何人走，外祖父告訴過我，就連朋友也不行。因此當我父親走入教室裡時，我很驚訝。自從離婚後，甚至在那時之前，我就沒見過他，他在我多變的生命中現身狀態僅屬偶發等級。正如許許多多的上班族，他工作的時間很長，而且我的學校不在他的轄區，那是另一個以缺席界定他的地方，由我母親和他分開前後所屬的團體認定。離婚前，她會和其他母親們站在門口等待，離婚後，她則加入稍稍偏離正門、靠旁邊站的一群人中，那些是談論著自己必須母兼父職的單親媽媽。她們聊起在逛迪士尼樂園時，因為沒有男人可以代勞，只能奮力把孩子扛在肩上，然而無論哪種情形，我媽始終是那個把我高高舉起的人。

我父親花了點時間才找到我，他雙眼審視圓桌和坐在小藍椅上的學童，當他找不到我時，雙眉緊蹙。他當然找不到我，因為我沒坐在桌前，我站在室內的角落裡，獨自一人。

那天早晨我們有個測驗。據說，能評估我們的心智發展程度。由於要作測驗，我們平常的書法課取消，而我意外地感到興致勃勃和好奇。我們坐到課桌前，我煩躁不安地在椅子上蠕動，想讓自己舒服些。我改採跪坐姿勢，趴在試卷上，並饒有興味地看著其他小孩埋頭填寫反映出我們心智的測驗卷，當老師拽著我的手，把我從椅上拖起來時，我嚇得倒抽一口氣。她指責我作弊。

上午十點左右的下課時間，我獲准從我的衣物櫃裡取來我的背心裙，和同學們一起整理教室。我們兩人一組打掃走廊，清空垃圾桶，然後從福利社收回我們的果汁杯。

依然有些人盯著我看，開始上課後，老師又叫我站回角落。從那天開始，學校裡謠言四起，說我變成不服管教的小孩。那是我生平頭一遭品嘗受人評斷的滋味。

我看著父親和老師說話，懷疑是老師打電話給他的。我好奇外祖父是否知道我變得多壞。我曾經見過其他調皮小孩的父母是用何種態度不斷地鞠躬，我做了個鬼臉。我父親終於瞥向站在角落裡的我，對我彈了彈手指，示意我去拿書包和外套。他一言不發地領著我朝他停在外面的汽車走去。

「我沒有作弊。」我低聲說。

「什麼？」

「我沒作弊。」我更堅定地說。

我父親嘆了口氣，轉動已插入點火系統的鑰匙。「壽美子，要安分點。」

當車子駛過城市，進入一個都是較矮電梯大廈的住宅區。我們在一幢有著奶油色牆面和玻璃窗的大建築物外停下。這地方令我想起他們帶我去過的私塾——為了能進入合適的中學，我現在上的補習班。所有我認識的小孩都會進私塾，我們稱之為「未來俱樂部」，每天我們都會在體育館集合，舉行下午精神喊話。我們好幾百人會排成整齊的隊伍，頭上綁著紅白相間的印花頭巾，大聲喊出相同的口號：「我會進入明日學園！」這間學園是每個人的目標，東京最好的中學，顧名思義，亦即「明日之校」，一整年，我們就這樣每天下午在一個像洞穴、又大又深的館內叫喊，彷彿只要發出願力就可達標。我會進別的學園，但口號都是一樣的。我發現人們很依賴重複的意念和陳述；他們問同樣的問題，重複同樣的想法，彷彿就能從中獲得安撫。

父親走入大樓，我緊緊跟隨其後。主櫃檯上豎著個 Peepo 嗶波君模型。嗶波是隻矮胖的橘色妖精，來自橘色妖精家族，它是警視廳的吉祥物。它有雙大耳朵，所以可以聽見老百姓的聲音，大眼睛可以看清每一個角落，頭上的觸角可以感應城市的心情。這隻是以毛氈布裹起的填充玩偶。當警察向我父親鞠躬時，我正伸出手去觸摸它，警察拉開櫃檯的一扇格板門，讓我們進入。

我們被帶到一間有東京灰階地圖的房間，那地圖就占了一整面牆。父親離開之前握住我的雙肩，「壽美子，說實話就好。」他貼近地看著我；雙手隔著我的棉布短衫，緊緊攫住我。「實話。」他說。

我獨自研究著頭上的地圖，視線跟隨沿著海灣蔓生的蜿蜒城市，錯綜匍匐的街道像我母親的掌紋般持續延伸。我好奇她在這張地圖的何處，她的遺體可能在哪裡。當外祖父第一次跟我說她死了時，我拒絕相信。接著又不准我見她，反而加深了我的懷疑，待我隨花江離開，連她的葬禮都缺席時，此懷疑強烈到極致。

門突然打開，我嚇了一跳。一名穿白色絲質罩衫與黑裙子的女士來和我作伴。她手上拿著件有墊肩的過大外套，耳上垂掛粗厚的金耳環，走動時還散發出一股甜膩的香水味，強烈到卡在我的喉嚨裡，幾乎可以嚐到。

那女人一隻手臂圈住我並且微笑；她的聲音尖高又具壓迫感。她把我拉到一張矮桌前，在我面前放下一個檔案夾，是一個牛皮紙卷宗，裡頭有我父母的照片。她開始問起我母親。我沒理她，走到一邊的地板上盤腿坐下，但她挨了過來，踩著高跟鞋屈身坐下的動作很是可笑。我在家可有見過任何不認識的人？我搖頭，她開始問起我外祖父。他是個好外祖父嗎？我喜歡和他住嗎？

我依舊沉默，她開始翻閱那些照片。她給我看一間我沒見過的公寓，其中還有個小臥室，部分布置好，兩面已完工的牆上漆成粉紅色，還有道星星飾邊。裡面擺著張單人床，和一個白色書架，書架上空蕩蕩的，只立著一本《野獸國》；我還小時，母親常常讀給我聽，但我已經好一陣子沒翻過這故事了。

這女人又給我看一張我不認識的男人照片，以及一張我認識的男人照，那是我母親的一個朋友。那女人俯身靠近我，香水味薰得我的頭一陣陣抽痛。我一語不發，我討厭這女人。

這女人從房間角落的一個櫥櫃裡取來一些紙和蠟筆，放在我面前。她看著我開始照我母親教的畫出一些東西：圓圈是臉，花瓣是蘭花，那是外祖母教她的。女人再次跪下，望著我的圖，但當我開始畫我們在下田市溫室裡的植物時，她又不耐煩起來。她再次把所有照片一張一張排在我眼前，問我是否見過粉紅色的臥室。終於，她抽出最後一張照片，就是我認得的那男人的照片，用她做過彩繪的指甲猛戳他的臉。「你認識這男人嗎？壽美子？你認得嗎？」

我望著那張照片，他們兩人一起對著鏡頭微笑，臉上還有粉紅色的油漆汙痕。我凝視著相片，納悶我母親是否真的死了。很難相信她會離開我；事實上，我始終感覺她和我在一起，無時無刻，一直在那兒，只是搆不著。外祖父帶我去我們的家族墓地，並說媽媽睡在裡頭，但我無法想像我活力四射的母親會裝在一個陶罐裡，變成灰。那女人繼續問，用她的手指戳著相片。最後，我拉起那根手指塞入我嘴裡，咬她，體會皮肉在我牙齒間嘎吱作響的咀嚼感。

那之後我就被單獨留在房裡。他們甚至沒把我帶到其他房間。一名年輕女子拿了杯水進來。我問是否可以見我父親，但她只是微笑，然後就離開了。時間已是下午，我在地板上把自己蜷成顆球，並想起母親。我記得她的聲音，和最後一次聽見的情形。她打電話到目黑的家中找我，電話中的她講得又快又急，而且氣喘吁吁，但依然是我母親。

我從學校回來就一直在等她，而且我記得自己是如何握住延伸到下巴下的聽筒，聆聽她話語中的溫暖音色。「壽美醬，我就來了，」她說，「我來接你，我們要去下田市。」

我想起我還得作補習班的功課，以及被指定的額外英文作業，但誰在乎，我已經和外祖父住膩了，「媽咪，你會和我一起住嗎？」

「會啊，壽美，」她說。「我答應你，我就來接你。」她停了一下，我可以聽見她掏鑰匙的聲音，「叫外祖父等我，我一小時內就到，好嗎？」我點頭，然後倒抽口氣地把「好」送進話筒。我是如此興奮。「我就來了，壽美，」她重複道，「我就來了！」

我躺在地板上，時間一分一秒地滴答流逝。我感到有些冷，他們把我的外套拿走了。我納悶我父親是否有替我留個便當。最後，另一名女人走進房間。她穿著簡單的黑色長褲套裝，一手拎著個公事包，另一手拿著只大手提皮包。女人在門檻處停步，當她轉頭，迅速關上房門時，耳上的珍珠耳環折射出光芒。

她慢慢地走近我身邊，「嗨，你好，」她的聲音輕柔，「有人拿午餐給你嗎？」我搖搖頭。女人望著我身上單薄的制服棉衫和光裸的臂膀，以及罩著白色薄長襪和格子裙的腿。「你冷嗎？」她又走出去，一分鐘後帶回我的外套。

「這真漂亮，」她邊說邊替我穿上駝色羊毛外套，欣賞著前襟上的一整列黑色蝴蝶結，「你媽咪買給你的嗎？」

我點點頭。

她敏捷地脫掉她的高跟鞋，挨著牆擺放，然後在我身邊的地板上坐下，「來，」她說，同時把手伸進她的手提包裡，拖出一個小方盒。「你可以吃我的便當，我從家裡帶來的。」她打開盒蓋，露出燒烤鰻魚，泡菜和撒有芝麻的小飯糰球。「還可以嗎？」她問，我點頭。她遞給我一雙筷子。「這些對你來說，份量有點多，」她說，「但我們會搞定。」我接過筷子，指尖傳來漆器光滑的觸感，我咬下一口鰻魚，當它在我嘴中化開時，我笑了。

我吃午餐時她沒有問我任何問題，她的公事包還是蓋上的。我吃完後，她打開公事包，取出一組攜帶版將棋。「不用上學的時間沒理由虛度不是嗎？」她打開盒子，我看著裡頭白色的棋子，和印在上頭的文字。我喜歡這遊戲，就像西洋棋，但我還是覺得古怪，竟有人會隨身攜帶，我目露疑惑地抬頭看她。「這是磁鐵的，」為了證明，她舉起棋盤輕輕搖晃，好讓我看見棋子是如何黏附在塑膠棋盤上。「我先生買給我的，這樣我就能在回家的火車上練習。」

她在我面前擺好棋盤，並且等候，我並不真的想玩，但這女士這麼親切。她望著我微笑，而且當她這麼做時，竟顯得湊到一塊兒的我倆，是在共謀什麼非常不正當又非常好玩的事，讓我不想拒絕她。她瞥向門口，我想她還有別的地方要去，應該沒時間和我玩。我開始動手排棋子，選擇要在棋盤的哪一端。她也定下心來準備下棋，儘管有段時間，她還是心不在焉，對門外經過的聲音很警覺。最後她的第一局下得實在太糟，糟到我都笑了。

隨著下午的時間流逝，她也鬆懈下來，我們聊了我的生活，我在學校學了些什麼，我喜歡參與什麼樣的活動，我在外祖父家最愛的晚餐。漸漸地，我開始回答她的問題，我們談起我在目黑區的家。她問我，我最後和父母一起住是什麼時候的事。她問起我父母的朋友，其中有任何人到家裡作客嗎？我聳聳肩，試著盡可能詳盡地回答，但我和外祖父和母親最親。當我提到母親時，我逐漸安靜起來。「壽美子，你最後一次見到她是什麼時候？」她問。我搖搖頭，沉默在我們之間暈染開。「你最後一次和她說話是哪時？」她繼續問。她凝視著我，我靜默不語。當我拒絕再說任何話時，她挪動坐在地毯上的身子，更挨近我，並用一隻手臂圈住我的肩膀，最後，我任她抱住我，並把臉頰貼在我的髮上。我可以聞見她身上的香水味，一種淡淡的麝香，很像母親的。「壽美，最後一次和她說話，是在電話上嗎？」她輕柔地問。

「她沒來，」我耳語，我胸中的痛苦開始鼓脹並擴散，「她沒來。」

女人抱起我，讓我半跨坐在她腿上。她緊緊抱住我，摩挲我的背。「沒事，寶貝，一切都沒事了。」她說。我激烈地喘氣，並涕淚縱橫地嗚咽，我把臉埋入她的頸項間，淚水濡溼她的衣領。當外祖父打開門時，她依舊抱著我。我從未見他如此憤怒。

繫緊那個結

我明確記得接到法務部來電時，我正站在外祖父書房的何處。在我幾乎住了一輩子的家中，一景一物依舊歷歷在目。那通電話掛了之後，有好半晌我仍然文風不動地凝視著地毯。一截截捲繞的白繩散落各處，我們最愛的安樂椅下還有糾結的一大團。我的手指刺痛，我本能地捏住所有手指，一併揉按，彷彿這樣的動作能安撫自己。

紙繩是由非常細，而且緊緊纏繞的紙製成，當你要打結時，它扭轉的股線會與你的手指頑抗。在最高法院期終測試的期間，我們所有人手寫的論文都必須整齊地用此繩綁緊。每一位我認識的律師、任何曾執業過的人，都會花很久很久的時間把繩索繫了又繫，因為倘若你無法正確地把試卷綁好，你那年就過不了。沒有人會寫到最後一秒——在最後的忙亂中，你可以聽見收攏考卷的滑動聲，和把紙張立起敲齊的輕響，然後便一片靜默，因為禮堂裡的每個人正埋首繞圈打結，拉緊細繩，綁好各自的試卷。

這些事件都近在眼前，那綑紙繩依舊四散在書房的地板上，然而那通電話卻把我撞離現階段的人生軌道。因為它提起我過世二十年的母親。

站在外祖父的書桌前。我再次拿起聽筒，我回撥給法務部，並接通矯正署。他們說紀錄上沒有我的名字，所以無法向我透露囚犯的任何資料。我和他們說明我接到的電話，以及來電人掛斷了，但他們存疑，「皿島小姐，我們的職員非常專業。假如弄錯了，他們還會再打給你。」

沒錯，法務部的來電訊息明確。對方找的是我外祖父，因此她唯一該通話的對象是他。我有想過打給他，但接著腦海浮現人在溫泉區的他，與朋友坐在冒著熱氣的浴池裡，頭頂白色法蘭絨巾，說著已重複多次的故事和笑話……我明白自己不能問他。他從未對我提過，說母親和一個監獄的男囚有關聯，連瞬間的暗示都沒有。

我慢慢走向我們的書架，望著外祖父最愛的法律案件精裝合訂本，就擺在我白色小教科書的旁邊。我雙手沿著書架上的書摩挲，小說，詩集，戲劇，最後停在一排檔案盒上。這裡頭放著從外祖父以降，到母親再到我的生命軌跡紀錄：全家人的出生證明，健康保險，銀行帳戶，能定義我們的一切都在這房裡，然而我從未在其中瞥見中村海太郎的蹤影。

我跪在地板上，找出母親的檔案。只有一份。這麼多年來，她被束之高閣，依舊在那兒，在我們目前的生命年輪底下：「理奈　一九六五～一九九四」，我把盒子放到膝上時，皮革貼面的觸感很光滑。裡頭是我母親學校的畢業證書，東大的錄取信，格式和我的完全一樣。然後是她的結婚證書，和一份惠比壽的房契，那是她和我及父親的家。再下面是品川區一間兩房公寓的租約；有我母親的簽章，契約最下方是我外祖父的章。他幫她找到新公寓。即便在離婚後，他也幫她，亦如他總是幫我。

原本計畫，品川的公寓將成為我的新家，但我無緣得見，裡頭包含著我母親人生的最後篇章，隱匿的一章。我甚至想不起她的聲音了，但我確實記得最後那次所聽見的。我相信當時打電話給我、說要來接我的她，就在那間公寓裡，但當時她說我們要去下田市。

和母親通完話之後，我等了又等。當天稍晚，外祖父出去找她，而我繼續待在樓梯上，抱著我的白老虎填充玩偶。外祖父去了好久，久到我開始害怕會被黑暗吞噬。等他回家，花江告訴他，我不肯吃晚餐也不肯上床；他從我臉上可以看出我嚇哭過。外祖父在我身旁坐下，伸出臂膀環住我，把我摟緊。他的觸碰溫暖又熟悉，當我俯身貼近他溫熱的肌膚時，琥珀和薑的古龍水味刺激著我的鼻子。外祖父親吻我的頭髮，把下巴擱在我頭上。他跟我說，媽媽有努力遵守約定，但她從品川的家開車來找我們時，車子摔出道路撞毀。

在檔案底部，我看見她的死亡證明，在伸手碰觸之前，我楞了一下。內容不曾也不會變地寫著——死亡地：品川區；死因：大腦缺氧。一切都與我被告知的車禍相符，什麼都沒變，那些事實經過二十年都未走樣。那天下午，我單獨在外祖父的書房裡看著這些文字，我領悟到所有我們被告知的謊言中，天衣無縫的那個最貼近真相。

被遺忘關係人

數小時後，我來到品川區，在黯淡的光線下，道路在我面前曲拐。街坊很安靜，只有葉片翻飛的聲音。當我走過兩幢大廈和一個幾乎沒有沙的廢棄足球場時，一縷蛛網斷片隨風浮蕩。我曾經讀到，數百年前，這附近有個公立行刑地；即便那地點已遷走，kegare，不潔還是留在土地裡，土壤被墮落的靈魂所玷汙，被血和罪惡所汙染。當然，這訊息早已遭深埋。如今只有持續匯集的日常生活：新的面孔、新的房子，新的家庭，壓根無人會想到塵土下掩藏著什麼。我懷疑母親當年遷往品川時，是否知道這段歷史。我懷疑她是否曾和現在的我一般，在向晚時分，走到這裡；是否曾來這裡求救。

警察局仍保有它的奶油色牆面和棕色玻璃窗，但因為僅有七層樓高，在海灣高聳摩登建築物的對比下，反顯得矮胖。透過玻璃門我可以看見嗶波的模型，雖然它也顯得小了些。

我朝主櫃檯走去，注意到坐在辦公桌後的警察都穿著寬鬆的藍色夾克，戴著藍色口罩，預防夏季過敏和空汙。這些是可靠的警察伯伯，「可敬的巡邏大人」，守護我們治安的人。當我走過堅硬的灰地磚，幾名警員發現我的存在。我還好嗎？他們能幫忙嗎？他們顯得焦慮，但也感詫異，應該發生了什麼需要他們關注的事。

我遞交出生證明和文件以證實我的姓氏從佐藤改為皿島。我說，我需要和曾經手一個已結案案子的人談談。站在主櫃檯後的男人躊躇，硬生生吞下一個哈欠。他說，有困難，或許你可以週一再來一趟？

我望向屋子的最後方，隔開內部通道和各部門的金屬護欄和天鵝絨帷幔。在實習期間，我曾去過好幾個警察局服務，但我只來過這裡一次，就是我還非常小的時候。

我認為傷害我母親的罪行就發生在這一帶，我解釋，我想查看你們保存有關佐藤理奈的任何紀錄。櫃檯後的男人不太情願。他提議，假如我先回去，下週可能會有某個人可以幫忙。

我想起那通打來找外祖父卻中斷的電話，裡面曾提到矯正署，甚至提到我母親，那口氣彷彿她還活著。我感覺怒火高漲。我看著那名警察，頂著張行政人員在無聊週五下午會有的臉孔，我說出一個在日常對話鮮少會使用的字：

「不。」

他置若罔聞地看著我。「皿島女士，假如這是舊案，檔案會在檔案管理局。」

「不。」我重複。他對我微笑，彷彿我說了什麼可笑的話。我朝櫃檯後的他探身。

「你一定找得到什麼人，」我說。「任何知道佐藤理奈案相關訊息的人——你現在就去找他們。」

「皿島——」

「我接到法務部來電，內容涉及我的家人，涉及一樁發生在此行政區、傷害我母親的罪行，」我堅持，「這裡一定有紀錄。」

聽見自己的聲音在這清冷的小廳中迴蕩，我有些微滿意。室內的人莫不瞪視著站在嗶波君旁的我。我想起外祖父曾給我看過的母親照片，那是大學時代的她，在東京的鬧區所拍，染著黃褐色的頭髮，回眸的笑容青春又張狂。我想她若在這兒也會微笑。

男人匆匆離開，把天鵝絨帷幔刷地拉向一側，消失在警局深處。我在櫃檯邊站得地老天荒。其他警員不再看我。當一名有些年紀的女人出現在我面前時，我正孤身坐著，因憤怒而一臉寒霜。「皿島小姐，」她說，「請跟我來。」她替我拂開帷幔，然後領頭爬上樓梯。「你真得滿幸運的，」我們往上爬時她說。「你要找的檔案並未被送走。基本上一九九五年以前的紀錄都不再需要保存。」

我默不作聲地跟著她。隔著牆，我可以聽見榻榻米上的腳步聲和肢體撞擊聲，柔道練習，警察大隊裡的警官每日必修。

「我今天就免了。」我的嚮導微笑地說。

「你不是外勤警官吧？」我問。

「我快退休了。」

我們穿過一個走廊，來到一間開放式辦公室。女人替我拉開門，我跟著她進入，坐在她辦公桌旁的空位裡。

「謝謝你的幫忙，」當她在我身邊坐下時，我說。我看著面前的檔案夾。不可思議地薄，彷彿裡頭什麼也沒有。「可否麻煩你幫我確認一下中村海太郎因什麼罪名被告，和我母親有何關係？」她對我的提問有些驚訝，彷彿她無法想像我毫不知情。「關於確切的指控，我們家人有些爭議。」我補充道。

女人點頭，然後打開卷宗，翻過第一頁。「根據紀錄，檢察官並未判他太久的刑期，」她說，「但最後是以殺人罪起訴。」

「殺人罪？」我問。我聽見耳中一記悶響，是脈搏鼓動。

「皿島小姐，要我替你倒點水嗎？」

我抬眼看她，搖搖頭，「這是他唯一遭起訴的罪名嗎？」

女人點點頭，但我依舊注視著她，等候她的反駁，告訴我，我母親死於單獨駕車時發生的交通事故。

「等我一下下。」女人說，留下我和書桌上打開的檔案。我可以清楚看見案情紀錄。上頭是他的名字，中村海太郎，下方是他的職業：分手師。當我讀到這個名稱時，便在腦海中搜索它的由來，我開始理解，他是怎麼捲入我雙親之間，以及他在離婚這件事上所扮演的角色。我再次看向這三個字：「分手」——拆散兩個人，而「師」——專家。教人難以置信，不過如今這類服務遍及世界，例如美人計高手、妓女、騙子，全是僱來的朋友和家人。既然有渴望，就有人願意為錢滿足那渴望。交易不負責後果。我伸出顫抖的手拿起那張紙，表格底部是正式起訴罪名：謀殺佐藤理奈。

我的喉嚨緊鎖。眼前的日光燈變得太過刺目。我想起外祖父，以及他跟我說過的所有故事，每個人都擁有、最後升格為神話的家庭故事。沒想到帶走我母親的不是事故，而是另一個人。

我吞嚥口水，想問警官是否還有更多此案的資料，但我知道在準備審理期間，所有文件就應該已送去東京地檢署的檢察官辦公室。警方所剩的調查資料，只有那些涉案人的姓名和案情紀錄。

女警回來時帶了杯水給我，我緩緩啜飲。「你有承辦檢察官的名字嗎？」我問，「或者對方的辯護律師？」那女人把檔案拉過去她那邊，迅速翻到底部。最後一頁別著兩張名片，名片下是一份新聞剪報。我外祖父從未給我的那一份。女警一看那張剪報便向我道歉，隨即塞到別處，但我說想看，並且伸出我的手。

她看著我閱讀那些段落。文章非常短，幾乎不到兩百字，但卻把我的家人定義得如此完整。「假如想的話就請留下。」她說，接著她回看卷宗，寫下檢察官和辯護律師的姓名和辦公室地址。

「我想，他們有可能已經搬走並結案了，」她說，把紙條交給我。

我點頭，「謝謝你，非常感激。」我站起身，對她深深一鞠躬。她回禮，本想說什麼，我隨即搖頭並退後，「不必麻煩，我自己知道怎麼出去。」說完便轉身朝門口走，無法承受她眼底的同情。

在走廊，我把頭靠在冰冷的深色窗玻璃上。夜幕已籠罩整個城市，品川區的街道在我面前雜亂蔓衍。街燈下，我可以看見自己輪廓明晰的反影，廣袤的東京在黑暗中灼灼螫人。我在玻璃窗上看見自己的臉，一張有著黝黑大眼和高聳顴骨的臉。頸間掛著一串珍珠項鍊，那是我母親的。在刺眼的光線下，乳白的球體隨著我的撫觸閃閃發光。

這許多年來，即便今日，我都不知道自己是什麼，有一個被某名詞所定義的身分。在東大圖書館念書時，我頭一次接觸到它，當時並不了解，我研讀的就是自己——「被遺忘關係人」。

在調查一樁罪行期間，受害者家人會被警方和準備開庭的檢察官反覆訊問。母親過世時，為了保護被告，司法系統會在那些面談結束後，決定這些人和他們的後人應當被「遺忘」。法庭審理程序中未受通知的家人自然不會出庭，而他們也不會被告知審判結果，甚至行兇者的出獄日期。像我外祖父這類的人必須埋葬亡者，繼續生活，並對傷害他們的人日後遭遇毫無所悉。

今天，剛失親的人依舊被稱作「被遺忘關係人」，但他們擁有更多權利。家屬可以參與審判，甚至僱用律師，例如我，可以在法庭上替自己辯護，或者影響判決，還擁有最後的特權。

在縮小的皇城區中央，檢察官辦公室就位在環繞皇家公園和皇居林立的鏡面辦公室和摩天大樓裡。位於太陽無法直射的一樓，空間內盡是一張張單人辦公桌椅。宣判後至多三年，受害人家屬可以取得案件紀錄和法庭判決，甚至經編寫的審判文件。在最高法院實習期間，我曾到此檢閱數個案子。然而，當我獨自站在品川警察局走廊時，我知道自己從未獲准為了自己走入那房間。

對於我們這種活在過去的人，所愛之人在多年前被謀殺的人，舊案是無法重啟的，或者內容無法公開。我所需要明白的一切——中村海太郎是誰？他之於我母親的意義，她是怎麼死的——會繼續存檔，無法取得，而且無論訴諸情感或法律，都沒有任何辦法可以索回。

我是一個「被遺忘關係人」。那一天我了解到自己被遺忘了兩次：一次是法律，一次是我外祖父，他奪走了我的歷史，並且抹除它。

我一個人站在走廊上顫抖，那日下午的腎上腺素替我的肌膚敷上一層薄汗，塊狀潮溼的衣物下傳來陣陣涼意。我厭倦故事，我想要事實，無攙雜而且清楚的事實。我想盡可能貼近我母親的人生。我想要見證引她走向死亡的事件。

當暮色漸暗黑夜垂落，我眺望整個城市，我知道還有個人會有檔案，但我不會在檢察官辦公室裡找到她，而且我不能向政府、警方，或我外祖父求助。假如我想知道母親生活的原貌和死亡的真相，我將聯絡我最不想見的那個人——也就是在審判中，替殺死我母親的兇手辯護之人：加賀島百合律師。

法律辯護

那天早晨晴朗無雲；沒有風，空氣也像透明玻璃般，能折射每一道陽光。商業區大樓赭黃牆面在黎明中發光，柏油上閃爍著一層熱霾。當太陽攀升得更高些，大街和頭上的快速道路擠滿車輛，巷弄內噪音喧囂，但在城市中心，我要找的辦公室就位在那群簇擁著彼此、周圍僅以窄巷間隔、頂上高懸電話線的辦公大樓裡。我走過陰暗處，在一幢鋪有淺灰色磁磚的建築物前停步，我搭電梯上三樓。公司接待處的一名年輕女孩領我走進會議室，裡頭有張圓桌，白色書架，一扇窄窗前還插著一盆天堂鳥。「加賀島女士馬上就過來。」女孩說，並把一瓶從販賣機買來的茶飲放在我面前。飲料瓶摸起來溫暖，入口時的熱氣安撫了我，強迫自己鎮定，並專注在接下來會有的對峙上。

當她終於走進來時，我站起身並且微笑，然而儘管有無數的事前演練，在見到她的那一刻，我還是無法克制自己的震驚。她臉上的某些特質令我惱怒：她的眼角有笑紋，頰上有酒窩。沒有白髮在光線下閃耀，墨黑且專業的裝束。她與我握手，溫暖有力的手勁與她纖細的骨架不相襯。她的頸間裹圍著圓點圍巾，翻領上別著只金鳳凰胸針——表明她現在已是合夥人的身分。

鮮少有律師選擇刑事辯護。政府通常會指定辯護律師，即便是那些被選上的人，這份工作僅占用他們一小部分時間。檢察官須確保每年被送至法庭審判的人中，百分之九九點八五都是有罪並且受到判決，假如只有犯罪者應該被指控，那麼同理可推，被指控者幾乎必定是有罪的。於是，在眾人眼裡，替罪犯辯護的律師都是可疑的、賺不到錢，而且有辱名聲，但當我望著這位飛黃騰達的加賀島百合時，完全感受不到這些。我見到她的時候，顯然地，她已成熟並且成功了。

她揮手示意我坐下，並且扭開手中茶飲的瓶蓋。她將面前的皮革卷宗放下，傾身看向我。「溝口小姐，」她說，用我給她的假名。「需要我如何為你效勞？我祕書說你想諮詢離婚方面的事？」她微笑，「恕我直言，你看起來非常年輕。」

「我想和你談談我的母親。」

「我了解了，所以你是代表她來的嗎？」

「是的。」我答。

「請，」她對著我的茶比了個手勢，「不用拘束。」

「我母親叫理奈，」我暫停片刻，然後才說出她夫家的姓，「佐藤理奈，她在一九九四年過世。」

加賀島百合望著我，臉上的和暖親切盡褪。

「你替殺了她的那個人辯護，」我繼續說，「中村海太郎。」

她垂眼看向她面前的卷宗夾，張開五指，試圖覆蓋整個卷宗，婚戒周圍的肉鼓起。

「你知道的，」她說，「我不能談論我的客戶。」

「但你該記得那場審判吧？」我問。「你還保有相關文件嗎？」

「我無權討論那些資料。」

「但你有那些資料吧？」

「有。」她仰起下巴，直視我的臉。我欣賞這點。

「你仍然代表中村海太郎？」我問。

她審視我片刻，瞥見我緊緊纏裹的髮髻，已有幾絡散落，然後是我黝黑的雙眼，和眼下的暗影。「我已經不再代表他了。」她答。

我伸手拿起面前的瓶子，啜了一口茶。「我最近剛獲取律師資格，」我說，目不轉睛地盯著她，「並且剛完成在和光的實習。」

她點點頭，靠回她的座位裡，拉開我倆之間的距離。

「我一直想成為一名律師，」我繼續說，「像我外祖父那樣。」我看著她桌面上的手緊握，「你認識他吧？」我問，「你見過他？無疑你一定和他說過話。」

她猶豫並且看向門口。「佐藤小姐，我幫不上忙。」

「你是一名好代理人嗎？」我問。「你有提出謝罪協商嗎？」她努力保持平靜，但當我提及給被害人家屬的撫卹金時，她畏縮了，這裡的撫卹金意指以財務賠償換取原諒，而且有時候，可以訴請法庭判處較輕刑罰。

「你外祖父拒絕了。」她說。

「你是說錢還是上訴？」

「全部。」

我俯身向前，緊盯她的雙眼。「我只想知道是怎麼回事。」

「拜託——這點我幫不上忙。」

「他殺了她嗎？」我問。

她皺眉，低頭看向此刻已在身前交握的雙手。她並未對感情或我免疫，我很高興。

「我不在乎他的下場，」我慢慢地說，「他的判決早在很久以前就已決定。我不會再對中村海太郎做什麼，但我真的想知道他對我做了什麼；我想知道他為何走入我的生命。」

這回她向我傾身，片刻後，她伸出手，握住我的手，「那些依舊是必須保密的資料，」她輕柔地說，「我無法背棄保密義務。」

她的話觸怒我，多偽善的漂亮話。「你認得我的，」我說，抽出手覆在她手指上，「我們以前見過。」我握緊她的手，把她拉過桌面，「你不記得了嗎？你把我抱在膝上安撫？」

「佐藤小姐，拜託。」

「皿島，」我說，鬆開她的手，「我改姓了。」

她退回她的椅子裡。視線落在擺在她面前並未開啟的皮革檔案夾上，邊緣別了枚小徽章。我也跟隨她的視線看向那金黃球面，注意到獨特的雕刻花瓣和被圈在核心處的小儀器：向日葵和天秤。

取得資格後，每一位律師都會收到此別針，背後並刻有他們的編號。我的還沒寄來，但我能想像在日本律師聯合會的一間貯藏室中，它躺在黑絲絨盒子裡，光潔閃亮，在黑暗中等候。開始時，這些徽章明亮耀眼，它們的金盤尚未失去光澤，但假以時日，鍍層磨損，便會從中央處的天秤開始褪色，露出底下未加修飾的銀。我的朋友打算把他們的徽章放在零錢包中，加速氧化的過程，好獲得資深的假象（在那一刻，我不知道我是否會那樣用我的），但眼前擺在桌上的這枚，早已展開它的人生，如今隨著年歲增長而晦暗：向日葵代表自由，而天秤，則是替所有人伸張正義。

加賀島百合看著我，並且做出當時我沒料到的反應，她微笑。

「那案子已經了結，」我說，「假如我都不在乎他的下場了，你幫我又有何要緊？」

她不語。

「我知道洩漏案情你所要面對的風險，但我不會揭發你的。」

她瞥向她的手指，我方才抓住她手的地方還是粉紅的。

「你一定知道這對我有多艱難，」我說，「向你求助。」說出最後一句時，我再也無法克制我聲音裡的激動，「他到底是怎樣一個怪物，竟不准我知道真相？」我問。「他真願意我這樣活著？」

她垂眼看向她的檔案夾片刻，然後把它拉近自己，她的手指覆蓋在徽章邊緣。「跟我來。」她說。

我們離開會議室，穿過開放式辦公室到她的小隔間。檔案靠著單薄的牆堆放，她的辦公桌也和我的一樣，覆滿文件和筆記。角落有只拉桿行李箱。法律這行仍舊非常重視紙上作業。資料鮮少轉移到線上，甚至在線上取得，倘若要帶工作回家或者與客戶見面，我們會用這些行李箱來裝運我們的檔案。加賀島百合打開她辦公桌上的一個小盒子，抽出一把鑰匙。「請跟我來。」她說。

我們走出辦公室，她向視線觸及的那些人點點頭，停下腳步，對她的祕書低語一些指示。當我們經過接待櫃檯前，我拿回留在該處的黑色拖輪袋。對於我的自信和準備，她挑了挑眉，我微笑。

在房間盡頭擺了扇彩繪屏風，遮蔽一道雙扇門。她打開其中一扇門，揮手示意我先走。我走入的房間是如此昏暗，幾乎是黑的。盡頭處是成排的滑輪式書架，就像一般人在圖書館見到的那種，層層堆疊到天花板。吐納著帶霉味的冷涼空氣，我的視線從這些巨型書架移到沿牆擺放的檔案櫃。

「你清楚記得那案子吧？」我問。

「是的，」她說，打開主要的燈。

我向前走，深棕色的地毯吸收了腳步聲。這房內有那麼多的檔案，跨度達數十年，每一件都按年分及字母順序擺放：一九九四A到J，K到R、S。

「你要找的在這兒，」她說，站到沿牆擺放的一長排檔案櫃前，「底部那些深的資料櫃。」她從手上的鑰匙圈中掏出一支，打開其中一格抽屜。「裡頭還包括錄影帶。」

「錄影帶？」

「中村海太郎拒絕畫押認罪，」她說。「他遭逮捕後甚至拒絕說話好幾天。最後他們只好錄影。」

她直視我的雙眼，逼得我只能看向別處。嫌犯一遭逮捕，可以在沒有被起訴或委派律師的情況下被拘留二十三天。

「他過了多久才被起訴？」我問。

「二十三天。」她說，我在腦海裡計算，在國家公權力下，度過緩慢流逝的五百五十二小時，三萬三千一百二十分鐘。

「我應該——」我猶疑，「應該要有什麼樣的心理準備嗎？」

她轉身面向抽屜。

「他簽了嗎？」我問，「認罪陳述？」

「自己看吧。」她說。用力抽出幾卷ＶＨＳ錄影帶，放在檯子上。

有片刻，我傻站原地，看著她走到房間盡頭，推開大書架，露出一道塞滿紙本卷宗的狹窄通道。「不要在這裡看。」

「我可以帶走錄影帶嗎？」我問，她點點頭，雙眼盯著我的臉。

「我給你兩週的時間，」她說，「但每件東西都得還我。」

「我可以掃一眼那些文件嗎？」我問，「就一會兒？」

她點點頭，我因突然鬆了口氣而微笑，打我踏進她的辦公室以來，頭一次解除警報，不再緊繃。我走上前，毫不保留地表達我的感激之情，「謝謝你。」我說。

「你有權知道是怎麼回事。」

「謝謝你。」我再次低語。

「而且你也傷害不了海太郎。」

她說出海太郎這三個字的聲音和背後蘊含的感傷令我猛然一顫。

「壽美子。」她輕聲喊著，俯瞰著我的神態，彷彿是在我這具已長成的女性身軀上，看見了當年的小孩。

她轉身走向出口時，我怒視著她的背影。

「百合，」我說，她轉身。我依然可以看見她在日光燈管映照下瑩潔的臉龐。「無論你當初從我這兒得知了什麼，有幫到他嗎？」

她考慮半晌，然後打開門。「由你判斷。」當她身後的門鎖喀嚓扣上時，我轉身走向高聳的大書架，和陳列其中的所有檔案。

我不能待太久，會帶文件回去，但在離開前，有份文件我非看不可。在失去母親，並且對她缺乏真正了解的情況下活了這麼久，我必須知道她是怎麼死的。我需要事實。因此我採取英文源自希臘語，意指「眼見為實」的作業程序：尋找她的解剖報告。

這不是我見過的第一份解剖報告。在最高法院實習期間，每一位有抱負的律師花了好幾個月待在法院，協助檢察官團隊和調查犯罪案件。

我們與法官坐在一起，起草監禁判決，而在每一宗殺人案中，我們會參與驗屍。我永遠記得我的第一次——站在一家醫院的地下室，我的鼻孔裏著一層辛辣的維克斯薄荷舒緩膏，在其他人的臉孔上看見自己的灰敗蒼白，我們都戴了白色乳膠手套，正等候法醫到來。

法醫都謹慎勤勉，熱切地解說人體解剖學，並邊解剖邊宣布發現的結果。他們鼓勵我們參與。某一次，醫生示意我上前，當我靠攏時，其他實習生還向旁邊挪了挪。她沒有採傳統術式，從Y字形切口開始，反而著重在切開會厭和咽喉，以研究該處所遭受的損害。當她向我指出縛索、肌群和骨骼，我們正為其聲張正義的亡者組織時，我向前探身。我已經看過該案的檔案，但當我受邀碰觸那身體，按壓大敞的血肉直到露出白色的下頜骨時，我對整個案情又有不同的理解。

在我們的訓練中，這是至關重要的一環：直視生死。從法庭的各個面向——作為法官，檢察官，或者律師——每一名律師必須清楚利害得失，我們每一個人必須決定什麼是正義。這些課程讓我們對我們的生活和家庭心生感激。設計這些課程，就是為了激勵我們做正確的事，仔細觀看那些做了不可告人之事的人，公平對待他們和他們所傷害的人。我想我了解此點，我用心觀察，努力不畏縮，但我不知道到頭來這一切竟會用在自己身上。

在加賀島百合的檔案室裡，我納悶母親解剖時，她是否也在場；是否看著她躺在解剖臺上，並且以最直白的術語理解她為何來到這裡。我納悶她是否用戴著手套的手碰觸她，並且從她的肢體感覺她曾有過並失去的人生。我相信她有。我相信當法醫助理完成所有前置作業，她肌膚上的每一疤痕傷口都做了分析，她也站在我的母親旁，看著他們把她劃開，刀深入骨。

警視廳辦公室

高輪警察署，品川區，案號：Case #001294-23E-1994

執行解剖法醫：松田浩醫師

首席毒物學家淺尾文則博士

日期：一九九四年三月二十七日

時間：早上八點三十分

死者姓名：佐藤理奈

出生日期：一九六三年三月二十八日

年齡：三十

人種：日本人

性別：女

死亡日期：一九九四年三月二十三日

確認屍體人：皿島耀西，死者父親

■初步報告

屍體屬於正常發育的日本女性，身高一六〇公分，體重五十三公斤，而且外貌大致與所陳述的三十歲一致。雙眼張開，虹膜是深棕色，瞳孔〇．三公分，角膜混濁。棕髮，未染，有層次，最長的頭髮大約二十五公分。屍體冰冷，未做防腐。

屍身有數處疤痕，在腹部的麥氏點找到一道傷口，暗示闌尾切除手術（後經內部檢查確認無闌尾），下腹部也有一道外科手術疤痕，合併拉長的骨盆帶，表示死者經剖腹生產過一名孩子。另外，在左右前臂的尺骨和手腕有燙傷痕跡，左右手拇指和食指有表淺性疤痕，經與家人會談，表示這些傷口由烹飪和家務所致。

面部肌肉、頸部、上身和四肢可見屍僵現象，下背組織、臀部和肢體末梢部分也有屍斑。此發白的壓迫性組織和相應的深紫變色（血液沉積在肢體的結果），表明屍體在死後被搬動或撐起呈直立坐姿前，曾平躺數小時。頭部的傷害包括瘀青和枕骨上方的頭皮腫脹，以及下巴底部挫傷。死者臉上也有大量變色和充血，眼睛的結膜和鞏膜，嘴唇黏膜和嘴內部都出現點狀皮下出血。勒斃的情況下最常出現這些傷害，因為頸部臉部和眼睛的血管壓力突然且激烈地上升。

死者頸部的組織出現兩條水平繩痕，正好環繞和越過喉結下方。這些溝痕的角度在前頸形成一個淺V形，表明棉線或細繩是從死者頭上套下再拉緊。內部檢查可見繩索穿透頸部皮下組織造成出血。這些繩痕的寬度在〇．三到〇．五公分不等，與懷疑所使用的繩索——在犯罪現場找到的家用棉繩樣本相符。幾許白色纖維應該也是源自嵌入皮膚溝痕的細繩。

儘管這些傷害表明致死方法為繩索勒殺，但證據顯示兇手也曾徒手緊扼。脖子覆蓋著各種嚴重挫傷，亦即在氣管兩側的圓形擴散瘀痕和頸項側邊的深月牙形指甲印。屍體的內部檢查揭示這樣的襲擊造成頸部軟組織出血，以及舌骨和甲狀軟骨破裂等創傷。

屍體有一些防禦造成的傷口，包括左右前臂和手腕的瘀傷，劃過手背的擦傷，右手指甲斷裂，認為是抵抗所致。

除了用無菌棉棒擦拭臉、頸、軀幹和生殖器之外，死者所有指甲下的血液和上皮細胞亦已採樣並送檢。

生殖系統的檢查揭示近期性行為的證據（取出體液分析用）。但生殖器組織沒有出現創傷，也無任何線索指示性行為是被迫和強制的。死者並未懷孕。

■鑑識意見

死亡時間：在犯罪現場依據屍體溫度、屍僵和屍斑評估大約死亡時間發生在一九九四年三月二十三日下午五點至七點間。

致死方式：勒斃

死因：大腦組織缺氧

評語：從死者採取的血液樣本經測試為O型陽性。受害者指甲下找到的其他血液樣本為AB陽性（很少見，在日本男性中，僅占百分之二十）。初步的DNA指紋鑑定確認此血液採樣即為被指控攻擊她的人所有。其他用棉棒擦拭身體皮膚所取的樣本顯示有第二名男性的唾液。這些樣本的細胞活性暗示與受害人在臨近死亡時間有接觸。進一步的檢測等候批准。

■證據清單

一、二十張屍體穿衣和未穿衣的解剖照片。
二、一件白色高領T恤，小號尺寸。
三、一件海軍藍牛仔背帶褲，沾有粉紅色油漆，小號尺寸。
四、一件白色內褲。
五、一件白色胸罩。
六、一雙白短襪。
七、一對質地光滑的金珠耳環，直徑〇・五公分。
八、一只金色腕錶，金屬編織錶帶，寬度一・七公分，長十六公分。
九、採集的一組指紋。
十、十個剪下或斷裂的指甲，已送去分析。
十一、五十根頭髮、眉毛、睫毛、陰毛等毛髮樣本。
十二、二十根擦拭身體的取樣棉棒，送去做DNA指紋鑑定。
十三、五根擦拭陰道和肛門的棉棒，留存和檢測精液用。
十四、血液、膽汁、組織（心、肺、腦、腎、肝、脾）採樣留存。

十五、右側肋膜血液和膽汁已提交做毒物分析。胃部內容物保留。

十六、一次屍檢電腦斷層掃瞄。

十七、一次屍檢磁振造影。

松田浩醫師

東京都監察醫務院

一九九四年四月二十七日

家

那天傍晚回到目黑，我站在我仍舊與外祖父同住的屋子外面，在白色的鐵門前，我發覺自己已經有很長時間，沒好好看過我的家了。我心裡創造的形象是以前留下的，然而現實早在我眼前改變。我們看見我們想看見的；我就是明證。

我母親還活著的時候，前面花園曾經鋪滿有光澤的白色鵝卵石，磚砌車道邊緣還有小灌木。當我打開門，我看見我母親不在後，光陰都做了些什麼。小綠磁磚雖然還是清掃得乾乾淨淨，但原本生長在門旁角落的木蘭花如今卻枝葉過於繁茂，眼看就要擠滿車道。而曾經打磨得光亮走道泛著發霉的水光，鵝卵石邊緣也裹上一層斑點狀的灰膜。

我打開前門，走進玄關。有一瞬間，我突然意識到自己在捕捉廚房裡花江的動靜，諦聽正準備晚餐的她，挪動鍋碗瓢盆的碰撞聲，但她根本不在。我滿二十歲時，她便離開我們，回南方老家了。

我換上拖鞋，輕步走下通往地下室、燈光朦朧的樓梯，屋內寂靜無聲。我母親家熟悉的小圓麵包香味被潮溼的寒氣取代。地震期間，地下室是我們的避難所。牆和地板都是鋼筋混凝土，每個角落還有粗柱鞏固；一個堅不可摧的幽暗空間。我外祖父的歸檔癖在這裡持續發酵。所有那些他不需要，但不能丟的東西，都會分門別類地上架和裝箱。一年一次，外祖父會請清潔公司派人來大清掃，結束後，他會親自下去確定沒有任何物品遭竊。深吸一口冰冷的空氣，我走向貼有「電器」標籤的區域。

手臂裡夾著VCR，我在前廳停步，去拿我裝錄影帶和案件檔案的黑袋子。頭頂上的燈朝外祖父書房投下一束光線，照亮裡頭的書。我在那房裡花了那麼多的時間，甚至都開始認為那是我的書房，但如今也證明那是種錯覺。

從我站的地方可以看見在修學位和在和光最高法院實習期間所開拓的書架。和法官一起工作時，我起草了數個監禁判決。那些受認可的已經執行。我收集過東京和鄰縣的監獄手冊。大部分都是學院編的，但有些是為了滿足好奇的民眾而出版，因此裡頭盡是穿著冬夏制服的卡通圖畫，男人或採正坐姿勢等候牢房檢查，或排成整齊隊伍，拿著飯碗跪在地上。我全都讀過了，但那一晚，我看待這些手冊的角度與我從書上學到的不同。假如我拿起它們，它們也會感到不同，它們會覺得很個人。

望著家裡浸沒在黑暗中的那些書卷，我很確定一件事：我不想知道中村海太郎的命運；我只想知道他對我，及我的命運做了什麼。

上樓走到臥房，我把所有東西放在角落的棕色小電視前。這個至少沒變，雖然我已經有段時間沒開過了。我還記得放學後，外祖父也下班回家的傍晚情景，他會跑上樓看我，然後把手放在電視機後頭，假如是熱的，他就知道我看了一整個下午的肥皂劇沒作功課。我很快就掌握那時間點，知道留給機器一小時冷卻的好處。

當我把錄放影機裝置好時，我從那臺小螢幕上看見自己房間的倒影。我的床，整齊地鋪好，起白花的灰色被單折疊在床尾。我那天早上挑出的乾洗套裝掛在衣櫃門上，還有小說、雜誌、零散的教科書，堆疊在靠窗的椅子上，就在我飽受摧殘的白色小老虎旁。窗邊有白色的鏡子和梳妝臺，我每天早上會坐在那兒擦脂抹粉梳頭髮，看起來彷彿一如既往，但只有在那天晚上，我在它上了亮漆的表面，看見盛裝打扮的過往歲月，像是夏日慶典和學校音樂會。那個梳妝臺記錄了我的童年：回憶像泥沙般，積聚在我生命的底層。

我在梳妝臺前坐下，拉開第一格抽屜翻找。裡頭擺滿從藥妝店買來的唇膏和乾掉的指甲油，一張高中射箭證書，最後，找到那張棒球隊合照。我坐在紀美子隔壁，她是我討厭了一整個五年級的人；就連如今看著她都會讓我童年時的氣惱重新浮現。

在下一格抽屜裡有一張我父母參加某派對的照片。他們一身波西米亞風的海盜裝扮，我母親前額掛著一條珠鍊。她的照片全收在樓下家庭相簿裡，反而父親的相片非常少，因此我很驚訝會發現這張。我的父母看起來魅力四射，充滿神祕感，無論我怎麼盯著他們看，都無法看透他們在想什麼。我把照片塞到一旁，改去翻一疊筆記本，最上頭擺著有地球圖案的「壓力」球，我經常邊複習功課，邊捏擠它，不然就是兩手來回拋接。我依然記得我努力熟背一個又一個判決時，發泡塑膠擊在我掌心的悶響。還有一枚複製的羅馬幣，是外祖父在義大利買給我的，和我們的旅遊照片放在一起。我剛進入可以讓我為申請東大作準備的補習班就讀時，外祖父決定帶我出國作為犒賞。照片中，外祖父站在阿西西禮拜堂的階梯上欣喜若狂，而受青春期叛逆情緒禁錮的我，則疲倦無聊地靠在巴士上，我看著照片不禁微笑。

在最後一格抽屜，我找到一份國歌、一面學校遊行的旗幟，和一疊母親給我的生日卡。在這些卡片底部、最後一張卡片下頭，有個信封。

當事件與我們告訴自己的故事不相符時，我們會把它從生活和經驗中抹除。但仍然有些記憶在外圍盤旋。它們從別的時空探向你，並把喜悅的一刻轉變成恥辱的一刻。從那時開始，這些記憶不再離去，它們在你的視野邊緣徘徊，並且說，「看看真正的你。」

信封裡是張照片。我拿起來，細品指間的蠟質觸感。相片很舊，顆粒也粗，拍攝晚夏海灘上的三個人。相片裡的陽光柔和、呈現濾鏡般的質地，空氣裡夾雜著幾許熱氣。背景裡，鑲著白色泡沫、清晰翻捲的浪花拍打海岸，遊艇在一個開放的小港口處漂浮。前景則是一家人。

女人在棉質洋裝外罩了件淡色的開襟羊毛衫，領口高窄，襯出她纖細的頸項。她正對身畔的兩人大笑著——穿著紅短褲和T恤的小女孩，雙腳在空中亂踢，並對高舉起她的男人吐舌頭，男人則對她咧嘴笑著。太陽在他們身後沉落，而且除了男人閃爍的微笑，他的臉是在陰影中，但假如你仔細看這張照片，假如你聚焦在男人和小女孩上，你可以看見他們望進彼此眼睛，而且他們很快樂。站在我每夜蜷縮其中的床旁——我童年每一個孤獨的夜晚——我任照片從我指間滑落。

案件檔案原本必定是米色的；在我臥室的燈光下，我可以看出它是如何日久年深地被手指汙漬和便宜墨水染成髒汙的灰色。裡頭有法醫檢驗報告，面談紀錄，證人證詞，全都謹慎打成正式文件，但也有些手寫的紀錄，有些是寫在便利貼上，或者在單張紙上潦草塗鴉。當我閱讀時，它們開始起了變化，彼此融合，拼湊出一個畫面，我母親所愛的男人樣貌躍然紙上。因為她必定是愛他的，除了愛，她絕對不可能為了其他較不重要的事離開我。

一個人可以在沒有被起訴和沒有法律顧問的情況下拘留二十三天，在這段期間，國家會決定他們何時需要吃、睡或沐浴。可能會有無休止的訊問，不同的警察輪番上陣。不嚴重的暴力行為，像是甩巴掌是可容許的，但踢人就太過頭。我從加賀島百合的筆記得知警探們對中村海太郎的想法——他們視他為怪物和兇手。他們判斷他的緘默是蔑視，他的拒絕認罪是毫無悔意。我可以理解他們的態度，而且在那一刻，我也有同感，因為倘若他是殺了我母親的男人，那麼他活該遭虐待。

檢察官有實施偵察、找出事件真相以破案的權力。通常，這會藉由取得完整的認罪陳述來實現，而且一旦簽名，認罪陳述就轉為合法證據：一場迅速且輕鬆審判的關鍵。我看了好幾個中村海太郎的判決草稿版本，先是由一警探所寫，最後是由主任檢察官親自草擬。有好長一段時間，他都拒絕簽署，但最後還是簽了。那晚，我在臥房，想不出他這麼做的理由。

我身旁的地板上擺著訊問錄影帶，那是經檢察官裁量才交給加賀島百合的。他沒有義務分享這些帶子，因此他必定認為它們夠站得住腳，然而我懷疑加賀島百合是否也這樣看，因為她用紅筆在三捲帶子上畫了個星號。在調查進入尾聲時，檢察官親自主導與中村海太郎的所有面談。他的訊問在一九九四年四月十二日開始，標有記號的第一卷帶子上寫的也正是這日期。把帶子送入錄放影機，我起身關掉我房中四壁的燈。然後坐在螢幕前，獨自籠罩在一抹光源前，身後是無邊的黑暗。

影片先是忽隱忽現的黑白顆粒，接著影像突然穩定下來。他坐在一張椅子上，別過臉不看鏡頭，彷彿假裝它不存在。他歪著頭俯視自己的大腿，頭髮長又髒。我可以透過蔓生了數週的鬍茬看見他臉上的瘀傷。腮幫子上有塊烏青的擦傷，紫色而且腫起，但可能是遭監禁前即有，因為邊緣已經癒合。然後在這一切的下頭，像個影子似的，是他從前的自己：年輕、充滿活力。我母親認識的那個男人。

海太郎突然抬眼看著攝影機並且微笑，讓我驚詫地猛吸了口氣，因而錯過開頭的部分。

「我熱愛我的工作，而且我很在行。」

「回答問題，中村先生。」

「一字不漏的回答。」

「她是工作？一個目標？」

海太郎笑了。「她是我的生命，」他掃視屋內四周，從灰色的牆，看到不透明玻璃窗，和窗後頭的警官，最後看回坐在他對面的男人，「而且最後她也會擁有我的生命。」

「你何時第一次遇見被害人？佐藤先生告訴我們，你第一次遇見他妻子，是在惠比壽的市場。是真的嗎？」

海太郎俯身探過桌面。「你以前遇過像我這樣的人嗎？」

「沒有，你是頭一個。」

海太郎靠回去，雙手交握；這是會遞給小孩冰淇淋甜筒的修長優雅雙手。

「你的問題很可笑，」他說，研究起他的審訊人，把他修剪整齊的指甲、他的西裝全納入眼底。「你們全都很可笑。」

訊問人的嘴唇抽動，但他什麼也沒說出口。在燈光的照射下，房內必定很熱，海太郎的太陽穴和他乾裂的嘴唇上逐漸冒出發亮的汗珠，但他沒有伸手抹去汗水。有瞬間，他瞄了一眼擺在兩人間的卷宗夾，和別在角落的徽章。那是朵有金色葉片的白菊，中心是顆紅太陽——極端氣候的烈日秋霜——意欲提醒配戴者嚴厲的刑罰和權威，因而執法人應當剛正不阿，恪守節操。海太郎或許不了解徽章的意義，但他面前的男人可不是單純的警探，他了解。

「佐藤先生提供你有關他太太的資訊，他與此案牽連很大嗎？」海太郎仰起他的下巴，以閃耀微光的眼神回答。

「他讓你殺她的嗎？」

「去你的。」他的聲音低且柔，但在所有的瘀傷底下，他的臉是蒼白的。「我知道你們怎麼看我，」他說，「你和你那些不知名姓的走狗。」

「我是黑澤秀夫檢察官。」

「你也不想聽。」

「我想了解。」

「證明呀。」

在熾熱的燈光下，兩個男人打量彼此。海太郎瞥向面前桌上用訂書針釘起的文件，那是預先準備的認罪陳述。黑澤跟隨他的視線看去，然後伸手拿起那份打字表格，塞回卷宗夾，並把卷宗夾收到公事包裡，不讓對方看見。桌上只剩他的筆記本，翻到空白頁攤開。他看回海太郎，「是怎麼開始的？」他問。

海太郎稍微坐直了點，斟酌著。然後他緊張地吸了口氣。片刻後，他的聲音從帶子中濾出，真實地傳來。「我跟蹤理奈去市場，」他說。「我從你們的朋友佐藤那兒拿到一張她的照片，但她看起來非常年輕，非常——」他停下來，彷彿想不起那字眼。「我覺得那應該是很久以前拍的。」他抬眼看黑澤是否有寫下，但他沒有。

「根據佐藤的描述，」海太郎說，「我以為會是一個比較老——更尋常點的人。他把理奈說得好像是個寂寞的女人，對生活感到厭倦。我的老闆希望速戰速決，老實說，我也是。當你在這行和我一樣資深時，就會變得有些公式化，我是指愛情。」海太郎微笑，似乎想激黑澤打斷他，但檢察官沒有，兩人陷入沉默。

「人們覺得我的工作——」海太郎說，「我過去的工作很奇怪。他們無法想像自己從事這樣的職業。然而每個人每天都機械化地做著跟我工作內容一樣的事，那就像呼吸一樣自然。我們研究周遭的人，解讀他們的希望、需要，然後展開行動。」

「這是不是有些憤世嫉俗？」黑澤問。

「世界上沒有哪個小孩不解讀他們的父母，」海太郎答。「每個學步小孩都會摸清照顧他們的人的情緒，並且作為行動依據，好得到自己想要的東西。那是和其他人共同生活必須具備的技能。我們的生命都用在訓練上，黑澤檢察官，你只是以不同的方式運用你的知識罷了。」

「怎麼說？」

「你調查罪犯和他們的罪行，但你能看出他們需要什麼。你知道該怎麼做來誘使他們幫忙。你能使出各種招數來取得你要的東西，即便是在這房間外頭，和那些官僚打交道，或者是在家和你老婆相處，我認為我們的工作方式非常相似。」海太郎探身向前，「我可以喝杯水嗎？」

「不行，繼續說。」

「當我剛到東京時，一無所有，連臺相機都沒有。除了我自己，我能拿什麼換取生活？」

黑澤點頭，等候著。

「人們想要什麼？認同？讚美？感情？那就是吸引力所在——我喜歡你因為你喜歡我——關係就是如此運作的。你把自己變成每個人的鏡子。你假裝對他們的問題感興趣，散發出滿滿的認同，而且你把他們想看見的東西反射回去。」

黑澤伸手拿起他的保麗龍飲料杯，呷了一口茶，茶湯顏色如菸草般深黑。「你接了多少件這樣的案子？」他問，海太郎不予理會。

「我觀察理奈好幾星期。身為母親，她出門辦事總是匆匆忙忙，這樣才能盡快回家陪孩子。不過有一天晚上，她變得不太一樣，她的表情裡出現某種東西，一種我先前不曾見過的哀傷。她似乎很迷惘，我感覺機會來了。」

「她在市場裡，看著一堆特選的水梨，伸手掏錢包，我走近她時，她的頭髮覆在臉上，但我已經知道她不是丈夫認為的那種矮胖的家庭主婦。不是某個單純寂寞的女人。當她抬眼望向我時，我看見原本以為在她身上應該找不到的自信。她挑高眉毛，挑釁地看著我。我問她是否知道哪裡可以買到好吃的起司蛋糕。」

黑澤笑出聲，海太郎抬眼看他。

「我知道，因為甜點總代表性感，對吧？」海太郎咧嘴笑了，「理奈也笑了。她抬手指指身後的攤位……當我邀請她喝杯咖啡時，她還在笑。」

「她跟你去了嗎？」黑澤問。

海太郎搖頭，笑意從唇邊隱沒，「她結婚了，她告訴我，她說她有個孩子。意圖嚇退我，要我正派些。」他吞口口水，「她很正派，」他說，「在我解讀她、跟蹤她、拍她的照片之後，我唯一能想到的是我懂她。我懂這個我無權了解的她，而且我懂她回家的理由。」

「我指著理奈的婚戒，並且說我知道她已婚。此語令她驚訝。顯然已經好久沒人和她搭訕了。我無法相信人們有多瞎。」

「我給她我的名片，告訴她倘若改變心意，隨時聯絡我，但當她搖頭時，我鬆了口氣地走開。我穿過市場，正盤算著該如何說服老闆放過此案時，可怕的事發生了，她竟跟上來了。」

她站在我面前，一臉鎮定，羞怯且誘人，說假如我還感興趣的話，她確實有時間喝杯咖啡。她伸出手，介紹自己。『我叫理奈，』她淡淡笑著說，『佐藤理奈。』她眼底的期盼瓦解我的偽裝。我叫她回家，說她最初的直覺是對的。我記得我轉身時，拋給她的眼神，以及她臉上的受傷表情，但我依舊沒有回頭。之後花了好幾星期才又再次接近她。」

「但你確實，」檢察官問，「你確實再次接近她對嗎？」

「我非如此不可。」海太郎回答。

「因為主管施壓嗎？」

海太郎搖頭，「那不是我回去的原因。」

「是另一個分手師，葉瑠？」

「我不會讓他碰她。」海太郎生氣地說。

「所以後來呢？」

海太郎俯視他的雙手。「我回到她住家附近，但她總是很忙。我試著出現在我知道她會去的地方，但我並未靠近她。我經常會想起她。我年輕時曾交過一個女朋友，我喜歡有伴的感覺，享受魚水之歡，甚至在我搬到東京，從事這個行業時也是，但過了一陣子，我開始和那些人保持距離。但理奈，即便是在看她的檔案時，我都可以感覺到有股吸引力把我拉向她，彷彿我想被擄獲。我想告訴她佐藤的事。不開玩笑、沒有欺騙。我可以提議一起去情趣旅館，然後拍張照片，或者她可以按自己的條件提離婚。然後我們可以像其他人一樣碰面，重新開始。」

「你為何沒這麼做？」黑澤問。

「化學作用是很強而有力的，」海太郎說，「但它也不堪一擊。假如我跟她說我受僱要做的事，我感覺在前方等候著我們的生活將永遠不可能實現。」

「你還是可以離開。」黑澤說，但海太郎未理會。

「當我再次遇見理奈時，她可以察覺我的猶疑。我們兩人之間的感情永遠是那般真實具體，幾乎可觸摸。她可以感覺到我在想什麼，但她把我的不情願視為害羞，也或者是她所期待的正派。那時我便知道，我們的友情，是那般脆弱，根本不可能不被我的職業摧毀，再也沒有重新開始的可能，她會厭惡我，我們之間所有的夢想、情感，轉眼成空。」海太郎打住，「但我無法把她留給葉瑠和佐藤。」

黑澤沉默，然後他向有色玻璃窗揮揮手，沒多久一名穿著警員制服的年輕男人用塑膠杯裝了一杯水進來。他把水擺在海太郎面前，海太郎彎了彎嘴角，露出微笑，但沒有喝。

「我從未對理奈演過戲，」海太郎安靜地說，「我在其他女人面前扮演的角色，沒有一個能吸引得了她。理奈會揭穿我，她可以識破那些把戲。她對其他人的觀察可比別人對她來得更加入微。在那方面我倆很相像。」

「所以你跟她講你自己的事？」

「我就做我自己。」

「你跟她聊過你的童年嗎？你在哪裡長大？你哪裡人？」黑澤堅持地問，「為何要冒這風險，讓即將被拋棄的目標、對象出現在你的家鄉？」

「我沒有拋棄她。」海太郎說。

「有，」黑澤安靜地答，「你有。」

「她知道我，」海太郎說，直視質問他的人，「不是我的工作，而是真正的我，而且她並未被她所看見的嚇到。」他靠回椅子裡，抬眼凝視黑澤身後。他的表情裡，頭一次出現了一種輕盈，生命中一段充滿希望的美好記憶。「理奈給我的感覺——她是我的歸宿，一個不僅了解我，還喜歡我的女人，她就像另一個我。」

「她想離婚嗎？」

海太郎的看向別處。「一開始不。」

「這很常見嗎？」

「大部分人都很自私；他們喜歡新的戀情，可以讓他們從原本的生活裡抽離，尤其在覺得厭倦和沮喪時。某些人非常渴求受到關注，因此當浪漫的婚外情降臨時，他們往往想都不想，立馬牢牢抓住。就連那些自認良善之輩的人，在生死存亡，或幸福蒙受威脅的關頭時，都可以變得冷酷無情。理奈不同，她珍視對家人的承諾。她設法平衡一切：父親、丈夫、女兒的需求。她把這一切看得比自己重要，而且不輕易破壞。她最大的力量之一是她很仁慈，但她活得很壓抑。她需要替自己留些空間，於是我們一起創造了這空間。我們從未做任何她不想做的事。」

「離婚後發生了什麼事？」

「理奈搬去目黑區住了段時間，然後她過來和我一起住。」海太郎說。他凝望著鏡頭，有瞬間，他的臉上洋溢著喜悅。

「你還繼續從事分手師的工作嗎？」

「沒有，我——」海太郎搖頭，「我在相館找了份工作。理奈和她一些舊人脈碰面，她快要再度開展覽了，手上有一系列作品在忙。其中之一她那年夏天就已著手拍攝。我們只差一筆積蓄。」當黑澤疑惑地望著他時，海太郎靜默。「壽美子和她外祖父住，」他解釋，「那是他的條件之一，在理奈可以提供一個穩定的家之前，孩子得跟他住。那孩子只知道我是位朋友。我無法常見到她。理奈說她父親在考驗她和我，但我們想要壽美子，所以他要求的每一件事我們都照辦。」

「你的工作內容通常會包括小孩嗎？」黑澤問。

「沒有。」

「但你卻和這孩子有所牽扯，你認識她？」

「我喜歡她，」他沉默，自顧自地微笑，「她很早熟，一雙又大又黑的眼睛，總有本事順心如意。我很欣賞這點。」

「理奈怎麼死的？」

笑容從海太郎臉龐隱去，他沉默片刻。「你知道找到一個可以讓你變完整的人是什麼樣的情形嗎？那就是我對她的感覺。」

「她怎麼死的，海太郎？」

「細繩，」他說，「就放在我們床頭櫃上，料理棉線。」

我按暫停時，他的影像模糊。我的指甲在掌心留下月牙印。黑澤檢察官靜止不動地坐著，他的手停在他的筆記本上，雖然我不記得他何時開始寫的。在頁面的極邊緣處速寫著一個用細繩整齊綑綁的包裹。我閉上雙眼。我依然可以在我的眼瞼後看見海太郎的臉。我可以聽見他說的話，清晰又明確。我想把手伸進螢幕裡，阻止他。我想把手放在他的嘴上，讓時間停格。

在某些凶殺案中，可以取得記錄一個人生命最後一刻的商店或便利商店監視器錄影帶。當你觀看這些影像，你會想大聲叫喚螢幕中的人，並警告他們不要繼續往前走，趕緊調頭。當我暫停播放海太郎的訪談時，我想假如我不讓他說完，假如我沒有聽見發生了什麼事，那麼一切就不會是真的。當我再度按下播放鍵時，他依舊直視著攝影機，沉默地坐著。

「我愛她，」他說，「我依然愛她。」

珍珠

那晚，我握著母親的珍珠項鍊站在臥房裡。這項鍊一直是我的護身符。我用手轉動它們，享受它們在指間發出的輕柔喀嗒聲，注視自己在每一弧度上的映像。珍珠很舊也很重，是那種應該由母親傳給女兒的傳家寶。在我十二歲生日時，外祖父從他的口袋裡掏出這串珍珠，把它給了我。他把它放入我手心，並且告訴我，我曾經如何差點把這串珍珠搞丟。

某個社交聚會上，母親抱著我坐在一個淺池附近。她正和父親的某些同事談笑，招呼著他們。我外祖父跟我說，打嬰兒時期起，我就喜歡受關注，想要事事以我為中心，因此我拉扯她的珍珠項鍊，小小的手指把玩這些光滑閃耀的球體，然後再扯。項鍊啪地斷裂，珍珠飛向四面八方，朝池子滾落，而母親立刻抱緊我站了起來，邊追這些珠子邊大笑。我們一起迅速地撿起，一顆接一顆，並把最後少數幾顆從水裡撈出來。當珠子全找齊後，母親指指粼粼水面上的我們的倒影。緊挨的兩顆腦袋，大而幽深的雙眼，蒼白的雙頰。影像波動，瞬間沒入彼此；當時的兩個女人，如今只有一個。

耀西

佛龕

皿島耀西獨自站在目黑的家中，俯視女兒理奈的一張相片。那是她的相片中，他最喜歡的一張；她在下田市的海灘，直視著相機鏡頭，陽光在她臉上閃耀。他可以看見當時的女孩，她將長成的女人，以及她將成為的壽美子的母親。

榻榻米房間內設有家庭拜壇，打開的花梨木櫃佛龕裡擺著這張相片，相片四周點著蠟燭。香的氣味在室內裊繞，儘管那天早晨的香炷如今已成盤裡的香灰。

女兒過世後的那幾個月，耀西每天都會下樓摘取鮮花放到拜壇上，蠟燭和香已經點燃——花江非常關照此事。但近日，他發現壽美子會跪在地毯上，他站在門口時，她背對著他；當他轉身，安靜地從房間裡走出來時，她完全沒發現。花江通常在廚房替壽美子裝便當，但七點的鐘一敲響，她就會拿著一條乾淨的手帕，走進榻榻米室，替壽美子擦臉，準備上學。

耀西從佛龕裡拿起相片，俯視理奈。他以為自己再也不會看見這對眼睛；這高聳精緻的顴骨。花園裡傳來叫喊聲，一聲尖叫，他望向窗外。壽美子正在和花江玩。她在陽光下奔跑，騰空跳躍，她白色的棉裙掀至膝蓋上。她又跳躍，她的指間捏著奪下的飛盤。耀西看著她玩耍，她的雙眼因為興奮和喜悅張得老大，她仰面朝向陽光、跑過草地時，身手敏捷。他看見她真實的模樣——一個孩子，就是一個正常的孩子——他想讓她保持下去。慢慢地，他朝拜壇的蠟燭弓身，一根一根地吹熄。他把理奈的相片從家庭佛龕中拿走，不再放回去。

第二部

也許還有更美好的時光，
但這個屬於我們。
——沙特

理奈和海太郎

剃刀魚

女人生來就帶著所有她將孕育的孩子，所有那些小小的靈魂，就像貝殼嵌在珊瑚上般地住在她子宮裡。醫院的房間中，消毒水和漿過的床單教人緊張，理奈面前的螢幕上出現一張圖像，燐光搖曳的水底洞穴。接著在此空間的中央，乾乾淨淨，一小團細胞就像開啟了一個新世界：她祈求的孩子。

理奈知道，他們溝通的方式不同。不是透過掃描和驗血，而是藉由斑痕和皮膚，藉由體內另一生命的推和拉。在她的腹部出現頭一道延展的斑，不斷擴大，寬且深，就像一條血管。她的骨盆變寬，而你，她想，你在我裡頭跌跌撞撞，拉扯我，在我的核心處替自己打造一個家。

你。無須大聲說出。

在頭幾個月裡，理奈會在夜間躺著，靜候肚腹裡水塘內的水流引力，移動和墜落，但很快地，體內像波峰般的渦流，以及突如其來的胃部撞擊會讓她完全清醒。你，她想，正在踢，叩叩叩，想敲鑿一條出來的路。

這些孕期裡的瞬間理奈永遠不會忘記。在每一個黎明醒來，理奈會非常安靜地躺著去感覺她。假如沒有動靜，她會開始害怕，擔心寶寶出了什麼事，但接著體內又會出現一種深沉的脈動，理奈會雙手交疊地擺在腹部，露出微笑；動靜表示他們很安全，他們還活著。

在這些時刻她也會想起自己的母親，她在理奈剛滿十五歲時因癌症過世，如今長眠於家族墓地。理奈無時無刻不思念她，無時無刻不想見到她。但此時，在新生命的肉身經驗裡，她母親似乎也在，哪怕只是最短暫的幾秒，因為她需要她在。

在家裡的寂靜中，當她感覺著腹中的孩子時，理奈環顧她所創造的世界。她思考她做的選擇，以及她與佐藤的戀愛初期。他曾帶她去東京迪士尼樂園。那幾個月，兩人短暫的獨處時間裡，她記得的只有主題樂園那次：當時他溫暖的手拉著她的手臂，把她拖入灰姑娘的城堡中；燈光映照著鮮豔高塔和服裝，繽紛閃耀；當他們和其他情侶排隊，等候購買裝在塑膠童話馬車、附提把可以讓你像拎皮包的牛奶巧克力爆米花時，周遭的嘈雜。這麼一個大受歡迎的約會地點，成人比孩童多。她記得騎旋轉木馬和那歡鬧，以及舌上的糖，與後頭那一切喧囂的憧憬：被微笑淹沒的擔憂，意外一吻的陌生滋味。

隨著她腹內小孩成長茁壯，理奈開始細想她們共享生活中那些真實的部分，當陣痛開始時，理奈無法隱藏她的驚慌。她蹣跚地走到電話旁，一手放在自己的肚子上，告訴裡頭的小孩停下來、等等，但體內的力量持續而強烈，掌控了她全身，並且深化，痛苦就像沙，像不斷俯衝的剃刀魚，往下，再往下，想劃破她皮膚。我來了，它說。而理奈納悶，這個無殼的小東西，怎可如此無畏。

稍晚在家裡，理奈抱著她的女兒。佐藤返回辦公室，留下一束華麗的冬日玫瑰，於是又只有她們二人。雙臂摟著孩子，理奈打量擱在她掌心間的小腦袋，頭頂一小捲螺旋盤繞的頭髮不過指甲大小。她的氣息，在粉末般細軟的皮膚以及新洗淨的新生髮上徜徉。這是你，她想，**你**，而且我們一直都在一起。他們給她的照片感覺從不真實。孩子的存在不是一張照片或是一個捕捉到的影像，理奈此生為她而來。

當太陽從空中滑落，理奈抱著嬰孩站在窗前，急遽攀高的憂懼被決心取代。她拍拍毯子裹起的襁褓，指向地平線。孩子的眼睛仍舊緊閉，但理奈用鼻子揉蹭她的頭，再次指向窗外，跟她的女兒聊起東京，聊這個她將承繼的世界。她們身邊全是禮物，搖籃、尿布臺、扔滿整個沙發的白色嬰兒服、一整組新尿布，而水槽邊一個濾盆裡，新鮮的醋栗飽滿得快要脹破，鮮翠欲滴的果皮散發昂貴的光澤。幾天之後，理奈會動手寫感謝函，但這一刻，只有她女兒。在城市的窗景前站成黑色剪影，理奈嗅聞壽美子的香氣，她親吻她的頭，想像她所有可能的未來。

重新開始

名為「曝光」的攝影團隊和雜誌如今已不存在，每季舉辦研討會的工作室也找不到了。它曾經在銀座後街營運，但那條狹窄的岔巷一如許多其他鄰近地區，原本緊挨彼此的薄黃磚建物，被合建成較新卻乏味的清一色玻璃帷幕大樓。

海太郎站在角落的街燈下，指間夾著一根香菸；他點燃並且吸了一口，每當有人挨近拉麵酒吧旁的那扇嵌板門，他便會抬眼，望著他們走入並爬上門內的樓梯。葉瑠和理奈在裡面，但海太郎依舊等著，企圖在最後一分鐘溜入，並在後頭坐下。

他要求今晚單獨工作，但武田不准。夜市那晚的潰敗，讓海太郎很難再接手此案。他試探性地建議他們放棄此案，卻招來失望甚至懷疑。偏偏事務所新招募的專員葉瑠業績蒸蒸日上，無疑雪上加霜。幸虧海太郎與武田先前結下的好交情，他堅持自己是最適合目標的完美人選而得以挽救。無論如何，他在案中所扮演的角色，以及能否獲准單獨完成剩餘工作，全看此晚。最後幾個人魚貫爬上樓梯，海太郎跟著他們，他們年輕、高亢的聲音充斥樓梯井，在他周遭迴蕩，淹沒他的腳步聲。

他在後排找到個座位，瞥向右側，找到葉瑠和理奈。她坐在房間的遠端，演講人看不到的地方。他知道她很緊張。這不是她會常出入的場所，不再是。他看著她把手提包放在地板上，調整涼鞋的紅繫帶，磨得她腳後跟發疼。

演講人是海景攝影師東松照明的助理，站在講臺附近，看向聚集的學生、業餘和職業攝影師們，他對幫忙放幻燈片的助手點點頭，螢幕上出現第一幅影像，研討會拉開序幕。

開場的一些片段，海太郎都靠在椅背上；他有好一陣子沒參加過這類講座了，許久以來，他的晚上不是拿來做工作之外的任何事，就是抓緊時間睡覺。他不喜歡獨自待在公寓裡，但他喜歡邀同事們來作客。無論如何，來作伴的同事中，沒有人會和他聊起這類話題。儘管如此，他卻愈聽愈覺得倦意消褪，他所目睹的自由，除了自己與相機之外什麼都沒有的可能性，開始提振他的心情。他觀察理奈；開始時她盤腿坐著，身體裹在外套裡，但現在已經脫下，並且探身向前，她的視線跟隨演說者的手，落向螢幕上的某物，臉龐綻放出一小朵不自禁的微笑，像是感到驚訝。

當晚剩餘的時間裡，他試圖不去看她，只在研討會末尾的問答時間瞥向她。不過很難，因為她總能吸引他的注意。她坐直身子、認真聆聽，他可以看出縈繞在她心頭的疑問；從她偏斜的頭，她顴骨細緻的弧度，她淺淺的微笑，都可以看出。那微笑具有感染力，也會令他微笑，於是他移開視線。

葉瑠在他的座位上睡著了。海太郎想戳醒他，但他離他太遠，他只能希望他的睡覺是在演戲，新角色的部分人格，粗俗的那種。問題是葉瑠本就是個無趣之人，獵豔高手，閒暇的夜晚都在打柏青哥。就連此刻看著他，海太郎都能聽見店裡喧鬧的音樂、閃爍的霓虹燈光，鋼珠撞擊聲和每一位玩家拚命想贏時機器發出的刺耳噪音。他是海太郎夜晚最不想找的作伴人選，但他夠機敏，看來是天生好手，而且武田堅持。

最後演說人做了結語，一些學生湧上前索取簽名。葉瑠睜開雙眼，環顧周遭並打了個呵欠，確定理奈有看見。他留意到她臉上嫌惡的表情，得意地對她笑笑。他等候理奈穿上外套，拿起她的手提包，然後便站起身，逕自朝出口走去。葉瑠一路推擠著往外走，引來旁人的嘖嘖聲和瞪視。在通往街道的門口，他強行從理奈身邊擠過去，撞掉理奈手中的提袋。理奈發現提包口大開，內容物都散落在人行道時，她倒吸了口氣；外頭剛下了陣雨，唇膏、皮夾全滾落到水窪中。她在葉瑠身後叫喊，但他快速走遠，留她獨自撿拾，人們走過來，把她團團圍住。

海太郎走到人行道上加入她，跪在潮溼的石塊上，他把幾個滾遠了、她搆不到的物品撿回來。還有一本她一直抱著的書。他小心地把書拍乾，在交還給她之前，用袖子把紙上的水漬吸去。

「沒弄髒。」他說。

「謝謝你，」理奈說，仍望著人行道，檢查是否有漏撿的物品。「真是個蠢蛋！你知道的，我想他一定在裡頭睡著了。」

「我完全確定。」海太郎伸出一隻手扶她站起，正是在此時，她終於看見他。

「嗨，」她沉默了片刻，「是你對嗎？我沒有要──」

「是啊，」他微笑。「哈囉。」

「你喜歡攝影啊？」

「沒錯，」海太郎笑了，此刻有些忸怩，「我沒有在跟蹤你。」

「喔，我不是那意──」理奈結巴。

「哦不，」他很快地打消她的疑慮，「我知道，」他說，迎視她的目光。「瞧，現在既然遇上了，我想為我那一晚的行為，就是市場那次，向你道歉。」

「喔，」理奈聳肩並且搖頭。「不，那是——」

「只是因為我看得出你並不真想和我去喝咖啡，我很尷尬。」

「你不太能接受拒絕喔。」她臆測。

「算是吧。」

「過度敏感。」她對他咧嘴笑笑。

「我不太擅長做這種事。」

「和女人搭訕？」

海太郎笑了。「和人說話。」他說，理奈對他微笑。

「所以，理奈……」

「你記得我的名字？」她問，微笑更燦爛了些。

海太郎點頭，依舊凝視著她。「你得回家去照顧女兒，還是有時間喝杯咖啡呢？」當她抬眼看他時，他正緊盯著她，或許是驚訝他竟記得她有孩子。她別開視線看向街道，他在一旁靜候，然後她看向腕上的手錶。「你得回家。」他邊說，邊挪步離開。

「壽美子和她外祖父一起，」理奈最後說。她瞇起眼看向他，「你是要和我一起走去喝咖啡，還是你又打算逃走？」

「這次不會。」海太郎微笑，稍微調整一直夾在臂彎處的檔案夾。

「那是作品嗎？你是攝影師？」理奈問。

「不——我是說，只是一些我的照片……我本來想給大家看看——」他抬手指指研討會房間，「但最後還是決定不要。」

「你願意給我看看嗎？」

「假如你讓我請你喝咖啡。」

「沒問題。」理奈說。

在傍晚的街燈下站在她身旁，海太郎想伸出他的臂彎。他想把兩人拉近，去感覺她的碰觸，輕盈地搭在他的衣服上，以及她把手放入他的肘窩裡時，她手的分量。但太快了。他不想催逼她，看著她臉上那滿懷盼望的小小微笑，他不想，反而在走過街道上的水窪時，招手讓她先行。兩人於是一起朝著巷尾的燈光走去。

不眠的市鎮

晚上九、十點左右，海太郎走過位於風俗街核心的「不眠小鎮」歌舞伎町，他能從東京樹上竊笑的蟬鳴判斷時間。酒吧的冷氣機送出陣陣熱風，上百的立式霓虹燈映照在玻璃帷幕建築物上，替夕暮注入教人窒息的熱氣。他經過每一間俱樂部前，它們某些幾乎一個模樣，難以分辨。海太郎努力忽視佐藤所選地點裡的嘲弄意味，走入其中一間，在桌間迂迴穿行，直到他看見要找的人。

「要花多久時間？」佐藤獨自坐著，雙手輕托著一罐朝日啤酒，煙霧傾瀉在他身上。煙滲入空氣中，從後面的陰影裡飄來，可以瞥見一截亮晃晃的大腿，有名女孩正在款待客人。

「佐藤，這種事需要時間。」海太郎坐下。

「到目前為止有任何問題嗎？」

「沒有。」

「那天在夜市裡究竟發生什麼事？」佐藤微笑。「武田不肯說。」

「欲擒故縱，」海太郎說，「激起對象的興趣。」他用佐藤的口頭禪又補上一句。

「那你編了什麼樣的故事？你有說你是誰嗎？」

「沒有故事，就一個時髦的都會名流。」

「好吧，至少你讓她和你出去了，」佐藤灌了很大一口啤酒，「而且很感謝，」他說，邊拍拍他面前的收據。「你帶她去喝咖啡？多甜哪。下一步呢？該死的起司蛋糕？」

「你在和別人約會嗎？」海太郎問，表情冷靜且中立，「別跟我說你沒女朋友——」

佐藤瞇起雙眼，「與你何干？」

「她是『真命天女』嗎？這女孩？你把一切都盤算好了。」

佐藤靠回座椅裡，呷了一口啤酒。他沉默地坐了片刻，打量海太郎。慢慢地，他雙眼發亮，一副想通的模樣。

「理奈不想放棄對嗎？她不肯上床？」然後他笑了，笑聲冷靜刺耳，「我以為你是東京一流的玩家，最有辦法的獵豔高手。」他笑得前俯後仰，啤酒都潑灑到地上。

海太郎的手指在桌下緊握成拳，他感受到掌心血管的搏動。

「所以那很困難囉？」佐藤得意地笑著，又暢飲了一大口啤酒，「中村，如果你真只有那點本事的話，一、兩個親吻就好，找人拍下來。」

「我更喜歡自己拍。」海太郎低語。

佐藤微笑，安之若素。「隨你高興。」

酒吧後的一名女孩已經休息完畢，走近他們。她穿著條極小的裙子，頭上還戴有蜜雪兒・菲佛式的黑色貓耳。當佐藤把她拉到他的膝上時，她指甲劃過他的頭髮，揉搓他的頭皮。

「給我拿出點真心來——她不需要玩伴。」佐藤看見海太郎繼續注視著他，便對他咧嘴笑笑，「放心啦，中村，你不必真上她。」

女孩正啃咬著佐藤的耳垂，他轉向她，他的手放在她的腰上。片刻之後，他回視海太郎。

「你沒有真愛上她吧？有嗎？」

「我需要兩個月。」海太郎說，站起身時，勉強鞠個躬。當他擠過跳舞的人和聚在吧檯的群眾，有些艱難地一路往門口走時，他聽見那男人在他身後大笑。俱樂部外，海太郎靠在一面牆上，吸了口夜晚溼熱凝滯的空氣。他背後的混凝土堅硬冰冷。工作，他想，只是份工作，然後走入夜幕裡。

惠比壽

有些經驗，即便很微不足道，也能給你當胸一擊，那力道可以滯留數個月，甚至數年。有天早晨，理奈緩緩醒轉。依然沉浸在睡眠安逸的溫柔港灣，她的思緒飄向海太郎，和他們上一次的碰面。她想起當他看向她時，眼底的光芒，以及那同一雙眼睛是如何在她臉上逗留；即使是現在，她心中都依舊可以感覺到那渴望與被渴望的溫暖灼熱。她在纏裹的床單中翻身，尋找她身旁還在熟睡的丈夫。她把頭埋進枕頭裡，他的氣味從寢具上傳來——香菸、茶和汗水——但在這一切底下，有股只屬於他的最淡弱氣息，沐浴後肌膚上的麝香味。理奈挪動身體，把頭靠在他胸前。她的手蹭過他的腹部，往下來到他的短褲上，感受那變硬的山脊，她開始漫不經心地輕撫，盤弄著末梢，感覺它對她的回應。她察覺到佐藤的動靜，她微笑，但就在這時，他的手覆在她手上，制止她的動作。理奈動也不動地躺著，一股羞臊在心底悶燒。最後他把她推開，逕自下床。他穿衣時，她挑高一邊眉毛，疑惑地看向他，但他連回答都懶。

那天下午，理奈站在公寓裡等候。她看著影子拉長，橫過客廳的地板。她聆聽家裡的聲音，但佐藤在辦公室，壽美子也開始上學。家中根本沒有其他人。什麼都沒有，只有腳下感受到的冰涼大理石和不語的牆。她朝臥室門口走去，斜倚在白色門框上，把可以俯瞰惠比壽的窗景全納入眼底。那一天，窗玻璃似乎不再顯得冰冷，它們通向另一個城市，另一個世界。

他邀她在自然保護區碰面；城市裡最老也最美的公園之一。她不確定該不該去，雖然她想去，此刻她躊躇再三。理奈走進房裡，留意到風格保守的家具，暗灰褐的牆面，中性的色調，全是好久以前她結婚前挑選的。窗邊，在她臥室拘謹的色調之間，有理奈喜愛的無花果盆栽。那日下午，當陽光照入室內，它鮮綠的葉片映射於牆面上，在光影交織的漣漪中，搖曳得越來越快，彷彿世界本身正加速運轉。

接觸

理奈注意到她一抵達目黑車站的瞬間，他似乎就發現她到了，因為她甚至才要邁步走向他，他就抬眼並且微笑。他點頭打招呼，把手中的紙折起，夾入腋下。他的眼中閃耀著一種溫暖、愉悅的光芒，讓理奈無法按捺地也微笑起來。

「抱歉我遲到了。」她說，不假思索地道歉，他搖頭，「是我早了。」他答，這種小地方的誠實很討她歡心。

從車站過個馬路就是自然園區的大門。門旁邊是票亭，一個小的電子看板螢幕上亮著二九五的燈號。「我們得快。」海太郎掃視周遭，確定左右沒來車，可以安全穿越。她感覺到背後他手臂的陰影、他靠近自己的興奮，雖然他並未碰觸到她，僅僅護著她避開周圍的人群。

筆直往前走，在高聳的門和白色票亭後頭，就是園區的綠色森林，山茱萸和櫸樹的古代疏林，生長在首府中央地帶，被保留和保護至今。當他們加入排隊的隊伍時，燈號已跳至二九六，而理奈竟可笑地感到自己脈搏加速。一次只准許三百人進入園區，而且儘管此地鄰近她孩提時的家，儘管她已經參觀過許多次，然而這一天她卻極度希望能進入。海太郎對她微笑並點點頭，要她安心，但他似乎也很緊張，不斷回頭張望，審視人群。理奈懷疑他可能是擔心被認識的人認出並跟進公園。他替她顧慮這點很令人感動，而且或許，就像她，只是單純想要兩人有時間獨處。他們前頭只有一對情侶，理奈強迫自己深呼吸。即便如此，當售票員面前一清空，她還是猛撲上前，對於自己的迫不及待感到尷尬，她抬眼瞟向海太郎，但當兩人一起走到售票口時，燈號跳至二九八，他也欣喜地深吸一口氣，並且微笑，不再焦慮，轉為興奮。

園內，他們靜默地走在樹蔭下。理奈注視著在海太郎皮夾克上追逐的斑駁陰影，讓皮夾克的線條和剪裁柔和不少。當走到小徑的彎道時，他們停步，讓一名慢跑者、然後是一位帶著小孩的年輕媽媽先行通過。一等他們走入公園，海太郎便全然放鬆，從此理奈發現自己很難再偷瞄他，因為他又把全副心力放回她身上。她轉而抬眼去看巨大「神松」蔓伸的枝椏，並在樹下的小葫蘆池塘瞥見自己的倒影，這是古代遊樂園的遺址，曾經的戀人幽會之地。

「所以，你在附近長大的？」海太郎問，理奈點頭，「就在目黑區的山坡上。事實上，我父親還住在那裡。」

「我是不是該選別的地方？」海太郎問。「這會不會太……沒新鮮感了？」

「不會！」理奈搖頭並且微笑。她停下腳步，欣賞周遭豐富的青翠林相，嗅聞初夏的甜美香氣。「完美無瑕，」她說，「選得好。」在樹冠下，她饒富興致地看著他的皮夾克和深色牛仔褲，以及樂福鞋。「你不喜歡自然吧？」她問，「標準的城市佬？」當他一臉苦笑地看向她時，她打趣道。理奈微笑，開始繼續往前走，但他卻把她攔下，她轉身，對方眼底的認真令她驚詫。

「其實我不是城裡人。」他說。

「不是？」

「我是北海道人。」海太緩緩道，沒有任何抑揚頓挫。他目不轉睛地看著她，等候她的反應。「札幌北方的一個小漁村。」

理奈安靜佇立，微風掀翻她衣領的蕾絲邊，讓領口豎起。

「我在一家海菜工廠工作，」海太郎繼續說，「我父親在漁場。」

「所以，你不適合東京囉？」

「是的。」

「那麼這個海太郎，」理奈露出淺笑，「一身皮夾克和都會氣質的他是——」

「假的。」

「我懂了，」她說，「那，真正的你是誰？」理奈凝視他片刻，她的目光嚴肅，「還是攝影師嗎？」

海太郎猛吃一驚，隨即笑了。「是的——我的意思是那不是我白天的工作——不過是的，那是我內心真正想做的事。」

理奈緩緩地咧開嘴笑了。「呼！」她說，他眼底的神情令她欣喜，轉身繼續向前走，並且加快步伐。理奈沿著幽徑一路走一路微笑，她可以感覺到他望著她時，眼底的熾熱，她益發地興高采烈。最後，她離開主要的小徑，朝一片森林走去。他繼續躊躇不前，彷彿不確定她接下來想怎樣，她在樹林前轉身面向他，「快呀！」她喊，看著他小跑趕上來時，笑了個開懷。

稍後，兩人一起坐在池塘邊的小咖啡館外。微風輕拂，陽光映照在水面上，粼粼波光流入蘆葦叢中，棕色鴨群在裡頭不時轉向並潛入水中尋找食物。理奈可以感覺到陽光在她身後，因為她看見自己的影子斜向延伸。她闔上雙目並微笑。咖啡店不大，就一個小亭子，幾張桌子擺水邊，但她卻在這裡找到平靜，她許久都不曾感受到這般深刻的平靜。兩人一抵達便徑直朝放蛋糕的玻璃櫃走去。理奈剛發現一塊覆盆子起司蛋糕，心頭小鹿亂撞。她抬眼迎向海太郎的目光，與她一樣閃閃發亮，並且專注地看著她。「要嗎？」他問，看見他的羞怯，她微笑。「我不想強迫你，」他說，「我的意思是，假如這只是我個人的偏執。」他又補上一句，直到她轉向他。「我也愛。」她說，於是他點了兩塊。

此刻兩人的空盤子疊起放到一旁，一個黑色的檔案夾平躺在兩人間的桌面。那是她的作品集，一些上不了檯面的蠢東西，她很久之前的作品範本，但她還是帶來給他看。海太郎雙手捧著其中一張相片。她可以看出他的視線隨著風景的線條起落，分析籠罩海灣的光線角度。這是理奈最喜歡的一張照片，也是她永遠告別攝影生涯的最後一張展出作品。印量很少，只有五張展覽尺寸，而且全賣掉了。這張小版本是她僅存的。

照片是她結婚初期偷偷拍攝的，某個冬天的下田市一日遊。她在車站前招了輛計程車，然後爬上她家前面嶙峋的堤岸前往海灘。踢掉鞋子後，理奈踩在凍人的沙粒上，一路走到海的邊緣。暴風雨的天空下，她看著冰冷的浪濤從容地翻捲，不等海水展開，她已經按下快門，捕捉到破雲而出、擊打在海浪上的光線。正是在此刻，當她站在海灘上，透過鏡頭向外凝視，留意到所有的黑白漸層變化和大自然的威力時，她頭一次感覺到壽美子在她體內跳躍，似一尾銀魚般，躍出單色畫面。

這張照片有太多意涵，所有她想企及以及留下的都蘊含其中，她依然記得沖印的情形——暗房裡的鹼性藥水氣味，她是如何以不同的減光加光做實驗，她的雙手在光源和相紙間揮舞，以求完美凸顯冷光和陰影的反差。她不指望海太郎能在裡頭看出任何這些特點。但她喜歡他觀看時的仔細，他看構圖時的專注，他在放下相片之前，先把漏撿的糕餅屑從桌面撣去，以免弄髒照片的舉措。他僅捏住相片邊緣，預防指印玷汙相片的手法裡有某種特質讓她不禁微笑。或許他也看出裡頭有什麼，因為她看見他的手指沿著她創造的線條摸索，在她自己的手指也曾徘徊的空間上方盤旋，因為她讓光線穿透她的手指，延長曝光，讓印在紙上的海濤細節顏色加深。

「拍完這張之後，你就退出了嗎？」海太郎說。更像一句陳述而非疑問，但理奈贊同地點頭。「我完成一系列下田市的照片，而且也參加了幾個聯展，但這張照片展出後，我——」

「就專心經營婚姻。」他代為回答。理奈再次點頭，沉默地啃咬著拇指指甲，但她並未反駁他所說。他的語氣裡沒有絲毫批判意味，只是陳述一件事實。

「你的作品裡從來沒出現過壽美子？」他問。

對於這點，理奈微笑，「我想要，我和她一起在下田市時，我們會去家上頭的森林，或者下面的海灣，偶爾我會捕捉到掠過她身影的光線，或者是她轉身對我微笑時，照亮她臉龐的光線，但我——我不知道該如何去銜接那差距，我無法想像新的構思畫面，我的靈感已經枯竭。」理奈低頭看向雙手，她的手在大腿上不住扭絞著。過了半晌，她感覺到海太郎朝她探身，便抬眼和他對視。

「理奈，你可以做任何事，」他說，「沒有任何一件事難得倒你。」這話說得冠冕堂皇，可能只是陳腔濫調，但他的神情裡卻有某種東西，眼底有某種活力，讓她想要相信他。他的期許和鼓勵點燃了她內心的某種東西。

「或許吧，」她說，露出淡淡的微笑。

把作品集拉過桌面，她闔上並且放回袋子裡。「那你呢？」她問。「可曾把任何你愛的人放入作品中？」海太郎扮了個鬼臉，理奈大笑，開心地把話題轉到他身上。

「沒有。」海太郎安靜地說。

「沒有任何一個人？」

海太郎搖頭，她雙眼中的堅決再次令他猛地一顫。

「在整個生涯中，沒有一個——」

「或許我舅舅吧。」

「你舅舅？」

「是他教我攝影的，」海太郎移開視線，揉按後頸。「我給你看的那些照片——都是我和他一起時拍的。」

理奈沉默了一會兒，望著他。她想起他們一起喝的第一杯咖啡，就是銀座演講後那次。他跟她說，他有個導師，一名攝影師，他替他工作，但她沒想到竟是個親戚。她也想起他當時給她看的照片，太陽高掛在田野上方，金燦的光束替稻稈、巨型溫室披上晶瑩的外衣，溫室裡種滿要賣的菊花，一隻蜻蜓在風中滑翔，羽翼清透如玻璃紙。都只是些明信片照片，他說，但和她曾經見過的任何明信片都不同。她倒覺得那些或許是在前往遙遠北方的一趟旅行中，所拍攝的實驗風景照，對於他有導師，和他們能為了工作旅行很是嫉妒。她沒有意識到，他在讓她認識他的家鄉，或者注意到，其中沒有任何一張照片，有人。

「那些是什麼時候拍的？」她問。「你給我看的照片？」

「就在我要搬來東京之前。」

「從那之後你就再也沒見過他囉？」

理奈等候，當他試探性地瞥向她時，她目不轉睛地看著他，不想太過緊逼。

「我沒有回家，」他終於說，「我懷疑我舅舅也沒有，他不受歡迎。」

理奈感到自己眉頭緊蹙，隨即又鬆開。海太郎垂眼看向斑駁的灰色桌面，他的眼瞼抽搐，她想過他只是對自己的出身感到難為情。理奈很了解欠缺安全感的心理狀態，她不會為他的沒安全感怪他，但如今她明白不只這些，而且兩人之間也有了新進展，因為顯然他不常提及此。她再次等候，希望他會繼續說。

「我父親責怪他，」最後他說，「他喜歡責備人。」

「我知道有些人就是那樣，」理奈輕柔地說，海太郎抬眼看她時，理奈對他淡淡一笑。

「所以你的舅舅是位攝影師？」理奈繼續追問，「他什麼時候教你的？」

「我成長過程中，斷斷續續地，」海太郎回答，嘴角牽動，咧開嘴笑了。看見這傻氣的笑容，理奈鬆了口氣，表示她問對問題，至少這些回憶是美好的。

「他經常旅行，打心底是個孤僻的人，但他人在當地時，會把我帶上。起初我是他的助理，隨時幫相機補裝底片，打掃我們使用的暗房，無止盡地替浸泡池加滿水，」他打住，「當然，早期我也曾把定影液當成顯影液用，還擦拭他的底片！」

理奈邊消化這些內容，邊笑出聲，是那種深有同感的笑，「我們都經歷過。」她說，他也對她微笑。

「終於，他把他的相機放到我手上，然後他唯一能做的就是把相機收回，不再讓我碰。」海太郎笑了，理奈愛他聲音裡那滿足的語調。「無論如何，工作並不穩定，但當他可以接到工作，而且可以支付我們兩人的費用時，我就會跟去，而他會把所知的一切都教給我。」

「你和他做的都是什麼樣的案子？」

海太郎咧嘴笑了，「不是什麼高級藝術，這點很確定。我們通常會在火車站外搭個臨時的攝影小站。有時候我們會接到比較大的企畫案，地方上的節慶，高中的畢業典禮，但大部分都是當地的媒人需要替介紹對象拍照，或者是男朋友和他們的女友，嘴上還叼著廉價的香菸。」

「摩托車和皮衣？」理奈問，當海太郎點頭時，她笑了。「你有摩托車嗎？」她問。

海太郎微笑，「我有。花了好幾年，但我把我們從那些小鬼身上賺來的利潤存起來，然後買了自己的相機。愚蠢的龐克族，我只想要他們的錢。」

「錢很有用。」

「確實。」他說，兩人理解地看向彼此。

「聽起來他是位好舅舅。」她說。

海太郎聳肩，垂眼半晌，理奈屏息，因為她知道，就是可以感覺到，他們即將碰觸到他一直在迴避的部分了。她懷疑他對自己的信任是否足以繼續。他雙手交握擺在面前的桌上，他揉按自己的指節，然後他抬眼看向她，眼中的惴惴不安是如此強烈，讓她很想把手覆在他的手上。但接著，他雙手垂落膝上，別開視線，那模樣就像是在下定什麼決心，理奈只有靜候。

「他回來時，我剛從學校畢業，」過了一會兒他說，聲音很小。「畢業後我一直漫無目的四處遊蕩，無法在拖網漁船上找到工作，海菜工廠下班後，唯一空閒的夜晚也越來越無所事事。」他再次打住，理奈可以看出他依然對自己小心翼翼地。

「我父親從來不喜歡我舅舅，」他說，「看在我母親的分上才忍耐，但他並不尊敬他。老爸喊他流氓，你知道的，流浪的烏鴉，他這麼說不是在恭維。他不算真的有家，會旅行好幾個月，然後穿著新夾克或俗豔的服裝再次現身，而且每當他出現時，我父親就會說靠嗜好賺點額外的收入是沒問題，但想謀生就絕不可能。那年，我想再和他一起工作，但我父親不肯答應。當我舅舅到家裡來想和他談談，老爸把他轟出去。他是個好舅舅，但他能做的也只有這麼多。最後他動身去了西岸；西岸的哪兒他從來沒明說。」

「雖然我還是帶著我的相機出門。我母親替我說了一陣子好話，但幾週過去，我父親與她越吵越凶。我在街尾就能聽見他的咆哮。我依然記得當我打開前門時，他身上的氣味——血和沙丁魚，船上的煤油臭。他想讓我像他。他認為我像他。」海太郎緊張地抬眼，但理奈只是聆聽，目光落在他臉上。

「我試著找份更差強人意的工作，逃避並且偽裝，但結果——」

「到了非解決不可的時候？」理奈代為回答，他點頭，依舊垂著眼瞼。

「我父親替我在一艘船上簽了份工作約，全職的學徒。待遇很好，但我不想要。某天晚上，我回家時，他刻意沒睡在等我。屋內很安靜。我以為他們都睡著了，但一走進廚房就看見他，他的兄弟告訴他我回絕了那份工作，他站起來走向我，我手上拿著相機，正想把它放在桌上，但他一把搶過去。我母親從臥室裡走過來，她伸手去拉他，想讓他冷靜，但他一個轉身，猛甩了她一耳光，非常用力，我記得她踉蹌幾步，便摔倒在地上。」

理奈吞口口水，彷彿她從未目睹過這種暴力。以武力傳達怒火。

「我什麼都沒做，」最後他說。「大部分時候，我們兩人都會試著閃躲或者悄悄溜出去，等他睡上一覺就沒事了。但那晚他真的打她，那真的很難，你知道嗎？要很用力才能把一個人打昏。」

「那不是你的錯，海。」

「就是，」他囁嚅，「我試著待在外面，回家的時間越來越晚，但最後只讓他變本加厲。」

「那一晚——我還是沒能幫上我母親——我就在那兒等著他來打我，看得出他怒不可遏，就要過來了。我母親在窗臺上放了個味噌罐，那罐子太舊又有裂縫，沒辦法再煮東西，所以她就在裡頭種了些香草。他舉起它，砰地在我耳旁砸破，滿地都是碎泥土和瓦片。罐子一摔破，媽便開始甦醒，她的恢復意識轉移了我父親的注意力。她大聲斥責他，想阻止這一切，我可以看見她的臉頰開始腫脹。她叫我走，我照做了。」他冷靜地看著她半晌，彷彿是在強調此點。「她叫我出去，我照做了，我把相機留給他們當作租金，賣掉我的車，並且橫渡海峽，我沒有回去。」他迅速移開視線，但理奈已經看見他眼底的焦慮，那驚慌，他告訴她太多，而且太快，他根本不該告訴她任何事。

「你選擇照顧自己，那不是罪，」理奈說。她探身橫過桌面，凝視著坐在她對面這個文雅的年輕男人。他是如此有適應力而且自持。「你一點也不像他。」她堅信，海太郎抬起頭。

「理奈，我希望不像。」他輕聲說。臉上浮現如此多的期盼。

「海，」她說，聽著自己的名字從她的舌尖吐出，雙眼一陣溫熱。「我知道是這樣。」終於她的手滑過桌面，覆上他的。當她觸碰到他時，他的呼吸變得不規則起來，他們的雙眼一起看向桌面他們交纏的手指。理奈透過掌心感覺他的觸感，肌膚抵著肌膚的滑動，和他的手也裹覆住她的時，那溫暖的緊握。

「你都沒有回去嗎？」

海太郎搖頭。

理奈點頭，「要是我可以，我也會離開。」她說，他的手更緊地握住她的，並把她拉向他，如此兩人便能極挨近地坐著。兩人是如此心契，想必他知道她能了解，她那句話是為兩人而說。他唸出她的名字，聲音裡的音色，震得她脊柱發麻。

「理奈，何時可以再見你？」

跟蹤我

「那是什麼感覺？」理奈問。

「什麼？」

「跟蹤人？」

「你想做我的工作？」海太郎呷了口咖啡，從杯緣看著她。他跟她說他是私家偵探，這已經夠接近，他也只敢這麼接近。

「應該沒那麼難吧。」她說。

他望著她，笑容逐漸加深，她對他的工作是如此著迷，她喜歡觀察人，是如此的好奇和愛管閒事；一定是他們兩人骨子裡就是攝影師，而且熱中偷窺所致。「我示範給你看。」說罷，便從吧檯椅上下來。當他等她穿上外套時，他看了看帳單，然後把幾張鈔票扔在桌上。

「你不要找的錢啦？」她問，一直是那麼節儉。這問題讓他笑了，她從他身旁走過，他捕捉到——實在太短暫——她秀髮的清新香氣。「理奈，跟我來。」他說，邁步追上與她並肩而行。

他領著她走入陽光中，咖啡館的玻璃門在他們身後搖擺。「我們該選誰呢？」

「那一個，戴著紳士帽自以為是的傢伙。」

海太郎笑了，「太容易了，我不覺得他會去什麼有趣的地方。」

「那你選。」

「那一個，穿棕色外套的女人。」

「你有和他們講過話嗎？我說你跟蹤的人？」

「有時候，」他回答。「有時候你需要一些資訊，有時你只是需要摸清他們的喜好。」

「而你可以做到？在兩分鐘之內。」

海太郎看著她，仍舊微笑。

「第一個隨和她講到話的人贏。」理奈低聲說，隨即出發跟著他們的目標往前走。

海太郎跟在後頭，當她轉過街角時，他趕上她，她看起來如此高興，如此快樂，讓他都得阻止自己伸手攔她。

「慢一點，你靠得太近了。」

「走開，我們可不是團隊合作。」

「你得等，」他悄聲說，「等她走入某家超市，或哪間店，利用水果和她攀談。」

「或者是起司蛋糕？」

海太郎回頭張望身後的街道。「那之類的。」

理奈加快腳步走遠，海太郎的關注點又回到她身上。他再一次聞到她的香味，他咬緊牙關。他們從未真正獨處這點令他發狂，他無法在公共場合碰她，每見一次面，這瘋狂就更加強烈。

「我們就來瞧瞧在被她發現之前，能收集多少搭話的資訊。」理奈低語，她與他四目相對，緩緩綻出一朵迷人的微笑，於是他們跟隨著，偶爾靠得極近，便會咯咯笑得像孩子般。

一路走向街道盡頭，當他們進入銀座有華麗百貨公司的新建地帶時，海太郎變得嚴肅起來。那女人進入兩家設計師品牌店，卻在一樓逗留，他輕拍理奈臂膀，繞著理奈前後轉，因此兩人可以假裝是在看香水系列。他們又尾隨那女人出去來到街上，當決定接下來要走哪個方向時，海太郎撿起一份免錢的報紙，慢悠悠地走著。他對理奈打信號，動作巧妙嫻熟。他想讓她崇拜，想讓她知道他有多內行。

「我想和她說話，」她要求，海太郎斜睨她一眼。「我們今天不是在做『近身盯梢』。」

「我想做什麼就做什麼！」她回頭拋來這句話，然後撒腿就跑，但當他追上前，把她甩入懷中，連拖帶拉地鑽進一條小岔巷裡時，她尖叫出聲。他們跟蹤的那女人勢必驚嚇地四處張望，但除了兩人笑聲的迴蕩，和一起消失時，理奈閃過的衣角外，什麼也沒有。

他們站在小巷裡，氣喘吁吁，室外沒有陽光的地方很陰涼，腳下很潮溼，但海不在乎，他想理奈也不在乎。當她抬眼看向他時，雙眼漆黑而幽深。他伸出手，僅用一根手指輕撫她的臉頰。理奈倒吸口氣，他把她拉進懷中，張開雙唇覆上她的，伸進她秀髮的雙手，盛滿屬於她的觸感和香氣。她在他的吻中哼哼唧唧，他把手往下移，手掌放在她臉龐兩側，遮住她。看在任何一個外人眼裡，她可能是街上的任何人，任何女孩，但對他來說，她是理奈。他知道她是誰，而且光是這點所帶來的欣喜，就教人情不自勝。海太郎把她拉得更近，細品這初嘗她的滋味，彷彿他可以永不停止地繼續吻她，兩人好半晌對巷弄外頭的任何事或任何人都毫無所覺。最後，他強迫自己抽身，雖然他的呼吸依舊不順。理奈抬眼看向他，在倚入他懷中、讓兩人臉龐挨近時，嘴角彎成一朵微笑。

「跟蹤我。」她呢喃。

她頭也不回地轉身走開。走了幾百公尺後，她在一家店的櫥窗前停下，檢視倒影。她沒看見他，但她知道他在。她看著玻璃上的自己，看著她微笑的臉。她想，這就是幸福，她很清楚地記得。

理奈走進店裡，詢問是否有盥洗室。找到廁所和一個後門後，她溜出店舖，走進一條巷子。銀座充滿燈火輝煌的通衢和曲曲拐拐的小路，裡頭有各種職人和小餐館，她最愛的久兵衛就在這附近。人們匆忙地朝魚市場和那裡的餐廳走去，理奈停步與他們錯身。雙雙儷影信步走著，觀光客停下腳步。理奈脫掉夏季薄外套，翻面穿上，如此她便穿著黑衣，紅色的表層現在變成內裡。她沿著街道往前走，轉彎再轉彎。她回到主要的通衢上，躲入另一家店裡。透過眼角餘光，她瞥見他一小片檀棕色的大衣。太馬虎了，她想，當她從另一扇門裡出來時她微笑，就和他比賽到這條街尾，在逛街的人中間迂迴穿行，對他們驚異的眼光毫不在意。她走進松屋，動作快到白手套的服務員差點沒時間幫她開門。她直接登上頂樓，悠哉地瀏覽架上成排的浴衣，專門賣給時髦的家庭主婦和找禮物的觀光客。她穿過樓層，爬上樓梯來到屋頂，她在這裡逗留，眺望東京。她邊調順呼吸邊對自己微笑，手指探向頸間的珍珠。

她朝屋頂層中央的神社走去，並在板條間扔入錢幣，深深一鞠躬，然後拍掌兩次。擊掌的回聲還在空氣中飄蕩，她便跑向屋頂另一頭的樓梯，把外套再次翻轉，然後閃現一抹紅地走下樓梯消失。她在三樓兜圈，然後再度往上爬到兒童玩具樓層，接著搭電梯前往地下室。她一走進去，就看見海太郎也正好走入，他從對面那頭望著她嘻嘻傻笑。

欣喜，失望，當他朝她走來，繞過忙著採買一週所需的購物者和家庭主婦時，理奈也笑開懷。他們在美食廣場的中央會合。

「永遠是食物。」他微笑地說。

「你怎麼找到我的？我走得這麼快，而且還換了外套。」

「令人驚豔，」他說，「天才之舉。」他環視周遭，然後小心翼翼地舉起她的手放到他唇邊，把嘴唇貼入她的掌心。「我差點跟丟。」

「別安慰我，」她說。

「我說真的。在屋頂上時，我一度完全猜不出你會去哪兒。」理奈微笑，接著捶他肩膀。他大笑，她往前更貼近他一些，在不碰觸的情況下，盡可能地貼近；她可以感覺到他輕拂過自己頭髮的呼吸。

片刻後，她站退幾步，因為覺察到別人可能正在看著他們。她轉身走向蛋糕展示櫃，之前他們曾經在此逗留。「海，瞧它們多漂亮啊。我們該來一塊嗎？」她審視精心排列，賣相雅致的糕點，直到雙眼停在她想要的那塊上，「看，香蕉太妃巧克力……」

她察覺身旁的他僵立原地沒有反應，看見他正瞥向兩人身後，但接著，當他的視線重新落回她臉上，她卻感覺興奮逐漸消退，因為她發現就算買了他們也沒地方可吃，她回家的時間到了。

「理奈，不要走。」海說。他牽起她的手，嘴角勾起，露出調皮的微笑。彷彿他感覺到她心情轉變，感覺到她想溜走。

「讓我今年夏天也跟你去下田市。」她看進他的雙眼，突然痛苦地搖搖頭，想起壽美子，和所有該負起責任的生活。

「我們還是可以一起在那裡。」他執意，但理奈再次皺眉。

「我家人會和我一起。」

「那我們在熱海碰面？理奈看著我，」他央求，但她不肯。

「我得回家了。」她輕聲說，轉身走遠，留他獨自站在那兒，站在一櫃子蛋糕前。

海太郎目送理奈遠離，意識到自己可能永遠也不會習慣這種感覺——這種失去她的恐懼。他的眼角瞥見美食廣場邊緣有動靜，一個劍橋包動了一下。海太郎尾隨著搭上手扶梯，走入一樓大廳。他出了百貨公司，繼續走了兩條街口，在一條電線桿林立的街上停步。一陣短暫的陣雨過後，烏鴉棲息在黑色細電纜上，觀察底下的人，並把雨珠抖落在無防備的人們身上。

葉瑠穿著件棕色皮夾克站在街尾；他依然戴著在美食街時的棒球帽。他在等候紅綠燈變色，海太郎一隻手搭上他的肩膀。

「海。」

「嗨。」示意要葉瑠的劍橋背包，海太郎從他的手中拿過來，把裡頭的相機取出，迅速翻轉到背後。

「你拍到你要的東西了嗎？」他問。

「是啊——」

海太郎點頭，打開相機背後的蓋子，彈出已經捲到底的底片。然後在葉瑠來得及阻止前，便用力扯出底片，手指夾著大量抽出的底片，曝露在光線下。他停住一秒，研究相機鏡頭，然後把它砸在身側的牆上。無視腳旁的碎玻璃，他再度看向葉瑠。

「別再跟蹤我。」

蜜柑的香氣

當理奈醒來時，她獨自一人在下田市的鷹巢。耀西進來道別，他要帶壽美子去富士山過夜。她記得當他彎身揉自己的頭髮時，自己迷迷糊糊地從被單底下和他揮手再見。他八成也替她打開了木頭百葉窗，因為她可以看見太陽高掛天空，陽光透過輕薄的夏季窗簾灑入。她感到微風徐徐，清涼地拂過她的肌膚，就在打開窗戶的那一頭，她可以聽見海濤聲。

伸個懶腰，理奈滑下被太陽晒暖的床單。獨處是不受歡迎的，但有時又可以是一種純然的幸福。好幾年來，她都是自己一人，她並不快樂，但當夏季進入尾聲時，她再次開始感到自己是完整的，輕鬆自在而且平靜。佐藤在家，他從來不喜歡下田市，而在她娘家的房子裡，她是如此孤單，但理奈知道，這一天她可以做自己，而且不必擔心被打擾。

她再度睜開雙眼，並且看見擱在窗臺上、套著新皮套的佳能 EOS 3500，那是海太郎送的禮物。她想起他們一起在熱海山上拍的照片，想起透過葉片灑在他們身上的光線。她可以聞到她剝開蜜柑的厚果皮時，那苦甜的香味，她可以聽見兩人坐車內聊天時，驟雨擊打車頂的聲音，她可以感覺到當海太郎跟她說他愛她時，手指抵在她唇上的粗糙觸感。緩緩地，她單肘撐起自己，伸手拿她的相機。她把它滑出相機套，細細感受它在掌心中的重量。

電話鈴響，她秒速起身，衝下樓梯，拿起話筒時，氣喘吁吁。

「喂。」

「是我。」

「我知道，」理奈微笑地說，「他們走了。」

兩人在海灣碰面。理奈沿著家裡花園的崎嶇小徑走向海灘時，一簇簇乾海藻在微風中翻捲，她買了頂紅色寬邊帽，為了與身上的比基尼搭配，此刻正戴著它。她背靠著山坡席地而坐，靜候他踩在沙上的嘎扎腳步聲。

「你怎麼這麼慢。」

「不是所有人都有進入私人海岸的許可。」他答，在她身邊坐下。

理奈轉頭看著他。

「嗨。」她說。

「嗨。」

他們對彼此露出一個燦爛的笑容。

兩人一起眺望著海。海灘明澈乾淨，沒有瓶子，零食袋，塑膠廢棄物，只有漂流木的枝椏散落在邊緣，有些是白色的，鈣化，像骨頭。要是她獨自一人，理奈會把它們綁成一綑，揹回山上的家，扔進燃木壁爐裡，但此刻她什麼也不想做，只想依偎在海太郎身邊，他們的肩膀挨著彼此，陽光在兩人眼前隨著波濤舞動。

理奈偏過頭倚著他，細品他近在咫尺的滋味。她可以聞到他身上屬於夏天的氣息，棉襯衫下溫暖的肌膚。他轉頭看向她，唇角勾起，但雙眼卻肅穆專注。她突然察覺他要吻她了。綻放出一朵微笑，她站起身，把帽子拋在沙灘上，朝水裡奔去。

「理奈！」海太郎在後頭喊，挫折地大笑。當她往海裡奔去時，他開始解開身上的襯衫。水邊有條石堤，理奈尖叫地滑入水波，腳下踩落一小撮碎石。

「理奈，停下！」海太郎喊，「水很冷！」

「都市小孩。」她喊著，同時轉身面向他，水深及腰，水花濺溼她的比基尼上衣，讓布料的顏色變深。

海太郎的手伸向牛仔褲最上頭的鈕扣。理奈依然望著在岸上的他，她的微笑裡帶著公然的挑釁。「我就來了。」他喊。但理奈只是笑。「我在這兒等著！」她大喊，沉入海灣澄澈的一汪湛藍裡，向前划去，太平洋的水環繞著她。海太郎注視著她游泳，欣賞她自信、嫻熟的泳姿。頭上有幾朵雲。陰影處的水是灰色的，陽光下的水是藍色的，海太郎預料礫石後是陡峭陸棚，因此跟在她後頭淺潛入波浪中。當他的頭從水面仰起，她已經游遠，正領著他往深水去，更遠，更遠，直到僅存一縷夏日餘溫縈繞著水波，但這冰涼沒有讓她退縮，他也沒有。她顯然熱愛海洋，一個在水中安適自在，而且熟知潮汐的女子。她在他前面漂浮著，緩緩地游，低估了他的泳速。當他抓住她的腳踝時，她躍起並且試圖游走，但他緊緊抓住她，他的手沿著她的小腿肚、她的膝蓋往上摸索，直到大腿根上頭，他勾起一根手指伸入她的比基尼泳褲裡，把她拉向他。「我是在海邊長大的，」海水在他們周遭起起落落時，他說。「這個大海，我們一直都在一起。」

浪花輕拍著理奈的肩膀，又淹至她的頸部，她沉默不語。然後她和他一起浮游，靠得如此近，他幾乎可以感覺到傍著他的身體的光滑，她在前頭撥浪的蒼白長腿。理奈舔掉下唇沾上的一滴鹹海水，並把兩人在水中僅存的縫隙也填滿。「這就難怪了，」她的眼神飄向他被風吹得發紅的雙唇，「我不喜歡都市小孩。」隨後把手勾向他的脖子，並用力吻上他的雙唇。

海太郎渾身戰慄，伸手圈住她的臉，手指滑入她的髮中。將她拉向他的雙手是粗糙的。一注水流順著她的頸子往下竄，海太郎跟著它，舔那鹽水，品嚐海味之下的她的肌膚。他的手繼續往下游移，然後舉起她，讓她的雙腿纏裹著他。當她的大腿緊攫住他，並把自己緊壓在他身上時，他的呼吸益發顯得急促。

「你快把我溺死了，」他喘息地說，托起兩人，繼續隨波浪漂浮。

「真的？」理奈微笑，她露出貝齒的笑容明媚又挑釁。「你不是天生的水中蛟龍嗎？」

海太郎屈起放在她腰上的雙手，正準備回答時，理奈卻把他的肩膀往下壓，用她在波浪下能使出的最大力量，猛地把他推按入水中。

當他重新浮出水面，因驚詫被海水嗆到時，她已經以快速的自由式領先他好幾公尺。原地踩水半晌，然後，他也跟著游動。頭始終仰在水面，因而有看見她往岸邊去。理奈游向礫石堤，從水中爬上岸，跨過堤走向他留在沙灘上的袋子。當她回瞥他時，嘴角勾起，然後她彎腰，在他袋子裡翻找，拉出他的襯衫。她把襯衫穿在她溼的比基尼外，調整領口，把鈕釦一一扣起。然後，看他最後一眼，她撿起她的帽子，爬上通往她家的階梯，知道他會跟上。

這時天空已變暗，海太郎穿好衣服，爬上通往屋子的階梯。暴風雨正在地平線聚積，把雲朵變成青色的貽貝殼。看著這些雲，他想，不出一小時，它們就會對著海洋傾瀉而下，以雨和霧包圍半島。他從側門進入屋子，並穿越小休閒室。這個房間必定是理奈的，因為書本和雜誌散滿一地，還有她的夾腳拖，海灘裝備，以及一個小孩用的小紅桶和鏟子。他再往內走，始終細聽她的動靜。他在自己左手邊找到廚房，然後突然，她就在那兒，依然穿著他的襯衫。比基尼上的水已經滲透布料，緊貼在身上。

「偷我的東西？」他說。

「你的就是我的。」

「你很走運，我覺得你這樣穿真是該死的性感。」他答，理奈大笑。

她把茶壺擱在爐架上煮沸，然後轉身去冰箱找錫箔茶葉包。海太郎斜倚門框，並注視著她，對她在這家居空間裡的優雅、她的安逸感到驚異，但他無法讀到她的表情。理奈往一個小陶壺裡加了兩湯匙茶葉，低頭的動作，讓頭髮墜落頰旁，更加遮住她的臉。他望著她將滾水注入兩只茶杯，水加滿至杯緣，然後依序倒入陶罐，確保兩杯茶的濃度一致，而且絕對夠他們兩人喝。

當她轉過身看向他時，他還在門口晃悠，看見她雙頰升起一抹紅暈，海太郎感到欣慰。她吞了口口水，手擱在茶壺旁的檯子上。「讓它悶泡一會兒，我先去壁爐點火。」她說。

「我可以去點。」海太郎答，理奈懷疑地挑眉。

「我們家裡有一個。」他說，從門口退了幾步，好讓她過去，領他走向客廳。兩人一起跪在爐旁的地板上，理奈把引火柴和紙拿給他。海太郎從他身邊的籃子裡，挑了對小圓木和一根較大的，一根根擺好，這樣便能有最好的燃燒效果。然後他劃了一支火柴，湊到紙捻旁點燃，注視著火焰朝木頭竄去，灼焦表面終至吞噬整根木材。

「就跟你說了。」他說，轉臉看她。

理奈點頭，深深凝視著火焰。「這麼多技巧。」她說，站起身。當海太郎朝她伸出手時，她微笑，並且退後一步作為回應。她眼底的嘲弄讓海太郎停頓，覺得好笑又怒不可抑。她站在他眼前，依舊穿著他的襯衫，雙腿完全裸露，露出大腿的蒼白肌膚。她的雙唇挑釁地勾起。

「繼續啊。」他說，仰起下巴，而她也確實沒收手，當他亦步亦趨地逼近，她就不斷遠離，直到她背抵在牆上，兩人間除了他的襯衫，再無其他。

手一伸到潮溼的布料下，他便沿著她的腹部往上摸到後頸和後背，解開她的比基尼上衣，任其掉落地面。當他的手找到她因渴望而堅硬的乳頭並用力捏掐時，她抬眼看向他的臉。她倒吸口氣，他的雙唇印壓在她唇上，把她接下來的驚呼吞入口中，然後他的唇一路向下探索，再度來到她的胸前，如此便可將她的乳頭含入嘴裡，隔著他襯衫的布料吸吮。理奈在他底下伸展，當她把他往上拉向自己時，她的手指甲嵌入他的頭皮，不再笑了。他把她緊壓在牆上，兩人氣息水乳交融，海太郎張嘴吻住她，感覺她的雙手離開他。他斥責地用頭摩蹭她，直到他領悟她的手在襯衫下拉扯比基尼底褲，她脫掉，並且拋下，因此現在褲子躺在地板上。好半晌，海太郎都忘了呼吸，然後，他跨向前，站在她的兩腿之間，舉起她，緊貼在她身上，同時理奈又舔又咬又親吻他的脖子。

海太郎手往下滑到她的雙腿間，溫暖滑潤的觸感幾乎讓他滅頂。數週、數月以來，他都夢想著和理奈歡好，他想像在潔淨床單上的悠緩誘惑，他想像當他輕舔她兩股之間時，她焦糖鹽般的甜美；想像引領她享受那強烈非常的快感，以致她幾乎無法呼吸，但此刻，當他的手指滑入她身軀的溫暖裡時，他滿腦子唯一能想的，只有置身她體內，她完整裸露的自我，放入嘴中，於是兩人之間除了肌膚，便再無阻隔。他顫抖著，胡亂解開襯衫頭兩顆鈕釦，然後是第三顆，然後她說了句話，這讓他的雙手靜止，停下動作。

「我還沒準備好。」她咕噥著。

「哦，天哪。」海太郎低俯前額抵著她的，費力地喘息著。她是如此動情，他不想相信她，但他必須相信，因此他停止動作，血液在他的血管中咆哮，此時，他感覺到陣陣吹拂在他臉上的溫暖氣息。「我開玩笑的，」她呢喃，一連串吻沿著他脖子到耳畔如雨點落下，「我開玩笑的！開玩笑。」

「不好笑。」海太郎喘口氣，粗暴地扯掉襯衫。

「小心點！」當剩下的鈕釦飛走，墜落在地板各處時，理奈尖叫。

「我不在乎，」海太郎說，身體緊壓著她，雙手猛地把布料扒開，直到露出她赤裸的雙乳，高聳堅挺，深色乳頭柔軟如絲緞。穩穩抓牢她好吻她，他把她舉起，打開她的雙腿，直到她對他完全敞開。理奈嗚咽，雙腿纏裹著他，緊攫住他，直到他用力地深入，填滿她。當他開始動作，因快感而起的抖顫奔竄全身。他吻她的耳，她的頰，她的唇，不斷在建構一種節奏，最後，他品嚐她的乳頭，她尖銳的呻吟，讓他更加猛烈地深入。她不由自主地貼著他顫抖，他的唇發現她下巴下方的柔軟肌膚，在那裡，她的脈搏在他嘴中如雷鼓動。他隱約想起自己原打算好好看遍全部的她，探索每一寸，但光是感覺她就已經教他無法承受。

「如果要我停止的話就說一聲，我會尊重。」他的聲音粗啞，一點都不像他。「永不。」她呢喃，而且他感覺到她緊抱住他，牽引著他更深入，她的滑落激勵了他，終至他再也控制不住，一次又一次地重擊，將兩人送入粉身碎骨的雲雨之顛，此刻叫喊已成嘶吼。

兩人肢體與汗水交纏地躺在地板上。理奈蜷縮在他懷裡，她的頭枕在他胸口，享受他心臟的快速跳動聲。她慢慢轉過頭，對他微笑，喜歡他手輕撫她背的觸感、他手指熨平她臀部並調皮捏掐的方式。她從他胸膛處抬起上身，好好地看著他。他張開雙眼，當他伸手描摹她的一彎眉毛、顴骨、她飽滿的下唇，唇邊綻放出一抹驚異的微笑。理奈回以微笑，並且親吻他的拇指指尖肉，然後輕咬它。

「所以，你愛我囉？」她問，他篤定地緩緩點頭，欣喜頓時遍傳周身。「那你有許多女人嗎？在東京？」她繼續追問，當他眼底的光變溫柔黯淡，她睜大眼緊盯著他。

「沒有人像你。」他說。

「那北海道呢？」理奈問，她的雙眼在他臉上游移，朝上探身去吻他的鼻子，和他蹙額時，眉間的皺紋。

「有一個，」他說，「但我無法留下來，就算為了她也不行。」理奈在他身邊躺下，躺在他的臂彎裡，面朝他。海太郎的手沿著她的背往下滑，讓她始終貼近自己。她喜歡他望著她的表情，喜歡可以閱讀她心思的專注凝視，彷彿兩人可以融為一體，變成一個人。他注視著她並且微笑，「繼續，問。」他說。

理奈往上伸手去摸他的臉，用纖指輕撫他的臉頰。「這個另一位女孩，她可知道你老爸的事？還有你媽？」

「部分，」海太郎悄聲說，「她知道我逃走了。」

「那不是你的錯，」她說，「那是自我保護，」她補充道，用一個吻來撫平他的嘲弄。「而且你必須按照自己的心意過活。」

「我不懂我的父母，」他慢慢地說，「我讓我母親失望了，但她為何不離開？」

理奈伸出手指穿過他的髮，彷彿試著用她的撫摸來安慰他。

「有時候我鄙視她……理奈，你能懂嗎？」

蜷在他身旁，她點點頭，雖然她一言未發，等著他繼續。

「她應該讓自己，我們兩人，都躲到他找不到的地方。然後她……怪我。」他雙唇緊閉，並垂下眼瞼。

「你對他們既愛又恨，」理奈最後說。她單肘撐起身體看著他，當她在他頰上落下一個輕柔的吻時，他明顯放鬆不少。「那也是可理解的，」她說，對他懷疑的表情報以微笑。

「我覺得她是在放你自由，海，」理奈輕撫他後頸的髮，然後扯動，把他拉向自己，如此一來，兩人便肌膚貼著肌膚躺著。「你不屬於那裡，」她說，把他圈在自己懷抱中，「而她給你許可，要你走。你依然可以聯絡她，修補關係？」她補充道，前額抵著他的，用兩人感應彼此的那種方式，感應到自己業已觸碰到他，而且他的心情也受到鼓舞。

「你真的從未告訴過別人？」理奈執意追問，海太郎搖頭，暗自發笑，「東京女孩可不會太買單。」他說，當他翻轉理奈身體，讓她平躺在地，並一路從她的臉頰吻到嘴唇時，眼底的難以想像，惹得理奈微笑。理奈別過臉埋進他的頸項，享受他的手往下滑過自己身體的感覺，當他止住時，她咬他的耳朵，他正隔著她的肩膀看向某物。

「那是什麼？」他問。

理奈轉頭，然後微笑。「你知道是什麼，拍立得相機。」

「你什麼時候——」

「我們去熱海的那天後，」她說，「我愛你給我的那臺，我想要替壽美子也買一臺，一臺可以讓她玩的。」

「那我給你的那臺怎麼辦？」他問，神情的嚴肅讓她咧開嘴笑了。

「我想，」她說，手指像走路般，試探性地爬上他的胸膛，「我會帶壽美子去拍海岸線。我們沒多久就要離開這兒了，但我們可以在小海灣玩耍，而且我可在海邊替她拍照。」

「新企畫？」他問，聲音很小，理奈肯定地點頭，享受她在他眼神中所看見的滿意。

「我可以去嗎？」他問，眼底的沒把握讓理奈胸臆鼓脹，這對他有多大意義，這對她又會有多大意義。

「可以，」理奈說，看著他的雙眼因驚訝而睜大。「現在讓我起來，我得做晚餐了。」

「晚餐？」他問，伸手摟她，吻她的脖子，唇角。

「真正的食物優先。」她說，把他推開，迅速站起身。她感覺他的手逼近她的腳踝，並且往上摸向她的小腿肚。「住手！」她斥責，卻無火氣。跨過他，彎腰從地上撿起他的襯衫罩上，走進廚房。

「我要做點特別的。」當他走進來站在她身後時她說。她正在水槽的一只盆子裡沖洗蛤蜊，所有的沙都流到盆底。魚販用來包蛤蜊的報紙，潮溼地攤開擺在一旁。當海太郎在她後頸落下一吻時，理奈微笑，然後是下顎下的另一吻。她感覺他摟住自己的手臂圈得更緊了，並把她稍微抱離地面。理奈笑了，「我十分鐘就好！」她說，他以為這是在暗示他離開，正要走，她反而抓住他的手，「不……不，」她把他重新拉向自己並說，「陪著我。」她感到他把下巴擱在自己肩上，她轉頭吻他頰上的鬍渣。她瞥向旁邊的一包義大利麵和各就各位的大蒜、辣椒及香草，都是她稍早備妥的。

「讓我幫你。」他說，當理奈立刻搖頭時笑了。

「我可以的，」他說，「我會煮義大利麵。」

理奈停止篩蛤蜊，伸出一根手指朝上指著他，眼神嚴肅。「這可**不只**是義大利麵。」

海太郎抓住她伸出的手，親吻它，「我知道……好吃的義大利麵，我可以煮出好吃的義大利麵。」

「Al dente（有嚼勁的）？」理奈追問，但他只是笑，立起雙掌並後退表示投降。她先煸炒大蒜和辣椒，放在爐架上冷卻，當他回到廚房時，她才剛把扁麵放入平底鍋裡。

「你今晚若想吃點什麼，我可不會跟自己過不去，」她警告，「冰箱裡有白酒。」她說，感覺他依然在她身後。

「跟我來。」

轉過身，理奈看見他背後藏著什麼，並且牽住他伸出的手，許他把自己拉向他。當她挨近時，近得足以親吻時，海太郎拿出拍立得相機。

「不！」理奈尖叫，推開他，跑進客廳，「我沒準備好，不能特寫！」

「你看起來美味極了。」

「放開我！你這禽獸！」當他抓住她手腕時，她尖叫，與他扭打，直到他在壁爐旁的大皮椅上坐下，並把她拖入懷中，坐在他大腿上。

「我頭髮裡還有沙。」

「你動人極了。」

「給我——」她說，伸手到他頭上去搶相機。

海太郎一隻手臂緊緊箍住她的腰，並把她往下拉入懷中。「坐著別動！」他溫柔地用鼻子摩挲著她的，「不然我就打你屁股。」

當他把相機拿出，並按下快門時，她正大笑。

「把相機給我，」她說，他照做。「你要這樣拿才對，」她說，當他雙臂圈住她時，她開心笑了。

兩人一起看向鏡頭，兩人都笑容燦爛，很快樂。他們拍了一張又一張，開懷大笑，當空白的黑色方形底片掉落滿地時，兩人爭搶著相機。最後，海太郎把懷中的理奈轉向，並且親吻她。她抵在他的唇上微笑，就在此時，廚房裡的義大利麵計時器響了，尖銳的三聲嗶。

「別走。」海太郎說，他放在她腰上的手並未鬆開，但力道輕柔。理奈彎腰撿起散落地上的照片，然後回他懷中坐定。就在他的膝上，兩人一起翻閱，咯咯傻笑並爭論，直到找出兩人都想保存的。理奈替自己留下兩張，放在邊几上。

海太郎望著她的眼神突然焦慮起來。「你會小心吧?」他說。「別讓任何人看見照片。」他堅持。

「我會保護我們兩人的。」

「你保證。」他說,再一次吻她。雙手輕捧她的臉龐,她迎向他的凝視。然後微笑,他也微笑,「我保證。」她說。

反思

海太郎站在他汽車旅館房間的窗邊。床頭櫃上的呼叫器響了,是公司傳來的訊息,但他不理睬。他離開理奈在下田市的家已經好幾小時,但他知道這會是個無眠的夜。他抬眼看向天空,那漫無邊際的濃醇墨水藍,打開窗戶,朝外探身;下頭是人行道,在傍晚幽暗的潮溼中,如鏡面般閃耀著微光。稍早的雲朵果然信守諾言,海可以聽見小鎮的排水溝雨水泛濫。他望著旅館兩旁的建築物,望著布滿山丘的水療中心,他的視線隨街燈一路飄向海灣和棧道,一塊面海的平坦水泥地。碼頭的遊艇隨水波晃動,它們的尾燈在黑暗中閃爍如星點。

伸手探向口袋,他拿出一盒火柴,放在面前的書桌上,然後他把一個金屬小垃圾桶也拿上桌。他還穿著理奈那天下午給他的刷毛上衣。布料上還殘留些許她的氣息,就像她的撫觸。在書桌抽屜裡,有之前去果園從她那兒拿來的手帕。海太郎把手帕拿到臉旁半晌,然後劃了一根火柴，湊近那絲料，看著它著火，並竄起火苗，他緩緩放下，放入金屬垃圾桶裡。他的口袋裡還有拍立得。

他把大部分的拍立得都留給理奈，她承諾會藏妥，但他也替自己留下三張，一張是她邊大笑邊蠕動著從他腿上下來，另一張就只是她蜷縮在壁爐前，穿著他的襯衫。他看著這兩張照片好半晌，感受指尖下傳來的觸感。對他來說，它們是如此珍貴，如此有價值，但它們也正是佐藤所需要的證據。他把相片拿高，一張接一張地付之火焰，注視著塑膠起泡並從底片上剝離，影像皺起並融化。他低頭控制火勢，火焰的熱氣溫暖他的臉。他可以聞到從他肌膚上升起的理奈的香氣。從劍橋包裡抽出一根香菸，他點燃，緩緩吸著。理奈討厭香菸，所以他從未在她面前抽過，也正試著戒掉。當他吐出這最後一次襲擊他中樞系統的尼古丁時，看著煙霧消散在空氣中；那是不可多得的最後樂趣。

終於，他把香菸彈進垃圾桶，並且用一瓶水澆熄火。變黑的相紙捲曲成團，他把垃圾桶放到窗臺外。縷縷輕煙上升，繚繞在空氣中，上方一輪明月從海灣升起，而剛被大雨洗刷乾淨的夏日天空，被遠方的熱海燈火照亮。

壽美子

鞋子

我一直努力想像我母親年輕時的樣子，每當我想起她，她總是我母親的模樣，我無法想像她別的身分。你曾經想過你父母的青春時光嗎？或許是他們初相遇並且墜入愛河的時候，兩人眼裡只有彼此，壓根沒想過你，過著不一樣的生活。我母親過著一個沒有我的生活，不同的是，她在我出生前和之後都如此。

多年來，對她的認識一直困擾著我。我不斷回頭去看她過的生活。我依然覺得只要我夠認真檢視自己所留下的痕跡，或許以不同的角度看待它們，那麼我就可以看見她：一個在工作的年輕女子，一個戀愛中的女子，一個試圖做對的事的母親。她的生活中有那麼多我無法參與的事件，那些她保留給自己的經驗。然而，我還是忍不住想像，如果她還活著，或許有一天，她會也與我分享，然後，我們可以像其他母女一樣，在彼此身上看見自己。

留下的點點滴滴並不多。作為一個孩子，我囤積她的物品，就像擺在我們家佛龕的她的照片，我怕會被他們拿走。但我確實擁有一些她的東西，某些她給我的東西，一張去北海道的飛機票根，放在我的剪貼簿裡。她也買了其他東西給我。我記得有一個年輪蛋糕，一層一層的圓木狀蛋糕，上面淋著黑白巧克力，看起來就像白樺樹的樹皮。那真的很特別，我初次看見時，以為那是從樹上砍下來的樹枝，不過仔細看看，裡頭卻是一層層的薄海綿蛋糕，我聽說那非常美味，口感香濃滑順，就像雲隙間透出的陽光遍灑在舌頭上，因為它是用北海道的奶油做的。我向來喜愛年輪蛋糕，但我不知道是否是因為這個蛋糕，而且，當然我們早吃掉了，所以什麼也沒留下，沒有任何蛛絲馬跡可以追索來由。

離婚協議簽妥後，我母親搬來和我及外祖父住。她只和我們住了幾個月，飛機票根就是那段時間出現的，那時她做了一趟小旅行。她說過她是去探險，像是替我們在品川找間新公寓，因此她得先為我去勘查一個新家。她說北海道對我們兩人都會變得非常特別，而且她會帶我去，但當然她從來沒有。

她過世時，外祖父把她剩餘的生活用品帶回家給我。他把她的遺物帶入家中，放在她在目黑長大的閨房裡，就在我房間的隔壁。

就連作為一個小孩，我也分辨得出少了很多東西：沒有書，沒有相片，沒有相機。只有幾件她的衣服、鞋子、她正式的和服——還用紙包裝得好好的、一小盒首飾、毛筆，和最後，她的香囊，和尚身上佩戴的咖啡色粉末包，在進廟前淨化自己用，銀座有賣，一百日圓一包。我是伴著她肌膚上的那種味道長大的，因此，我從不會將它與男人或廟宇聯想在一起。只有她。

以及我們下田家上方的松樹林。

這麼久以來，這些東西是我唯一擁有並且視若珍寶的。等我再長大些，我會偷偷去翻看，小心不讓外祖父發現，因為我深信，只要我不哭或過分激動，他就會忘記這些東西的存在，而能讓我保有它們。

當加賀島百合把這些記錄著我母親謀殺案的檔案夾給我時，其中的內容讓我癡迷。在餐廳的餐桌——這個我外祖父每日吃早餐，並在上班前替我剪報的桌子上，我把所有文件攤開，鋪滿桌面。儘管如此，一段時間之後，即便一樁樁事實和一個又一個的細節都已開始在我心中就定位，吸引我的仍是她的私人物品。它們召喚我去她房間，直到我發現自己站在她的衣櫃前，打開櫃門，雙膝跪落地毯上。

我素來喜歡我母親的鞋子。那一天我凝視著再也不會更換位置的鞋群，每一雙都散發出永恆感，彷彿它們會存在得比誰都久，甚至比我更久。鞋子整齊排放在衣櫃裡的金屬架上，仿照她早年所採用的排序。然後，它們會參與演化，成為系列的一部分，隨著她從中小學到大學，再走入年輕成年人的生活，一排排地更換、移位，舊的被挪至後頭，新鞋被擺到前排。但那一天，這系列靜止了，畫下句點。她身後留下的都在目黑，比如我。

即便她還活著時，我都對她的鞋感到讚歎。我好奇她會穿上它們去哪兒——腳趾上有金銀蝴蝶結的黑色高跟鞋，後跟有洞的白色運動鞋，厚底粗跟的海軍藍船型高跟鞋，像是實習律師會穿的款式；還有我的最愛，暗紅色低跟鞋，腳趾處開口，還有細帶繞過腳踝。這些都是我孩提時喜歡並且會試穿的鞋。我發現假如在腳趾處塞衛生紙，穿上涼鞋時我的腳就不會滑動，而能繫上腳踝處的鞋帶。她雙腳留下的痕跡，皮上的細摺痕；這是一雙我們兩人都深愛的鞋。

跪在她的衣櫥前，我再度伸手拿那雙紅鞋，我倆的最愛，她在過世前一年買的。她曾在我們共度的最後那個夏天，穿上它們去吃晚餐，以及她開車去熱海時，又一次穿上。而那年秋天，當我們回到東京，她穿著它們帶我去看住目黑的外祖父。像小孩般盤坐地上，我把那雙鞋貼在臉頰旁，吸入樟腦的粉塵味，回憶那個下午。

我們一抵達，媽媽便脫下紅色涼鞋，放在門廊的室外鞋架上，趁她和外祖父在樓下泡茶，我火速拎起它們，狂奔上樓，去媽媽的老房間。我往地毯上一坐，印著粉色和白色芍藥花的新洋裝裙襬鋪散開，把我團團圈起。然後我躺在地上，凝視著塵粒從天花板往下飄。大門旁擺著母親買給我的粉紅芭蕾娃娃鞋，是為了搭配我的新衣服而買的，但那天下午，我想成為我母親，我只想像她，而且我明白，是我的年紀阻擋在我和她之間。

我把她的紅鞋放在手中，用手指描摹著複雜精細的縫線，細品肌膚下那柔軟如絲的皮革觸感。然後我站起來把雙腳滑入鞋中。我的腳跟落在鞋底中央，後半截都是空的，但假如我直挺挺地站在鏡子前，看起來就會像我的鞋子。我先踮起一隻腳，然後是另一隻腳，彎腰繫緊帶子。我喜歡我穿上它們的樣子——變得比較高，雙腿顯得優雅，勻稱。我想著自己也可以是一位小姐，一位塗著紅色指甲油，穿著紅鞋的小姐。

我聽見外祖父和媽媽走進門廳，他們起先是小聲對話，但音量逐漸提高。我對著鏡子轉來轉去時，門鈴響了。外祖父的音量已經升高成咆哮，我聽見母親朝門口移動，她正從他身邊走開。

「我不會接受的，理奈，」我聽見他說，「在這家裡絕不。」

「壽美！」我母親叫喊，「你在哪兒？」

我低頭看向腳踝上的繫帶，看著繫得如此美妙對稱的蝴蝶結，這是我繫過最好的蝴蝶結。

「壽美！脫下我的鞋子下樓來。有位我們的朋友要和你打招呼。」

我對著鏡中的自己皺起鼻子，坐回地上，拆掉我的手工傑作，鬆開蝴蝶結。想起門廊外等著我的無趣芭蕾平底鞋，我出來站在樓梯平臺上，外祖父正站在門旁，渾身緊繃很是生氣。

「在我家裡絕不。」他重複道。

「那我們只好離開，耀西。」我母親說。我走下樓來，把紅涼鞋交給她，而她把我自己的鞋子遞給我。然後，她打開門，向外走到陽光中，與站在花園裡的朋友會合。那個夏季，他曾買過冰淇淋給我。當我跟在後頭走過去，他轉身面向我們，並且露出一朵微笑。我喜歡他的微笑。

理奈和海太郎

雛偶娃娃

理奈把手中的雜貨換到一隻手上，騰出另一隻手提起門閂。連在車道上都聽得見壽美子尖高的大笑聲，因為她正在屋內和她的外祖父玩耍。儘管只是秋天，耀西已為了女兒節，和明年要如何慶祝的事不斷糾纏理奈。他反覆提起她仍存放在他家中的雛祭人偶系列，問她何時要搬去她和佐藤在惠比壽的公寓。那是幾天前開始的，就在理奈同意海順道拜訪目黑家之時，雖然她爭辯他只是位朋友，但耀西不信。打那時開始，他的反對就在兩人間醞釀，理奈只能見招拆招。或許他把人偶都搬出來了，這也正好說明壽美子何以如此興奮。

把鑰匙插進鎖孔，理奈走進家門，把購買的東西放在門邊。她正把鞋子脫下，換成室內拖鞋，卻突然在門廊的鏡子上瞥見自己的身影。這面鏡子從她幼童時便掛在家裡，歷史甚至更久遠，在她母親家裡，記錄著來來去去的人，映照出她家族的生活。通常理奈會把外套掛好，就直接走過，不多瞥一眼，但那一天，她卻看見了什麼，讓她停住腳步：理奈始終認得鏡中的自己。每一個年齡，每一種心情，她素來能清楚看見自己，如實反映，但那一天，當她看入鏡中時，她的臉一半在鏡中一半在鏡外，她不像她自己。她靜止不動地站了半晌，等候瞥見她認得的那個人，一個準備認命的女人。她閉上雙眼，然後重新張開，在玻璃中尋找著什麼，但鏡中只有順著邊緣倒角斜面相交的消失點——她和她之前的所有女人都在那點上，隱沒於從正門照入的下午朦朧光線中。

當牆上的鐘開始敲響，壽美子突然跑進門廊時，理奈猛吃一驚。「媽咪來看，快來看！」她說，拉起理奈的手。雙腳滑入室內拖中，理奈跟隨她的孩子走進客廳，並且看見果真如此，耀西真把雛形人偶都拿了出來。他甚至把有寬大黑色臺階的漆器展示架從地下室搬上來，擺設在客廳中，並把所有的人偶依序排列好，從最上層的天皇、皇后到女官、音樂家、大臣，和最後擺在底層的侍衛。她的父親坐在地上，調整女官手中的扇子，和每位武士跟前劍座上的迷你刀劍，一絲不苟。他往後靠，欣賞地看著它們，而理奈的目光則被它們身上的華服和飾物所吸引，以及她母親過去買的蜜桃粉、綠和白色的小節慶蛋糕，和櫺子上做工精緻的訂婚禮物，因為這些人偶不僅代表宮廷，它們也做婚禮裝扮；描繪出所有年輕女孩的夢想和責任。理奈轉身，瞥見一本松尾芭蕉文集，幼年時，耀西曾讀給她聽過；無疑他一直在唸同樣的詩給壽美聽。其中一首驀然浮現她心頭：

這門後／如今埋入深草中／不同的世代會慶祝／女兒節。

「爸，你不該這麼寵她，」理奈抗議道，怒視著她父親。「現在她腦袋裡再也裝不下其他的事，也不會願意讓娃娃收走。」壽美子坐在耀西旁的地上，無視責備，反而數起皇后身上的十二層小和服，觸摸從整燙平整的絲料中伸出的精緻陶瓷小手。

「你應該把它們帶回家，理奈醬，」耀西說，「你不可能繼續用你在惠比壽的那些小人偶慶祝女兒節，它們完全無法和這組比。」他掃了一眼整組人偶，一排高過一排，由一代代皿島家女孩收集起來的。理奈咬了咬下唇，點點頭，每當她不想再和父親爭辯時，她就會這麼做。

「惠比壽沒地方擺。」她嘀咕著，但他沒聽見。問題是她父親是對的，這是壽美子該承繼的，她熱愛女兒節。在學校和在朋友家看見擺設出的人偶時，她總是如此興奮，她喜歡想像國內的所有家庭都在自己家中，架起臺子，陳列出這些擺件。她珍視理奈在惠比壽收集的那一小組，每年三月三日，壽美子會跑過廊道，去理奈和佐藤房裡。除了在門廳奔跑的小腳步聲，和小小身軀衝進房間撲跳上床所帶入的一陣風外，多半沒什麼先兆，她會掀起兩人間的被單，舒服地窩蜷在裡頭。「媽咪！爹地！它們擺好了嗎？娃娃擺高高了嗎？」她會問。理奈搔她癢並作勢要把她裹成香腸捲時，她就尖叫。佐藤也會笑，伸出手摸壽美的頭髮。他從未和他的雙親共享過這類的事。他們不曾談起過，但理奈依舊知道，因此這些躊躇軟化的瞬間就顯得彌足珍貴。現在想起佐藤，以及他倆的目光是如何在女兒身上相會時，她更是感受強烈，因為就是在那一刻，理奈再清楚不過地看見兩人結合的意義。他們一起俯瞰他們的女孩，那白皙的皮膚，如扇的深色長睫毛，晶瑩的棕色眼眸，並且清楚，他們再也創造不出如此精緻純淨的事物。

「爸，女兒節三月才到，到時我會來拿走的。」耀西停下擺弄那些人偶的動作，片刻後他抬眼迎向女兒的目光，「你現在就該帶回去，」他說，「惠比壽是你的家，你丈夫所在之處，難道以後不是嗎？」

幸福幻象

理奈可以感覺到海太郎在他身後的樓梯上。這棟樓沒有電梯，沒有門房。往上爬時，她的裙子掃過她的大腿，聆聽鞋跟磕在水泥地面上的聲音。她經常在心裡想像這些，他住哪兒，他沒在她身邊時，都在哪兒度過。越來越難找到機會共處。自從雛偶娃娃插曲後，耀西的反對只變得更露骨。現在他拒絕照顧壽美子，所以理奈幾乎不可能脫身。海也說，在公共場合他們必須謹慎，他從不靠得太近，拂過她的手，或碰觸她的臉。下田市之後，他就再沒有吻過她。耐不住思念之情，她提議去愛情賓館兩小時，但他不願意：他想帶她來這裡，他的家。

搭地鐵前往的途中，理奈都在想著兩人抵達他公寓並且終於獨處時的情形。她記得他的撫觸，兩人一起泅游時，肢體交纏的感覺，以及海中的親吻。在列車上握著扶手時，她回想每一細節，就是沒有回頭看他。她文風不動地站著，小心保持兩人間的距離，一路來到淺草。

海太郎上前走到她身邊開門，當他讓她先進去時，他的夾克掃過她的袖子。她直接走入廚房。沿牆一排灰色的爐臺，上面還有個抽油煙機，對面是放茶壺的流理臺，和一個放鍋碗瓢盆的抽屜。公寓是狹長形的，就像條廊道，通向臥室。理奈經過小小的淋浴間，意識到身後的他，以及她端詳他的家時，他落在自己身上的眼神。

臥室寬敞得多，有張雙人床，一張書桌，和一扇窗，謝天謝地，總算透進一些光線。理奈轉身，對著海太郎微笑，他從門口開始就一直注視著她。床上散著些衣服和書本，他的相機擺在書桌上，旁邊是他的作品集。衣櫃門沒關，裡頭有件摩托車騎士夾克。「北海道帶來的？」她問，他點頭。

「就差另一臺摩托車。」他說，但理奈搖頭。

「你一定會載壽美。我可不准。」她說，而他笑了。

轉身走向窗邊，理奈望著窗外風景。她看見一列單軌火車偏向單側地繞了個陡彎，微傾的車身迫使乘客俯瞰下頭的運河、高速公路和道路樞紐，而地面上的人們則拚命地跑，眼睛瞟向頭上的鐵軌，焦急地趕搭自己的班車。有瞬間，思及車站擁擠的人群，思及被推送至月臺邊緣的自己，當列車駛入時，玻璃門後的數百雙眼睛正窺視她的生活，距離她的臉僅數公尺之遙，理奈不寒而慄。她深吸了一口氣，然後海太郎出現在身後，他的一隻手溫暖地放在她背上，另一隻手高舉拉上窗簾，把那個世界阻隔在外。她感激地轉向他，只意識到他的靠近，他沉靜的氣味，周遭他的物品的親密感，室內的逼仄，以及終於，他們獨處了。

「想喝點什麼嗎？」

理奈搖頭。一如既往，他的接近總教她暈眩。她記得他最後一次抱她，在她身體上的他的雙手和他的唇，他的襯衫依舊彌漫著他的氣味，並且塞在下田小房間裡的一個木箱底部。她伸出手觸摸他，感覺他胸膛心臟的脈動。「理奈，」他吶吶地說，伸手蓋住她的，「留在我身邊。」她一直凝望著他的臉，而且彷彿他知道她在想什麼似的並說，「我們可以找個地方，一個屬於我們和壽美子的地方。」理奈把手指放在他的唇上，按壓那柔軟細緻的肌膚。他的手往下滑落，環住她的腰，毫無猶疑又獨占欲強。她愛這男人的可靠，他的自信。她還顧他打造的生活，他辛苦爭取來的獨立。

「你無法拯救我，海，」她說。「我對你沒好處，」她加了一句，而他笑了。「你有大好前程，你應該去北海道看看，開自己的照相館。」

「沒有你就不去。」

「我不應該來這裡，」當他伸手捧起她的雙頰，她繼續說，他手掌的溫暖穿透她的肌膚向四周輻射。「我不夠堅強，不夠勇敢。」海太郎的一隻手攀上她的後頸，將她拉近，近得足以讓她感覺到他噴在自己臉上的呼吸。

他的手逐漸加重力道，撫摸、安慰她。「理奈，」他呢喃，「你錯了。」然後他吻她，深深地，如此徹底地吻，以至於她感覺自己正融入他體內，更深更深地墜入他的情網中；一個滿腦子浪漫幻想的女人。

海太郎來東京已經許多年了，從那時起他就扮演過許多人：對許多女人來說的許多男人。但這回，他想停駐，這回，和理奈，他回歸自己的本性和原貌，做回真正自我的自在是他靈魂的靈藥。

自從遇見她之後，他一直能更清晰地思考，彷彿過去他為了讀取他人心思並融入他們生活所傾注的精力都用回自己身上。能自然流暢地表達所感受的真正喜悅，和沒有感受到的悲傷疑慮，他是如此解放，幾乎覺得自己是自由的。就連離開北海道的罪惡感也獲舒緩，並開始思考修補關係。儘管如此，夜裡他還是輾轉難眠。經過下田市的相處後，海太郎就無法成眠。他的呼叫器不停嗶嗶響，傳來工作上的訊息，但他努力忽視。只有理奈出現才能安撫他，而當他沒和她一起時，滿腦子想的全是他告訴她的事——關於他老家的真話，和關於他當前生活的謊話——謊話一個接一個地高築，直到他自己也無法掙脫。夜晚這些謊言圈繞著他，遮覆在他嘴上，教他窒息。

他可以感覺到兩人回到東京後她的驚愕。他可以感覺到她的退縮，她的動搖。他需要她留在他身邊，**選擇**他，但他沒有把握，除非他告訴她有關佐藤的真相，那麼她就會知道他的真相。夜復一夜，他努力想找到一條能成全他倆的出路，但在他黑暗的臥室，在透進窗簾的霓虹亮光中，苦思無解。海太郎清楚，他永遠都不可能對她透露一星半點。

揉揉雙眼，他從床上起身。他的呼叫器放在書桌邊緣，卻被他埋在好幾張紙下頭，大都是些帳單和銀行對帳單。其中還有他的存款明細。他的錢夠活三個月，但也就這麼多。其餘的錢用來買了理奈的新相機和賄賂葉瑠讓他閉嘴、對工作上的事守密。直到最近，武田都頗高興，對海太郎暑假期間回報的新資訊和所有斬獲都感到滿意。然而如今，武田等不到證據和允諾提交的報告，海知道自己的藉口已不再管用。他已經快沒時間了。

書桌上有半杯黑咖啡，他一飲而盡，迎接它所帶來的苦澀清醒，和房內低溫所引發的顫抖。意識到屋內屋外的溫度可能一樣，加上公寓內無所不在、揮之不去的恐懼令他窒息，海逃到街上，希望在夜裡走走，或許能找到什麼解決辦法。也就是此時，當他仰望夜空，看見了烏鴉。

又黑又具威脅感，這些鳥簡直成了東京的瘟神和象徵；在每一個街角，在速食店旁，或從垃圾桶內爬出，或棲息在電話線上，朝著群眾俯衝，對挨近他們雛鳥的行人揮翅攻擊。牠們是城市的害鳥和惡兆，是食腐鳥和戰場上的常客。既真實又有神話感。

攝影師深瀨昌久在他妻子洋子離開他後的歲月裡，拍攝了一系列的烏鴉。第一本攝影集大受歡迎，因此很難找到。然而最近在神田的後街，理奈無法與他碰面時，海太郎無意發現一本《鴉》，並親眼見證了深瀨對日本鴉科——北海道的渡鴉和東京的巨嘴鴉——的致敬。

當海太郎翻過這些頁面時，他的手指黏在那些昂貴光面的紙張上，他發現自己可以想像走到婚姻終點的深瀨：渾身菸味，頭頂見禿，在駛往北海道的臥鋪車裡徹夜未眠，返回自己的家鄉，隨身只有一袋內衣褲、一臺相機，和一只威士忌隨身酒壺。海太郎凝視著相片，然後伸手觸摸自己的髮；他不想想像。

雖然這些照片非同凡響，每一頁上，烏不是極大群地從遠方湧現，就是以灰色的寒冷天空為背景，勾勒其黑色的剪影。相片是黑白的，印象派手法並且過度曝光，因此巨大的羽翼會跨出頁面的出血線。牠們是孤寂蒼涼、無法抗拒的。然而當海太郎走過他的街坊，他好奇自己是否也能拍攝牠們，假如有機會，或許他能從中找到撫慰，或者美麗，甚至是救贖。周遭的鴉有著閃亮如黑玉珠的眼，牠們的鳥喙也發著微光，羽毛在月光下色彩斑斕。有一瞬間看得見牠們，但須臾又消失無蹤，對不同的人來說，牠們是不同的事物，牠們在暗夜的闃寂中聚集。

海太郎家附近有間速食餐廳，留有食物殘渣的塑膠袋被置放在人行道上，已經有群烏鴉聚集在那兒了。近年來人類消費和垃圾量激增三倍，烏鴉的數量亦然。驚恐之餘，政府下令使用害鳥防護網，但對這類鳥來說，這只是小障礙。從相機鏡頭看見最接近的一群鴉，海太郎注視著鳥在街燈下聚集。當中最大隻的以牠彎曲的大鳥喙攻擊同伴，然後找到網中的一個縫，不費吹灰之力地把袋子扯開，屍體和小肉塊散落在柏油路上。但當海太郎調整鏡頭對焦，他注意到之前他忽略的某些特徵。一些他早該預料到的事。這些鴉和北海道那些滑順有光澤的生物，深瀨沒有細部描繪，以藝術手法呈現牠的不同，甚至和他頭上的鳥都不同。眼前烏鴉的雙翅被扯破，邊緣的毛聳起，有些少了羽毛，甚至只剩半截尾巴。有些頭頂都抓禿了。他想，這是難免的，視線移向被啄食得乾乾淨淨的骨頭，剩餘的雞骨碎屑上油脂凝結，但烏鴉並不介意，牠們在求生欲望的驅使下，囫圇吞嚥。

海太郎走進公寓時，佐藤正將琴酒和通寧水調在一起。門關上又闔起，他並未回頭，反而專注地在一只水晶威士忌酒杯裡添加冰塊。海太郎走向前，尋找理奈的蹤影。他注意到五斗櫃上的大粉紅貝殼裡只有一副鑰匙。確信她不在後，有些混亂地吸了口氣，他無視鞋架，逕直朝佐藤走去，他的靴子在穿過室內時發出笨重的聲音。

「到底發生了什麼鬼事？」

佐藤面露微笑地揮手示意，要他坐下。「能見到海太郎你還真是榮幸，可容我奉上一杯酒嗎？」

「要是理奈發現我在這兒怎麼辦？」

佐藤刻意看向海太郎的鞋，仍然穿在腳上，然後往上看著他的頭髮，紊亂且汗溼了，彷彿他一直在奔跑。他的笑意加深，嘴越咧越開。「來一杯？」

「不了，謝謝。」

「你覺得如何？」佐藤揮手比比他客廳寬敞的空間，從白色的大理石地板和長窗，到奶油黃小地毯和優雅的漆器櫥櫃。海太郎跟隨他的手勢，卻看見其他的東西。他的視線被她的東西所吸引——邊櫃上有一幅針繡作品，繡著插在花瓶裡的一束茶花，她寫書法的毛筆，放在專屬盒子裡積灰，還有一尊木雕佛陀，她在奈良買的，曾經聽她說起。無論如何，如今他人在這兒，他可以看見這公寓也令人意外地清冷空乏。邊櫃上有幾張壽美子的相片，而且只有一張全家福；看起來是在某個滑雪假期中拍攝的，有些時日了。沒有任何更近期的東西。

「很好啊。」海太郎說，吃力地控制自己的脾氣。他看著自己的手錶，然後面無表情地對佐藤表贊同。

「有看見什麼喜歡的嗎？」佐藤問。

海太郎轉身，在沙發上坐下，但當他在椅墊中坐定時，他聞到一縷她的香味——就絲微——她身上佩戴著的雪松粉。理奈。

「對我來說就是個工作，你想要這間公寓還是她的信託基金與我何干？」

「你認為一切只與錢有關？」

海太郎聳肩，試著不再去看他的手錶。理奈去學校接壽美子，很快就會回來。去程二十分鐘，回程也二十分鐘。他得在她們到家前離開。

「佐藤，」他開始技巧地說，「你打電話要我來，不是要讓我欣賞你的家吧。告訴我你的需要，我使命必達。你在想什麼？難道你想讓我在理奈面前曝光？」說到最後這句，他的音量忍不住提高。

「你沒有在做你的工作。」

「我會完成的，」海太郎答覆，傾身向前，雙掌合起。「案子進行到這個階段，也不適合再換人執行。」

「這就是重點，海太郎，」佐藤呷了口他的酒，朝較年輕的男人走去。「我和武田談過，他說還有一個很棒的分手師人選——佳績傲人。」

海太郎吞了口口水，抬起眼，太晚意識到佐藤表情中潛藏的暴怒，他試著聳肩，但依舊緊張；他可以嚐到舌頭上因恐懼而生的金屬腥味。「當然你有權選擇你覺得最好的，但此刻讓另一個人攪進來只會把事情弄得更棘手。」

佐藤冷哼一聲。「你不是不可取代的嗎？我記得你老闆說，你和這個叫葉瑠的傢伙較勁得可厲害——」

海太郎站起來，又聞到一絲理奈的氣味。「我只不過需要再多一點的時間。」

「你以前就說過了。」

「先生，你要的一切我都可以給你。」

「之所以要用你就是為了替**我**省時間，中村，」佐藤說。「時間，金錢。離婚過程中痛苦的衝突。」他又啜飲他的酒半晌，然後直視海太郎的雙眼。「不會有第二位分手師了。」

海太郎猛吸一口氣。「謝謝你，先生。」

「我決定不離婚了。」

「什麼？」

「你被開除了。事務所那邊也是，武田會證實此點。」佐藤打住，玩味這一刻和海太郎臉上的神情。「現在滾出去，在我老婆發現你在我家前，滾。」

那燦爛的歲月

年輕時，理奈很喜歡街道上的熱氣，和行經窗外的車輛呼嘯聲。傍晚黃昏降臨，她會赤腳坐在臥室的窗臺上，播放爵士樂，雙腳隨鼓的節奏打拍子，望著月亮攀高。

必定是青春讓所有的事物都變得繽紛多彩。那晚，爵士樂聽起來不一樣了，顯得無趣，毫無新意。暮色落下，但理奈聽不見底下的車流聲，行人的腳步聲，車輛的轟隆聲，煙霧和蒸汽。在最新穎的希爾頓二十八樓上，一切都被阻絕在微光閃爍的玻璃高牆外。

孩提時，耀西曾告訴理奈東京曾經歷的各個大變異，以及他一生中曾見證過多少種。她記得戰爭的故事，一個充滿匱乏的時期，就連他的貓都被徵收，把皮剝下來做成士兵的連指手套。她想起童年時的新公路和地下道，她在東大念書時的活力和自由，以及她結婚前夕流入東京的財富。她好奇他父親對佐藤渴求的世界有何看法，這個有撒金箔的雞尾酒和上等烈酒的世界。她確定他知道這世界的真實意義，但她也知道他期待她能充分利用它。在繁榮富裕的時代把她養大，他期望她能用雙手牢牢抓住這些。當她沒這麼做時，他就得替她安排婚事，而且最後，還投資其中。理奈知道假如自己離開佐藤和他們已經建立的生活，她父親相信的生活，就等於背叛她家族的每一個人。

握在手中的香檳酒杯都變溫了，她放到一旁。壽美子穿著新鞋在她右邊不停躁動，手指盤弄著洋裝上的白蕾絲。這是她第一次參加大人的派對，她迫不及待想踏入新世界。那些被認為適合出席大人場合的孩子，已有幾個小孩到場，但他們都較年長，有些已經十三、四歲。儘管如此，當她乖乖聽話時，壽美子還是特別帶得出場的，這也符合她父親的期待。

在她們前面，佐藤被他的業界同僚團團圍住，他們的妻子因他的笑話而微笑，嘎吱響地咀嚼香煎鵝肝三角吐司，並在他最後抖出妙哏時發出笑聲。和女兒站在最外圈，壽美子或許不懂，理奈卻很清楚，那些笑話和笑聲都不是說給她們聽的，也與施展社交魅力、邀約、允諾無關，「我們哪時要去吃晚餐……」

一名服務生走近，給了壽美子一杯檸檬水，但她搖搖黑髮的腦袋，拒絕了。一杯飲料意味著她可能會潑濺出來，或者她得去洗手，或者離開她的父親，當她父親的注意力移轉到她身上時，她想在場。

理奈代她接下檸檬水，細看整個房間。她望著自助餐桌，覆著簇新的白色織錦桌布，人群頭上吊著水晶枝形吊燈。身邊的人愈多，她越感到孤獨。只有壽美子例外。

稍微轉身，理奈注意到正望著她的女人們，那種原本相談甚歡，但你一走近，就別過身的團體。這些對佐藤來說都不是障礙，他擅於與人群打交道，能夠判斷和滲透每個小圈圈，調整態度去取悅。他不介意別人如何看他，不介意這些人一點一點地抬高他們的身價。佐藤喜歡展現自己；只有在此時，他才是最好的自己。

就像她父親，壽美子在這類場合中很自在。她比較早熟，獨生子女大都如此，而且擅長看大人臉色。壽美很興奮，但她也能獨自站著，毫不忸怩，開心地看著其他賓客，並且在有人攀談時，投入對話。她擁有孩童美好的無畏，以及在處境和世代中自在遊走的能力。

突然，那一刻到了，佐藤轉向壽美子，讓眾人的注意力完全集中在她身上。「我女兒。」他說，同時壽美子禮貌地微微欠身，並且接下一塊開胃小點心。理奈看著她的孩子被帶離身邊。她想叫她回來，但同時又在壽美回答問題，和她父親及父親的朋友一起笑時，感到一絲驕傲。她喜歡受讚美和認可。耀西說過，這孩子很容易受影響，但看著她，理奈眼中只有她無畏和意興風發的神采。望著壽美子在一群陌生人間微笑，理奈祈禱她能一直擁有這種能力。

分秒滴答流逝，壽美子轉頭瞥向她母親，理奈回之以微笑，並舉起酒杯致意。當壽美還是嬰兒時，她被准許與大人同坐桌前，她喜歡在每一次敬酒時，舉起她有把手的杯子，伸向她母親的酒杯，等她說出「乾杯！」壽美子熱愛這件事，而此舉也會惹得理奈和其他人大笑。小娃娃的歡欣和她對祝賀的熱愛同樣具感染力。理奈猶記她較年長後，是如何一臉專注地對著全桌的每個人舉杯，並俯身橫過桌面與他們碰杯。

環視周遭，理奈決定給她女兒一點空間；她會找到某個她能忍受與之交談的人。放下空酒杯，她看了壽美子最後一眼。她現在是整個派對的主角，被團團圍住的她，僅能隔著人群看見她白色蕾絲洋裝的肩膀。佐藤在他們的孩子身上，看見盟友和表演細胞。她充滿自信，但彬彬有禮——少年老成得剛好。

理奈也曾經如此，安心自在又無畏，她認為她母親會一直保護她，而未意識到總會有她被所有人注視並感到孤單的時刻。在佐藤的笑聲中，她對自己許諾，絕不讓壽美子嘗到這種孤立的滋味。

那晚，理奈那一輩的精英也在這房內，有些甚至是她東大的同班同學。早先時候，她已經把壽美子介紹給他們，雖然她的朋友們刻意想表現得和藹親切，但她仍可看出他們對照她的潛力、她過去曾談論的夢想，來評量她的孩子、她的婚姻。理奈笑了，壽美子告訴他們，她想當一名律師，或許還來得及讓她改變志向。她眉開眼笑地望著他們，並在他們臉上的微笑開始褪去時轉身。

橫過房間來到盡頭處，理奈決定去趟盥洗室。或許片刻的獨處可以讓她心情好轉。然而她不喜歡自身的一切，就連身上穿的禮服，黑色的珠繡，緊得要命，卻很優雅，很歐洲，而且佐藤堅持。這些都只讓人更沮喪，理奈邊走邊拉扯衣領。

她已經超過兩週沒看見海太郎了，一直迴避他，而且他越是打電話來，她就越躲入近乎麻痺的沉默中。耀西要她這麼做。一週週過去，他只變得更加嚴苛，甚至到了提醒她監護權法條的地步。她知道他只是想保護她，保護壽美子，但她和他一樣清楚會發生什麼事，而且不需要提醒。在她母親過世前，當時她才十五歲，他們就討論過理奈的婚姻，在僅餘的數月中把一輩子該說的忠告說盡。她母親希望她快樂，她說她會支持離婚，但前提是沒有小孩。這就是了，這就是永遠會歸結出的重點，她的孩子。

她允許自己思念海片刻。她愛他，但不可能。突如其來的強烈吸引力，美麗的情誼，兩人間的信任，是如此完美，如此迅速地深化成某種東西，讓她把其他一切都拋諸腦後。但如今她回到東京，面對她的生活，她可以清晰看見自己所冒的風險。這份愛在闇影裡、在空檔中茁壯，在短時間中，與世隔絕。它無法在陽光下生存。

理奈知道這是自己的錯，當她打定主意要做一件事時，她幾乎是任性地盲目，儘管她隱約瞥見後果，卻從不正視。她生命的每一階段她都採同樣模式，在試圖成為一名攝影師時，在嫁給佐藤時，在愛上海太郎時。只不過現在有個無法迴避的現實，讓她不能脫身。

有些夫妻可以處理兩人間的事情，可以透過溝通，解決婚姻裡的各種糾結困境。這些夫妻或許可以去各地區公所，取得離婚共識，達成協議，但光是想到這些就令她顫抖。她和佐藤不是那種夫妻。風險實在太大，輸不起而無法一搏，而佐藤卻會奮戰到底，她很清楚。她贏不了他，她不能冒失去孩子的風險。

她身後的宴會繼續喧鬧著。在飯店廊道上無論她走離多遠，她都擺脫不了，反正穿著這件禮服，她也走不了太快。持續往前走，她經過一間衣帽間，在一個壁龕處停步，俯瞰城市。那是個觀景臺之類的地方，以絲絨窗簾圍起，簾上還有厚重的裝飾布幔，相當私密。或許她可以在此處找到些平靜，哪怕只是片刻。步入其中，她朝高大的玻璃窗走去，遠眺著她的家，她成長的城市，而且它彷彿也正直視著她。

望著黑暗出神，當有個人影走進壁龕，站在她身旁時，理奈感覺到背上有一隻手。他穿著黑色無尾禮服，顯得如此英俊華貴。就像他做的每件事，他輕鬆自如地駕馭身上的服裝。他的頭髮，在她手指的撫觸下總是如此柔軟，此刻卻光滑服貼地梳向腦後，還有他的眼，依舊是同樣的雙眼，閃爍著讓她日復一日淪陷的溫暖光芒。

「你怎麼進來的？」她皺著眉頭問，同時露出微笑。現在他人在這兒，世界似乎變得美好了些。「我丈夫有看見你嗎？」她問，隨即感到羞愧，雖然她還是偷瞥了簾子外一眼。

他一側肩膀靠著玻璃，眼中只有她。「我絕不會讓這種事發生。」他說，而當她收回眼神凝視著他時，她知道那是真的。

「你一直不接我的電話。」他說，她心跳加速，一直被壓抑的各種感受急劇凶猛地想浮出表面，但理智也迅速竄出來調停。她不能繼續下去。她想靠近他，被他擁抱，但每一次新的碰觸或愛撫都只是在誤導他。她往後退，抗拒接觸。

「你知道的，」她說，「你清楚我們不能再繼續下去。」

他緊咬牙關，她看得出他正努力克制自己不要伸手碰她，只有他能夠驅散她的疑慮。「理奈，」他說，聲音有些顫抖，「我知道你認為沒有出路，但我們可以做到的，我們可以開創人生。」

理奈抬眼看他。她已忘了當兩人分開，當她不在他懷中時，他有多高。「我已經有人生了，」她答，「我已經嫁給一個男人，還替他生了個孩子。我們有個家，一個未來。」理奈闔上雙眼，記起前一晚，她徹夜未眠地躺在佐藤身邊，他身上的氣息沾滿整個床單，紅茶的氣味似乎從他的肌膚裡散發出來，他留在他們的婚姻關係中，她也必須如此。

「那我們呢？」他的聲音抖顫，他的口氣以及其中透露出的痛苦令她猛地一縮。

「你不信任我？」他問。

「我相信。」

「你不相信我們？」

理奈緊咬下唇。自從他們回東京後，幾週來她一直感覺得出他越來越焦慮。給他希望是不對的，就連此刻，她的猶疑都很自傷，而他可以感知。她深呼吸，屏住氣息，準備聽他把話說完，並捍衛自己的決定，但他只是走向她。他的掌心溫暖，順著她的雙臂往上輕撫，他的突然靠近，他的頭俯向她，都令她微顫。

「這是我唯一的用處嗎？」他低語。

她眨眼，退離他的懷抱。「是嗎？」海太郎步步進逼，讓她緊挨牆壁，無處可退。他的溫暖和城裡人的優雅風範都消失不見；只剩下她愛的那個男人，她躲開的那個男人。他伸出手，握住她的手臂。她意識到他很生氣，從未見他如此生氣。

「假如你打算拋棄我們所擁有的，至少看看你是為了什麼犧牲掉我們。」他的聲音平靜，但滿溢怒火。他抬起手，放到她綴有珠飾的衣領邊，勾起手指探到領口下碰觸她光滑的肌膚，並且輕撫，注視著她猛地抬眼迎視他，她無法掩藏她的渴望。「你不需要這些東西讓你快樂，它們只會讓你怠惰。」

理奈拉開兩人間的距離，「你無權評斷我，你又沒有什麼好損失的。」

「我失去全部，」他悄聲憤怒地說，「你——你的環境，」他慢悠悠地吐出，「把你變成懦夫，你寧願要安全感的錯覺，也不要主導自己生命的自主權。」

「不，」理奈耳語，正面迎擊，「沒人依靠你，你也不需要任何人。」當她這麼說時，渾身發抖，可以感覺到自己指尖下他的心跳。「你要怎麼照顧我和我的女兒？你連自己的母親都保護不了。」她再度推他，手掌用力把他往後推。想必他現在會離開了，而且在她的驚恐下，他真的走了。她感覺到他心理上的撤退，接著他做出相應的舉動，後退並朝窗戶走去，遠眺夜景。

「理奈，你可以拋棄我，你可以告訴我，你不想要我，或者我必須具備哪些條件。但我想告訴你，我已經聽你的勸告，我辭職了，我要離開東京，我打算回家，並試圖修補和家人的關係。」

當他這麼說時，他甚至沒有看她，彷彿沒有意識到這些話會造成的衝擊。理奈閉上雙眼。她的胸口疼得像火燒灼，她以為這應該能替傷口止血，然而沒有。他正展望著未來，一個她不可能參與的未來，而且突然間她希望自己沒有把他推開。她想伸出雙臂圈住他的肩膀，並感受他的堅強，擁有當她與他相處時，所感知的平靜，再一次就好。但他要走了，此刻的他可能會拒絕她的碰觸，而她無法承受。

「我明天走，」他說，再度轉身面向她。「假如你改變心意，假如你想要和我一起共度人生，現在就是時機。」

理奈安靜地站著，派對的鼎沸人聲在她耳中喧囂。倘若他是想讓她感受失去他所帶來的傷心寂寞，他成功了，但她還是想掙扎。她別過臉，突然意識到任何人都可能經過這個壁龕，並且看見他們。他幾乎像是能讀她的心，海太郎撇了撇嘴，「你很安全，」他說，「沒有任何事可以阻攔你回去宴會和回到你的婚姻中。」

理奈吞口口水，她想對他說些什麼，一些能表達她所有感覺的話，並要求他至少再給她一些時間，但她不能。「再見。」她說。她感覺到他的目光細細地在她臉上逡巡，從她撲粉的肌膚，到光潔的髮髻，再到她領口的珠飾。

「再見，理奈。」他說，雖然是她先說出口的，還是重新讓她心痛一次。

她挪動腳步要離開壁龕，倏忽他抓住她的手臂，手指印入她的肌膚。「聽好，」他直視她的臉說，「我想和你一起，但今晚過後，假如你執意分開，就別再來找我。不要想起我，因為我不會再伴你左右，你懂嗎？」他抬起手，伸直手指碰觸她的臉頰。她可以感覺到他粗糙的肌膚觸感，他的拇指落在她的嘴角，那撫觸幾乎像個吻。

理奈抬眼看向他，她摯愛的那雙眼漸形冰冷；她摯愛的那撫摸已收回。她點點頭，在她還來得及做出任何回應前，他把她獨留在壁龕裡，僅餘古龍水淡香能證明他曾來過。

在返家的車上，理奈緊緊摟著壽美子。司機打檔開動凌志時，佐藤很沉默。理奈知道壽美子想說話，重溫派對的一切，但理奈握住她的小手並且捏緊。佐藤手肘擱在車窗上，朝夜晚的空氣探身，並未看他的妻子和女兒。

壽美子往她懷中靠，理奈在皮椅上稍作挪移，有半晌，壽美仰起小臉並皺眉，彷彿非常困惑，然後又繼續舒服地蹲伏在母親身上，閉起雙眼。

當他們行經街燈閃耀的街道和霓虹燈時，理奈心頭浮現傍晚的情景，每一片段，直到他在壁龕找到她時。她不認為佐藤有注意到她離開，至少當她重新回到宴會上時，壽美子什麼也沒說，雖然她雙眼是紅的。她試著再次冰封看見海太郎所感受到的喜悅，並從她此刻置身車內的現實中抽離。她想起她怕被人看見的擔憂，他可能會危及她的名譽、她的婚姻，但之後，她又想到，她所選擇的或許更令人驚懼。

一如以往，他們待到很晚，超過壽美的就寢時間。佐藤喜歡派對，他永遠周旋個沒完。當餐檯上的銀器餐爐逐漸變冷，服務生開始彼此交談，他們終於離開。穿過舞廳，閃亮的燈光對理奈疲倦的雙眼來說似乎過於刺激，而且那空間也不再予人輕柔、浪漫的氛圍。大玻璃窗顯得冰冷，甚至危險，而且窗外的夜是如此漆黑。桌上狼藉的空杯盤和吃了一半的開胃小點、蝴蝶蝦、布林小圓餅，和魚子醬、照燒雞，以及隨處可見一小堆一小堆啃咬過、隨手丟棄的調酒籤。優雅的聚會，僅存殘骸。

當他們搭乘電梯回到公寓時，理奈腦海中仍縈繞著宴會廳裡的景象。她看得出壽美已疲憊不堪，眼皮不斷闔上。在佐藤的注視下，無論如何壽美子還是挺直背脊、保持端正姿勢，她把鞋子整齊地擺在門邊的鞋架上，換上自己的室內拖。理奈走進客廳，幫佐藤張羅妥當，扭開燈，讓溫暖且熟悉的光芒照亮整間公寓，然後走到餐邊櫃前，替佐藤倒杯酒，她伸手去拿蘇格蘭威士忌，但當她抬起眼時，發現丈夫正怒視著她。有瞬間，理奈覺得他是要問她晚上為何會消失一段時間，還有為何不和他的朋友互動，但接著，她瞥見壽美子的玩具扔滿咖啡桌。出門赴宴前，她有叫她收好，但當時顧著穿衣裝扮，匆忙間必定是忘了。佐藤挑眉看著理奈。她看見壽美子的旋轉彈簧玩具放在飲料推車上，便趁佐藤注意到之前，用掌心蓋住藏起，但她藏不了其他的。佐藤從她手中接過威士忌酒杯，在沙發上坐下。理奈在客廳裡來回走動，撿起一對魔髮精靈和一個洋娃娃，把一個白天被壓扁的抱枕拍鬆，但當她轉向女兒時，她看見壽美子正小心翼翼地望著她父親。

理奈想對她微笑，安撫她，告訴她玩具的事不要緊，沒什麼好害怕的，但就在那時，佐藤轉頭，衝著壽美大吼上床去，別管這些玩具。壽美子火速飛奔上前，雙手撈起理奈漏掉的一只玩具，便急忙帶著回自己臥室去。佐藤打開電視看新聞，並未注意到，但理奈看見了。

第三部

看的方式有兩種：用身體和用靈魂，
身體看見的有時會忘記，但靈魂卻會永遠記得。
——大仲馬

壽美子

短暫的傾圮

第二天一早，我黎明即醒，光線中有什麼東西穿透百葉窗，直落我眼瞼下，使眼皮猛地彈開，數秒內我便完全清醒。當我從一團亂的被單中起身時，空氣裡充斥著一股急迫感，很難再重新入眠，睡意眨眼即逝。

無法面對錄影帶和案件卷宗，我走向城內一家小咖啡店，融入其他人的日常作息能讓我冷靜。這家咖啡店位於東京灣邊緣的一間商場中，我坐在吧檯前享用厚片土司和花生醬，並注視著店內熱鬧煙火氣。時間還早，窗外水色漸灰，待它變亮時，我站起身，在吧檯上放下一些銅板，然後搭渡輪過海去台場。

海灘上，我走到水邊跪下，手指插入淺水中撥弄。水冰且稠，彷彿因夜晚無預期的寒意而凝滯。這類的夏季夜晚都是假象，它們會引來瓦窯般酷熱的白天，海面蒸發的熱霧會隨空氣飄散。我知道這天也不例外。

走到面向城市的帶狀公園綠地，我爬上一塊岩石，注視太陽昇起照耀東京。它開始攀上摩天大樓和東京鐵塔的塔尖，然後光遍灑整個海灣，照亮整座白色的彩虹大橋。

日文的風景是Fukei，由「氣流」或「風」和「景」組成——「流動的景色」，某種短暫、轉瞬即逝的事物，永不停歇。

我眼前的風景已不是母親當年所見，當時她還是大學生，常和朋友到公園或新建的商場閒逛。對她來說，水一直是連綿的藍色汪洋，鶴見、多摩、荒川等河匯流入東京灣，沒有橋。

或許在那令人陶醉的幾個月裡，她和海太郎一起時，她見過高聳天際的鐵塔豎起，以及為連接兩地而施工中的道路。但最後，她不會知道「彩虹大橋」有多受市民喜愛，因為橋在一九九四年——她死的那年——年底竣工。

太陽初懸天際時，空氣仍是涼爽的，冰冷的微風吹拂島嶼好半晌，在我和東京之間形成一道屏障。然而，等這陣子過後，城市會開始閃爍微光，我看著霾從被烘烤的水泥結構上緩緩升起，直到它乘著風吹向我——地獄般的熱氣。

你知道我母親是位攝影師。或許，假如她沒有結婚、沒有我，會成為了不起的一位。她曾經跟我說，每當她帶著相機出門，她的焦點就會擺在捕捉景色的精髓，某日的某一刻。然而，一張接一張地曝光，她的相片永遠只是向大自然借來的——它們僅呈現部分視野，僅是肉眼可見的一塊碎片。

當我看著遠方晃動的城市，陽光灼人地亮，不知道是否有人真能拍下熱氣，我母親會怎麼做。有些東西你可以借自生活，並在底片上成影，但我那天所感受到的鐵定不能，在我肌膚上烘烤的高溫，頭髮下滲出並流至頸間的汗水也不能，那是東京八月的炫光。

我隔水遠眺我母親知道的建築物，八〇年代與摩天大樓並立的大廈，有著泡沫經濟年代特色的夢幻名字，像是金色廣場或豔陽塔，日本富裕年代的產物。

以她的眼光來看自己的家感覺很古怪。深色玻璃窗、曾經奢華的建築如今已過時，充斥市中心的辦公大樓邊緣逐漸剝落，因霧霾罩上一層黑垢。

東京依舊可見過去的痕跡，但都留存不久。假如想看消失的江戶河川、護城河和運河，你得找蓋在河床上的橋梁、高速公路和高架橋。

我們的城市在我母親的有生之年加速進化。她嫁給我父親，之後很快就有了我，因為財富，我們的房子得以走向未來。海灣泥沙地遭開墾，古代曾如此受歡迎的釣魚點消失。港口外觀徹底改變，火車鐵軌和公路在地表蜿蜒，地面上摩天大樓如松針聳立。逃過關東大地震和戰時城市轟炸的磚造公寓樓房和藝術風裝飾的大樓被剷平。在重建的熱潮上，所有事物都得是嶄新的，向明亮乾淨的世界臣服。隨著歲月流逝，歷史更迭，過去和現在被撕裂；不容它們有時間衰敗。在東京，沒有什麼是永久的，只有短暫的傾圮。

人們總認為建築會存在得比個人久，它們似乎是不可摧毀的，但事實上，它們與人一樣脆弱。拆毀重建的城市遺跡很容易就被推倒與根除，就像父或母。

那天下午，當風吹過我的臉，揚起我頸間的一綹綹頭髮，我看見海灣內新塔上閃耀的反光——舊塔是明鏡，未來的短暫傾圮——而且我知道，先我存在的一切，很快都會消逝。身邊的海風陣陣吹襲，抽打著海面，直到波濤的小浪尖上捲起白沫。我納悶我們世界的蛻變是否能忽然被肉眼看見，然後或許可以被保存在一個故事裡。城市的記憶和我自己的互相交織。我想起在家裡等著我的錄影帶和文件。只有它們能告訴我還有什麼是永久長存的。

書面審判

在審判中，假如你是被告，千萬不要誤以為「在證明有罪前你都是無辜的」。聽好，從你被逮捕的那一刻起，你就是有罪的。甚至連媒體都鼓吹這樣的觀點——在案件剛發生，搜捕所有犯罪嫌疑人、指控罪嫌的期間，他們的報導又長又驚悚，然而一旦審判開始，這同一批記者的發文鮮少超過一到兩段的摘要，草草了結被告可能的命運。

任何一位律師，尤其是辯護律師，會告訴你這是真的。因為一旦你遭拘留，你重獲自由的機會就與時俱減。我們日常的語言，已為此看法背書。一旦警察逮捕嫌犯，甚至在提出指控前，一般附加在姓氏後的尊稱如「桑」，即「先生」，便不再使用。在全國的報刊評論上，「桑」被「容疑者」取代；在公權力單位和警方偵訊室，被「被疑者」取代。這些名詞，一個口語，一個法律專用名詞，都意指同樣的事。於是，忽然間，一個人就變了，不再是普通公民，而是被疑者中村。犯罪嫌疑人中村。

東京都警視廳辦公室

品川區，高輪警察局，案號#001294-23E-1994

案件報告

犯行日期：一九九四年三月二十三日

報案時間：晚上八點四十二分（日本標準時間）

受害人姓名：佐藤理奈

原告：皿島耀西先生

傷勢程度：致命

與受害人關係：父親

警官到場時間：晚上九點十八分（日本標準時間）

【到場警官】

報告警官：漱馬一郎警探

驗屍官：伊藤昭彥

助理警官：彥坂齊史

法醫：宮部圭五、村崎夏生、小川愛子

地點：東京都高輪港區 03-08-20

晚上八點四十五分，漱馬一郎警探被派到上述地點。

晚上九點十八分，抵達現場，漱馬便和原告，亦即被害人父親皿島耀西聯繫，是他發現女兒佐藤理奈的屍體。

耀西先生告知，他女兒應該在當日下午去他家中與他碰面，但她遲遲未出現，他的外孫女（亡故者女兒，目前與耀西先生同住）開始感到焦慮憂傷。耀西先生等候近兩小時，當他還是聯絡不上他女兒時，遂決定前往她位在品川的公寓。他用女兒給他的鑰匙進入公寓中，一進門，便發現她家的家具東倒西歪，各種物品散落地板。耀西先生告知他女兒在客廳靠牆坐著，但她的姿態綿軟且頭不自然地往前垂落。他記得她男朋友中村海太郎，就站在屍體附近，提著一只圓筒包，其中裝著他和亡故者的所有物。據耀西先生描述，他的外表也非常凌亂——頭髮蓬亂、汗水淋漓，衣服被扯破，臉上還因抓傷在流血。

耀西先生告知，他跑向他女兒，檢查脈搏，但已經沒有心跳，便打電話、行使公民逮捕權，逮捕中村海太郎，後者在兩人等待警方到來時，承認謀殺被害人。

晚上九點三十八分，緊急救護技術員抵達，並宣告被害人已身亡。現場禁止出入，公寓內外的照片都已拍攝。所有物件的內容和位置也經記錄。現場的環境條件如下：室外氣溫攝氏十六度，相對溼度七十%，室內氣溫攝氏二十一度，相對溼度四十%。

晚上十點，驗屍官伊藤從外觀上檢查亡故者，注意到儘管屍僵尚不明顯，但手部、腿部和肢體末端已出現初期屍斑，顯示死亡很可能發生在兩到四小時之前。伊藤驗屍官宣布屍體所受的傷和傷痕與用手以細繩勒斃一致，因此判定此案為凶殺案。

晚上十點三十分，地方檢察官黑澤抵達犯罪現場，並與漱馬一郎警探和驗屍官及目擊證人皿島耀西先生磋商。

晚上十點四十五分，耀西先生解釋他的外孫女還在家中等他，他請求准許離開現場，並同意第二天至警局作詳盡陳述。

晚上十一點十五分，亡故者屍體從現場送往品川區醫院，等候解剖和正式的鑑定。

晚上十一點二十分，嫌疑犯中村被正式送往警局拘留。他並未拒捕。

京都警視廳辦公室

品川區高輪警察局，案號#001294-23E-1994

犯罪現場報告

犯行日期：一九九四年三月二十三日

報案時間：晚上八點四十二分（日本標準時間）

受害人姓名：佐藤理奈

原告：皿島耀西先生

受傷程度：致命

與受害人關係：父親

警官抵達時間：晚上九點十八分
報告警官：漱馬一郎警探
驗屍官：伊藤昭彥
助理警官：彥坂齊史
法醫：宮部圭五、村崎夏生、小川愛子
地點：東京都高輪港區 03-08-20
檢察官：晚上十點〇三分檢察官黑澤秀夫接獲通知發生疑似凶殺的案件，並在晚上十點三十分與法醫一同到場。

【漱馬一郎警探的初步分析】

在客廳地板上發現屍體，呈坐姿，上半身靠著牆。受害人雙臂懸垂至地板，手掌朝上，兩腿平伸在身體前。目視得知受害人穿著白色高領上衣和丹寧背帶褲，及一隻運動鞋——另一隻躺在離屍體一．二三公尺的屋內另一頭。受害人身上明顯可見好幾處傷口，皮膚上的繩索勒痕、脖子和喉嚨處的嚴重瘀傷暗示她是被徒手並用細繩或線勒斃。解剖過後，我會再對她受傷之處做細查，不過，受害人雙臂和雙手上的擦傷說明經過劇烈抵抗。雖然受害人極可能當場死亡，但屍體發現處非謀殺第一現場。

部分攻擊顯然發生在客廳。門口的寫字櫃翻倒。原告皿島先生陳述，當他走進公寓時，家用電話掉在翻倒寫字櫃旁的地上，他就是用那電話報警的。他指稱電話平常是擺在寫字櫃上

頭。客廳窗下發現一連串腳印（男性，九號大小）。之後確定是穿八號鞋的皿島先生和十一號鞋的被疑者中村所留下。

客廳中央的黑色矮咖啡桌歪斜，並在底下找到裝有鮭魚和鮭魚卵的便當盒。桌上還有個立起的便當。桌旁找到被害人的手提包，內容物有：一個零錢包，皮夾，手帕，筆記本和兩把房子的鑰匙，都散落在地上。咖啡桌另一側是一個打開的行李袋，包含成年女性衣物、梳子、盥洗用品、一臺相機，和一個孩童正式和服的精緻寬腰帶。這只行李袋和那只圓筒包不同，後者裝了一大疊相片，已從被疑者中村處沒收，也將納為證據。在廚房門邊，找到一盒翻倒的紅豆小圓麵包，旁邊還有一袋櫻花糖，收據顯示購買自當地一家烘焙坊。

有證據顯示受害人和攻擊者之間的衝突擴大至主臥室。床罩上分別有直徑三到五厘米的新鮮血跡（已交代做DNA分析）。我觀察臥室的其餘部分也是一片混亂：衣櫃門大敞，一口五斗櫃的抽屜也拉開，地上散落著三本書、一個白色的桌鐘，鐘面已摔破，和兩個胡亂塞滿衣服的紙箱。

法醫分析透露，客廳門框上找到的手印和指紋都屬於受害人。從這些油印的高度、密集度和擴散情形顯示受害人曾經緊抓門框，或許是避免被往後拉或拖。客廳地板上還有受害人其他的手印。角度和油脂分布的情況表明在反抗過程中，受害人也試圖爬離攻擊者，或者爬向地板上的電話。離最後紀錄的手印三十三公分遠處，有一捆部分被拉開的白色料理棉繩。

至本報告建檔時，法醫羈押的證據已經送至縣立犯罪實驗室分析，而納為證據的物品清單會在提出此報告五天內發送至調查團隊。犯罪現場平面圖，物件放置和精確尺寸的示意圖請見附錄A。

我坐在餐廳昏暗的燈光下，手指不住顫抖。我雙手不斷觸摸卷宗上的內容。我一再閱讀每一份文件，彷彿我被禁錮在那張桌子上，直到我釐清整個事件。我知道中村海太郎最後簽下了認罪陳述——最後由黑澤檢察官為他起草的那份。我也知道他在法庭上承認他殺害我母親。但坐在我家柔和的燈光下，因為這份認罪陳述，讓我意識到面前這些文件有多重要。這些本該在公開法庭上受雙方爭辯的報告和陳述，突然成了主述，由文件自身一行接一行地在訴說。

海太郎的認罪改變了他審判的本質，把整件事縮短成一天。當他站在地方法院的法庭上時，他的案子已經由以審判長為首的三名法官所組成的合議庭斟酌過了，沒有陪審團。檢察官會對法官說明，並呈交卷宗。他甚至可能概述每份文件的內容，並且在法庭上朗讀他寫的書狀，然而一旦他和辯護律師提出他們對本案的觀點，檔案和其中包括的所有文件都將被拿走，由每位法官私下評量。法官們只會彼此討論此案，而且那是私密的閱讀過程——建立在一名讀者和起重要作用的書頁間的關係。

日本只有一條基本的殺人法規，刑法第一九九條。明示「殺人者當被懲罰。」這就是那天的結果。至於犯下的是哪種謀殺罪，殺人動機為何，被告是否有悔意，什麼是合適的懲罰——這一切都由合議庭的三名法官，單獨在他們的議事室中決定。

他們說檢察官的職責就是找出真相；盡可能地貼近發生的事件，即便他們永遠無法完美地看清這些事的原貌。黑澤檢察官對法庭所寫的書狀代表他對案件的理解，然而卻是收集的證據、檔案和訪談的錄影帶自身會引領每位法官進入案件的核心，以及最後，進入中村海太郎的內心。

我們的司法審理繞著動機議題打轉。誰、行凶方式、地點、時間，都不如**理由**重要。在做出判決前，藏在內心最深處的欲望必須被檢視和證明。就連最凶殘的殺人犯，犯罪嫌疑人的情緒狀態都該擺在第一位。愛的概念應該納入考量：hatuskoi「初戀」，miren「依戀」，kataomoi「單戀」，aishiaug「相愛」，fukai ajō「深愛」。法庭須權衡愛的深度並據此從寬量刑，這才是決定一個人命運的無形價值。因為愛情，對許多人來說，攸關生死。

生或死

你曾聽說過「測謊問卷」嗎？心理學家在這些問題上投入如此多精力、心思，為了測謊儀器而設計，日本迄今還在使用，而非電視上演的老骨董。這些測試的目的經常是為了排除無嫌疑的受試者，但依然很重要。而且一旦第一個真正的問題問出，那個能測出你脈搏、心跳的問題就變得至關重要。那與你是什麼樣的人和你想成為什麼樣的人不同。

想像自己面對著測試者；他知道你的姓名、年齡、職業、生活型態。你期待他慢慢展開，但他不會。在凶殺案調查中，他會採用能直搗黃龍的問題，像是「你曾想殺掉某個人過嗎？」而實話就在心房的前廳，在思想和言語之間。我們全都想過要殺掉某人。這個問題的答案並未顧及美德或誠信。我們全都能有此念頭。殺人是種衝動，存在於我們所有人內心。

我再度坐在我的臥室中，刻意不想我童年的點滴，專注在小電視螢幕所播放的影像上。海太郎走進偵訊室時，戴著手銬。黑澤檢察官已經就座，而且沒有其他人，也沒有打字員作紀錄。然而，海太郎必定知曉玻璃鏡面後有人，他們全都等著聽他的證詞，因為當黑澤走到桌對面，解開他的手銬時，海太郎刻意地動作極少。他沒有揉按手腕，故作放鬆姿態，一隻手臂擱在面前的桌上，建立自己的空間。

黑澤把一塑膠杯裝的水推向海太郎，此舉換來他悄然微笑，雙唇抿成一線。有片刻，檢察官瞥向攝影機。我每次看到這兒，都以為他會關掉攝影機，但然後，就在我想像他用食指按下開關鍵時，海太郎抬眼，他們繼續拍攝。

海太郎在座位上調整身體角度，面向取景器。我又能看見他，他臉部的線條，他唇邊的凹痕，是習慣嘴角下彎所致。

「拿到你需要的了嗎？」海太郎問。

檢察官聳肩，「沒有事實表面看起來的那麼簡單。」

「你想要我的靈魂？這就是你們這幫只會坐辦公桌耍筆桿的蠢蛋跑來這兒的原因，想把我的腦袋扒開，胡捅一番。」

「我想就私人的部分作些討論。」
「更多情緒？」海太郎坐直身，呷了一口水。
「愛。」
「你想要我替你定義嗎？」
黑澤沉默。
海太郎再度伸手拿水杯，但動作打住，杯子停在半空中。「你想知道，我是否真正的愛上了？」
「是的。」
海太郎臉上的表情變得晦澀難懂。
「我想要公正，」黑澤說。「我手上有好幾樁凶殺案都繞著激情轉。」
「他們和別人建立關係的方式也像我一樣嗎？」
「不一樣。」
海太郎往後靠，思考著。「你是不是打算在法庭上主張我絕對不會愛上任何人？」
「跟我說說你的工作。」檢察官說。
「黑澤你也是？你想看見我被吊死？」
「告訴我，」他說，聲音輕柔，「跟我談談你的工作。」
海太郎傾身，雙手摀住臉。

「難道你不在乎自己會怎樣嗎？」

「我會怎樣已經不再重要。」

「我認為那會對你有幫助。」黑澤表示。

雙手手指依然按著太陽穴，海太郎搖頭。「沒有任何事情能。」

「那麼就告訴我真相。」

沉默在兩人間蔓延。螢幕下方的計時器才跳了一秒，感覺卻像過了許久。

「有時候，」海太郎說，「扮演別人還比較容易。」他瞥了黑澤一眼。「你一直都像你自己嗎？在任何場合都能感到自在嗎？在我的行業和你的生活中，當你必須接近他人時，你就得成為某種意義上的變形者。」

黑澤點頭，究竟是出於不解還是贊同，很難看出。

「有些工作你不想做，有些人你根本不想和他們往來。但，我確定你懂，向任何人——不管男人或女人——表現出你不喜歡他們是危險的。或許有時候你安全無虞，適時流露自己的不喜歡反而好，但在我的世界，或許在你的也一樣，禁止表露個人的真實情感。」

黑澤探身向前，「你不喜歡佐藤理奈嗎？起初是你先離開她的？」

「我試過。」海太郎說。

「那不『危險』嗎？那豈不違背了你的本能？」

海太郎微笑，「那違背了我的常識，和我所受的指導，沒錯，但不是我的本能。」他打住。「我接過許多案子。永遠有渴求的人們期待為他們的生活增添興奮，放棄替自己的選擇負責，花錢為情感創傷找出路。關鍵在於專業，在你自己和所扮演的角色之間保持某些距離。你運用任何你會的社交策略來工作。我很成功。」海太郎補充道，「在那方面獲得某種滿足感。」

「私人生活會很難調適嗎？」黑澤問。

海太郎微笑，「我沒有私人生活，而且一開始，我根本不需要。所有人我都試，來者不拒，找出合適的切入點，自我挑戰，但到最後，原本有趣和新鮮的部分都只令人疲憊不堪。卸除自己，學習變成其他人要耗費很大精力。」

「所以，你誰都不愛，而且沒人愛你。」黑澤說。

海太郎嘆息，「對許多分手師來說就是如此。他們變得防備心很重，發現很難再去信任人。倘若你不能信任某個人，你又如何能去愛他？這些分手師最後只能孤獨終老。但我們不是生來就該孤獨的不是嗎？」

「所以你想有伴？」

「我想要做自己。」

「所以是時機的關係？當你遇見佐藤理奈時，你需要改變。」

「不是！」海太郎往前探身，「我知道我感覺到什麼。難道我有沒腦到那種地步，連自己的內心都搞不清楚。」

「我必須問，」黑澤說，「那也是大部分人會認為的，她很好到手嗎？」

「他們都錯了。」

黑澤沉默，他朝房間後頭的玻璃鏡面揮手，示意倒水。「那麼，如果不是時機，不是倦怠，是什麼改變了你？有什麼不同嗎？」

「是她。」海太郎說，「我越是了解她，就越明白，她就是我一直在尋找的人。」

「她很美嗎？」黑澤問，海太郎溫柔地笑了。

「很美，完全自成一格的美。她有股內在力量，我很是仰慕。」

「所以你想推開她？一開始的時候？」

「我試過，」海太郎說，「我想要像認識一個真正的人般地認識她，而非透過我的工作，但我越是和她相處，越感覺兩人契合。我們了解彼此，我不能任她繼續過她原有的生活。」

另一杯水在他面前放下時，海太郎暫停敘述。他對黑澤露出挖苦的微笑。幾句話換來不同待遇。「我在她身上看見自己，她在各方面都是我的靈魂伴侶。我們為彼此奮戰，找出可以在一起的方式。我從來沒有像信任她那樣地信任過任何人。」

「她信任你嗎？」

「信任。」海太郎說，語氣堅定。

「你覺得那就夠了嗎？」

「我希望夠。」

「所以她不是個目標？」黑澤問，把一張相片放在他面前的桌上。那是一張理奈在夜市的照片，她正要把一顆蘋果往上拋。

「不是，」海太郎說，用手指撫摸照片。「她不是個目標。」

獨自在臥房裡，我思考著其間的因果關係。法官可能一次起訴兩百多個案件，而且他們聽見的大多數抗辯都是有罪的，都附有打字和簽署的認罪陳述。然而，無論是罪行或是被告都沒那麼單純。法官的工作只是決定罪行最大程度的嚴重性，辨別是否為真相，並採用能矯正並教化的懲罰措施。而且他們必須快速決定，因為結案的速度會影響他們的職位、升遷、他們的未來。才幹取決於他們能承辦多少案件，因此他們沒本錢在某一案件上逗留太久。

我並未申請調閱中村海太郎的判決，檔案中也沒有相關資料，這讓我益發沮喪。不過我倒是找到一張手寫的列表，列出他可能面對的後果：包括各種形式的監禁到死刑。我假設他被判監禁，因為僅犯下一件謀殺案的兇手鮮少會處極刑。然而加賀島百合還是在最後的選項旁，畫了顆星，彷彿她會防範此點，並且捍衛他的性命。我唯一得繼續看的是他在法庭上的兩天行程——頭一天審訊他的案件，第二天聆聽判決——而且我熟知此點，不論法官最後心證如何，他們都不會花太久時間做出決定。

我的思緒再度轉向樓下扔滿整張餐桌的文件，想起犯罪現場所提到的腳印，和我母親驗屍報告上的DNA分析。她肌膚上發現的唾液，暗示在死亡前，曾和其他人短暫接觸。我想起這行文字，和中村海太郎與他的判決，想起我母親死亡當天在現場的所有人，以及能夠結束一個生命的所有決定。

理奈和海太郎

冷血的黑與白

理奈獨自站在窗前。客廳大理石地板冰冷，那寒意從她光裸的腳直竄進血液裡。她俯身把額頭抵在窗玻璃上，左右擺動，讓溫暖的肌膚留下模糊的汗痕。她頭疼得厲害，而且痛感遍傳全身。昨晚最後她喝了很多酒，但她明白這不是原因。理奈用力把臉壓入玻璃裡，加重額頭抵在窗上的力道。此刻她可以把自己塞入冷凍庫，把自己擠壓在層架之間。然而，冰凍也幫不上忙。那一陣陣跳動的疼痛還是不會消失，眼睛後炫光的搏動如此厲害，讓她看不見。

他走了。她已經做出她的選擇。只是現在，什麼都不剩。彷彿她又再度開始一寸寸地被腐蝕，而且她再次無力阻擋——這就是她為自己選擇的茫然無助。

理奈轉身，把手掌根壓入雙眼。她看見自己置身幾天前的晚宴上，手中握著一杯酒，凝視著扔棄的調酒籤。她記得壽美子在車裡蜷伏在她身上，把小臉揉進她肋旁。然後又因汗味和酒味稍稍拉開點距離。理奈記得自己如千斤重的四肢，遍布全身的淒楚感，還有最後，當佐藤在家中望著她時，眼底的輕蔑，地板上散亂的玩具，他對壽美子的咆哮。

許多年前，她就同意接受這種生活了，而且她再度做出同樣選擇。張開雙眼，理奈霎時瞥見餐桌，那是結婚禮物之一。看著黑色平滑桌面所散發的耀眼光澤，理奈看見數年前的自己坐在餐桌前。她面前的桌上有幾張彩色的棉紙，她忙著把它們裁剪成標準的正方形。隔著走廊，她可以聽見壽美子在她房裡玩耍的歡聲笑語。理奈輕柔地哼唱著，一名有著健康小孩的年輕母親，雙頰紅潤、風華正茂。當她伸手拿取被她挪至一旁的糖果盒時，她感到佐藤來到她身後。他雙手圈住她肩膀時，她渾身僵硬，感覺到他的唇落在她頸間。她猛縮了一下，很細微的動作，但他感覺到了。他的手往下滑，掃過她雙乳側邊，對此，理奈強迫自己保持不動。

她的頭始終低垂，看著桌面，但佐藤只是笑，並且拉過一把椅子坐在她身邊。理奈再次伸手拿糖果，並放在棉紙的中央。當她把棉紙扯緊時，盒子外層的玻璃紙在她手指間嘎吱作響。她把棉紙貼有膠帶的那側往下，再把另一部分的棉紙摺過來蓋上，如此膠帶就不會外露。佐藤安靜地坐著，臉上的微笑如此無恥，引起她的注意。

「什麼事這麼好笑？」她問。

「你！你是如此緊張。」

「我想要幫耀西把這弄好。」她朝禮物點點頭說。

「你是個古怪的小東西。」

理奈挑眉看向他，因為她從未想過這些名詞會用在自己身上。

「難道不是嗎？」他說，「你不古怪嗎？」

理奈沒回答，僅僅再拋給他一朵淡然的微笑。

「雖然我敢賭，你會對抗。」

理奈抬眼，正視著他，不再微笑。

「當你走投無路時。」他繼續說。

理奈鬆開盒子，無視滑落一旁的層層繽紛棉紙。她看向他身後，穿過他們的客廳，視線停留在她的暗房，現在已經是一間儲藏室了；她積滿塵埃的前半生。佐藤拉起她的手，摩挲她的手指。「你有種光芒，這般泰然自若——」他說，理奈皺眉。「我說的，就是藏在那底下的東西。」

那一刻，理奈想站起身，她想抽回被他握住的手，叫他閉嘴並且離她遠點，但她沒有。

「你很強悍，」他悄聲說「當你專注時，你臉上就會浮現那種特質。」

理奈慢慢地將手從他掌中扯回。她張開嘴，想說點什麼揶揄一番，結果沒有，她做的所有選擇在那一刻群起叫囂，與她正面對決。她懷疑自己是否真有他所說的強悍。

「快點！」佐藤說，指指那些包裝紙。「我們得走了。」

回顧那段對話，理奈問自己，他說的是否是真的。還是她年輕時，他們初遇，她曾經耀眼過，在做出決定前，在機會錯失前，她的確耀眼。她永遠不會再那樣光芒四射了，不過話說回來，佐藤從未相信過她的耀眼不是嗎？打一開始，他就看穿這點，看見她光芒下藏著的那個女人，那個戰士。

理奈抬起頭，凝視她的家，她知道自己也不能全怪他。她不是一個完美的配偶，甚至或許不是個好配偶。她應該知道他的目標和夢想補償不了她的犧牲。她不該閉著眼嫁人，然而無論從前如何，現在要怎麼過是她的選擇。海讓她明白這點。即便理奈保持了家庭完整，但她不必重複過去的錯誤。為了女兒和她自己，或許為了他們一家三口，她可以拿回她的生活。穿過客廳，當她打開她前暗室的門時，她感覺頭部的壓力已經減緩。她應該為自己再次把這裡清理乾淨。跨過一支壞掉的網球拍，和幾雙佐藤不要的鞋子。她拿起最上面的紙箱。

表格是粉紅色的。不完全是粉紅，理奈現在可以看清楚。紙面本身是白色的，在她的震驚中，成排的紅字已經模糊，彼此暈染，滿版的玫瑰花被綠色矩形截斷。理奈低頭看向躺在箱子上的表格，心臟撲通撲通撲通地跳。她伸出手，又把手縮回；某些文件殺傷力太強，碰不得。

好半晌，理奈滿心滿眼都只有這表格的美麗：它的色彩和簡潔風格，但這一切背後的象徵卻令她越來越恐懼。理奈想起那粉紅色的漢字，空白的綠色長方形填寫的是她的回覆，底下的空間留給她個人和佐藤的印章。如此沉重的物件隱匿在彩色工整的外觀下，凸顯的又是什麼樣的民族意識？

理奈想起每一個政府機構的吉祥物：靜岡縣所有的燈塔上都畫有那隻頭戴船長帽、身穿藍色外套的白色海豹，象徵安全、傳播海防的成功並掩蓋那些沒從海裡救起的生命；而嗶波是東京警察隊的圓胖橘色仙子，光是名字就象徵著市民和警方間的美好關係。然而，不管警察和他們的吉祥物有多興高采烈，不管他們的槍是如何齊整地掛在他們的制服上，恍若一體，就像連指手套，彼此絕不會相忘——槍枝本身是真實的，裡頭的子彈也是真實的。日本依然有死刑，而她的牢房中，擠滿你會希望自己孩子永遠不會遇見的人。即使現在，每一位警官都可以替你的生活帶來恐懼和痛苦。這些表格也是，理奈邊想邊滑坐地板上，手裡抓著這些文件；它就和人們創造出的每一件事情相同。

作為一名在目黑區長大的年輕女性，理奈不能坐著不動，無論是苦差事還是危機，她都必須採取行動。許多次，她和父親在他書房來回踱步討論案情。當她頭一次告訴他，她想放棄學位時，他們像鬥犬般對峙，一再地繞著他的書桌轉。但如今，她的生活令她心力交瘁。那份沉重的孤獨，把她往下拖，她只能安靜地坐在地板上，把腦袋擱在雙膝間。

理奈再次看向那文件。大部分的空格裡都填上他和她的姓名，以及他們的住址，身分證字號，而且他還圈選了聲明作為夫妻希望 kyogi rikon——協議離婚。其中有個小方格詢問同意分開的條件，但並未被勾選，下面的幾個區塊也沒有，除了一個，全日本離婚表格上都有的一個區塊——只容得下一個名字的空間，指明將由哪位父母單獨撫養任何小孩。

彷彿只是在試填表格，佐藤在此處用鉛筆從上到下輕輕畫了個歪扭的波浪紋；方塊裡的問號將決定壽美子的人生。這個問號像一道閃電，把理奈從她的震驚中猛然劈醒。她倏地站起，血液裡，骨頭裡滿是憤怒。當她站起來時，伸手拿起那表格，並看見下頭還有另一份紙張，這回是聖潔的白色，昂貴的紙質。

理奈注意到頁眉有東京家庭裁判所的字樣，和下頭密密麻麻的說明段落。這不是任何區公所的離婚登記表格；其中沒有需要她填寫的區塊，沒有註明私人條款的空白處。這是佐藤單方提出的法律申請，作為配偶提告她，訴請離婚，一樁他有把握會贏的官司。

在這份表格內附有一張表，條列婚姻破裂的原因。以粗黑字體打出說明，圈選出適用者並以雙圈標出最適用者。佐藤在此處用筆清楚直白地做出他的說明，因為不是當她的面。他圈選了兩個字，以黑色原子筆一再圈起：通姦。

理奈手指慢慢鬆開，紙張散落在地板上，她想，他知道了，而且他想要拿走我的小孩。

理奈走回客廳。周遭全是她這些年的生活軌跡，但熟悉的風景已經變了。佐藤的表達令人恐懼。她認識被迫採取法律途徑的人們。這個體系究責找錯，它把你撕扯開，把所有的醜陋和羞愧展示給每一個人看。還在東大就讀期間，理奈就知道這種離婚官司早在送交家事法院前，就先花了好幾年調停；那些調解人，來自你居住城市行政區的有名望市民，他們會組成專門小組，分析你婚姻的每一寸肌理。人們透過文件來搜羅你的生活，然而無論你如何艱辛奮戰，你對事情的見解如何，結果都是一樣的。雙親中只有一位獲准單獨撫養所有小孩，另一方將永遠不可能再見到他們。共同監護是違法的，只有法律能截然二分至此：冷血的黑與白。

在東大就讀的第二年，理奈加入一個慈善團體，提供免費的法律諮詢。她在那裡遇見許多與孩子分開的父母。她想起他們的絕望，他們的孤立。一但離婚定案，親權被指定，法庭經常把進一步的爭端稱為「家務事」而拒絕干預。即便當時沒有做出任何正式協議，小孩單純地由雙親中的一方帶走，那一方經常也因此成為法律偏愛者，贏得官司的機率是九成。

理奈想起她遇過的那些人，他們如何冒險，長途跋涉來到其他縣市，在孩子的學校外徘徊，彷如鴉群，當下課鐘響，希望能在被大怒的前配偶和警方驅走前，瞥一眼他們的身影。

理奈就曾以代理的身分經歷過這樣的遭遇，但當真的發生在自己身上時，還是幾乎無法理解。她看見自己在壽美的學校外等候，或許是在名古屋，甚至更遠的地方。她口袋裡會裝著一張照片，是很久前的生日所拍，角落都已捲起，有皺痕。她知道自己會如何站在校門的一側，試著不被其他的父母注意到。然後，當學校屋頂的鐘聲響起，鐘鎚撞擊青銅表面發出陣陣迴響，她會看見她，她的小女孩，變了許多，與相片中的小孩是如此不一樣。這個新的壽美子會和她的朋友走在一塊兒，吱喳個沒完，並互換棒棒糖。理奈會試著等候，但最終，她還是克制不住地往前衝，奔向自己的女兒，嚇到她。壽美已經好幾年沒看見自己母親了。她會感到害怕而且一頭霧水。理奈看見她往後退，理奈手心裡緊抓著一根棒棒糖不住顫抖，臉上的激動之情甚至更令壽美驚恐。「壽美醬，你不記得了嗎？你以前總是叫我媽咪。」

驚駭不已的理奈甩頭讓自己從幻想中清醒，兩行淚落下。她把離婚表格放在餐桌上，走進廚房。她想倒杯水，但接著她看見壽美子的熊貓便當盒放在瀝水板上。那天早晨，理奈把壽美子的午餐裝在熊便當裡，因此熊貓才可以留在家裡清洗。熊貓是她的最愛，明天，理奈會把切成各種形狀的彩色蔬菜和飯糰球裝進去。她不能和她的女兒分開，不能只剩下為數不多的影片和卡片信件，而非一個活生生的小孩。

她回到客廳，拿起電話，但又立刻把話筒插回電話座裡。她想起電話帳單可能會被拿到調解人面前和法庭上，成為佐藤告她的證據之一。從門口的粉紅貝殼裡抓起她的鑰匙，她走出公寓，也不費事等電梯，一路奔下樓，經過門房，離開大廈，直到幾條街外的一個電話亭前停下。

她靜聽電話鈴響，一聲，兩聲，然後，他接起了，當他說「喂？」時，他的聲音透過電話線傳來。

理奈全身顫抖。她望向亭外經過的路人，看著任何一個可能正注視她的人。「你還沒走，」她說。「感謝老天，你還在。」電話線的另一端沉默，但她繼續說，「他想要離婚。」她說。

「什麼？」耳畔海太郎的聲音突然變得清晰，有存在感並警戒。「理奈，他這麼說嗎？」

「我在放箱子的房間裡找到表格，我要……我想……」

「理奈，」海太郎說，他口氣裡的認真把她的心魄都吸了過去，駛入安全的港灣。「他填了多少？」

楓樹和山毛櫸葉落一地，她走在琥珀朱紅交錯的繽紛上。櫻花謝盡，露出光裸如黑棍的枝椏隨風嘎吱擺動。理奈步履輕快地走著，她的腳跟在上野公園的水泥地面上發出響聲。她來到大路的交叉口，看見他斜倚在一根電線桿上。他朝她點點頭，她右轉，往與他相反的方向走去。在電話中，他警告她佐藤很可能會僱人拍照。他們必須謹慎，不能被看見。

理奈在紅綠燈處穿越馬路，無視其他面露怒氣，發出嘖嘖聲的行人，因為還是紅燈。她朝國立博物館的大門跑去，然後減緩速度變成行走。在她面前，堂皇的方形建築物像堡壘聳立。裡頭有五百年歷史、描繪風月女子賞楓的屏風，就放在陳列樂器的玻璃展示櫃旁邊。看著這些，幾乎可以聽見在光線趨暗、微風拂葉沙沙的森林濃蔭下，三味線的金屬撥彈聲。

一群學童在階梯上排隊等待入場，其中一人笑得太大聲被老師噓。小女孩雙手捂著嘴微笑，她周圍的其他孩子也是。

理奈離開博物館前方，朝建築群右側的花園走去。很冷。天空陰翳，而且讓流經花園傾瀉在岩石上並注入一個水潭的溪流變成黑色。外頭無人遊蕩，實在太冷了。她看看手錶，這是她父親送的禮物，又往公園更深處走，行經池塘邊的低矮木茶坊。夏天時，它是供遊人休憩的茶館，但今天則完全關閉，準備過冬。她獨自在小徑上前行，直到看不見博物館，一旦被樹叢妥善遮住就停下腳步。風在她頭上低語，枝椏瑟瑟晃動，她唯一能聽見的是潺潺流水聲。

她煩躁不安，回望小徑時便看見他。他的夾克未扣上，頭髮往後飛揚，因為他在奔跑。

「我很抱歉，我真的非常非常抱歉——」她說，但朝她而來的他並未放緩速度。他的吻狂暴落下，她嚐到汗水、恐懼和飢渴。她把手指纏入他頸後的髮中；最後他稍稍仰起臉，停止動作，

「我很抱歉。」她邊說邊把前額抵在他的身上。

「我在這兒。」他說，這是他唯一需要說的話。

他脫掉他的夾克，彷彿想為她鋪在地上，但她已經雙膝落下，跪坐在草地上了。

「我真是好蠢，我——」

「理奈，你不蠢。」

「你不覺得嗎？」

「你怎麼可能會知道。」

「我——我什麼事都做不好。」

海太郎在她身旁的草地上坐下。

「會有人看見我們嗎？」

「不會，我檢查過。」

「你覺得他是不是已經僱了什麼人跟蹤我？」

「如果他有，我會發現。」

「你認識這城裡所有的私家偵探嗎？」

「能不被我發現的人不多，理奈。」海太郎說，這面不改色的吹噓讓她微笑了。

「他在表格上有表明歸咎於什麼罪嗎？他有舉出想離婚的理由嗎？」

「通姦，」她悄聲說。「他正計畫告我，而且他有理由這麼做。」她停住，抬眼看向海太郎，「他知道我們的事。」

「把你告上法庭他能得到什麼好處？」

「壽美子的監護權。」理奈答。「他可以爭辯我不適合撫養她，把她帶回名古屋他父母那兒？」

「理奈，冷靜。」海太郎伸出手，握住她的雙手。「他不會要她的。打官司的話，他還能獲得什麼別的好處？」

「通姦的傷害賠償，但那沒多少錢。」

海太郎沉吟。「佐藤入贅你家時，可有拿錢？他因為你父親在業界的關係得利，有借資金嗎？」

「你怎麼知道的？」

「我假設，我說得不對嗎？」

「不，你說對了。」她說。

「他的投資是不是出了問題？他替一家不動產投資公司工作對嗎？」

「房價還在下滑，」理奈咕噥著，「他或許不想承認——」她轉頭，咬自己的拇指指甲，啃著邊緣的皮，「但我不知道他買了什麼或者他借了多少。他不會和我討論這些。」

「那耀西呢？」

理奈搖頭，「這很丟臉，他不會——」

「然後？」

「我父親會跟我說。」理奈嘆息，「老實說，海，他會希望知道，要清楚我們的每一分錢是怎麼花的。他不會原諒我——」

「讓我先釐清整個情況，」海太郎說，「假如我們了解他的動機，我們就能有所打算。」

理奈點頭，緩緩地吐氣，她開始冷靜下來，找回理性思考的能力。「我們可以贏的對嗎？海？」他沒搭腔，她抬起眼。

「理奈，我有事要告訴你。」

她皺眉，一股恐懼似乎要把她的胃刺穿。海太郎雙眼漆黑，她從未見過他的眼這般深沉。

「理奈，我認識他。」

「我一直在跟蹤他。」當理奈站起來時，海太郎自我防衛地舉起雙手。

「你做了什麼？」

「理奈，我必須如此。」

「你必須跟蹤我的丈夫？」

「不是，」此刻海太郎也站起身，懇求地朝她伸出手。「不！我……我需要知道，你是為了誰離開我，我不相信他不會傷害你。」

「那你知道這件事嗎？」她問，然而這新訊息所造成的恐懼已逐漸擴散至全身。「你知道離婚表格的事嗎？」她幾乎是吼叫。

海太郎猛吸口氣。沉默半晌，須臾的沉默。

「知道嗎？」

「不知道，」海太郎說，「但他一直與名古屋的某個人約會。」

「哦，」理奈說。然後相當愚蠢地補了一句，「那是他老家。」

「理奈——」海太郎說，他看似想伸手碰她，但又被她臉上的某種表情所制止。她看見他眼中反映著她的震驚與痛苦，於是她轉身。

她試著專注在呼吸上，不過她所能想到的只是自己的愚蠢，她的活該受譴責。當然在她生活中，還有另一個人。「好幾年前，佐藤某一晚喝醉了，」她慢慢地說，「他跟我說高中時他喜歡過一個女孩。她比我更漂亮，而且更有趣，但他的家庭反對，所以他放棄了。我想，她叫奈緒子。」說到這兒，理奈瞥了海太郎一眼。「是她嗎？或者只是我天真？一場無望的浪漫愛戀？」

海太郎並未回答，理奈隔著外套摩挲雙臂，緊緊抱住自己。「你絕不會騙我對吧，海？」她輕語。

「不會。」他說。而且她在他嚴厲、乾脆的口吻中聽見他對不誠實的厭憎。

「這全是我的錯，」她說，被屈辱感完全吞噬。

「我早該知道的——而且，」她再次瞥向海太郎。「我一直是個糟糕的妻子。」

「不，理奈！拜託，你沒有半點錯。」她在草地上坐下，海太郎也跟著坐在她身畔。這回他把她拉近，擁她入懷。

「我是個傻瓜，」她嘟囔，「你看上我什麼？」

「一切。」他毫不保留地回答。

理奈看著他，十分了解她的脆弱依舊明顯，因為她的表情令他痛楚地皺起臉。

「你為何不把這一切告訴我？」她輕聲問。

海太郎搖頭，「我並不真配得上你，理奈，而且我——」他沉吟，低頭看著自己的雙手，最後終於抬眼迎向她的凝視，「我想你選擇我……是因為我。」

「我是選擇了你啊，」她輕柔地說，「你不會不清楚吧——那晚在宴會上難道你感覺不出？我始終想要你，我就是感受到那種羈絆——」她的目光在他臉上遊走，從緊皺的雙眉，到嘴唇的線條，和到了下午，雙頰上冒出的鬍髭。他吞口口水，她感覺他伸出雙手捧著自己的臉。「我不是因為遇上了麻煩才來找你的。」

「理奈，我知道——」

「不——」她打斷，「你不知道。我知道我把其他人擺在我們前面，但結果證明我徹頭徹尾地自私。在壽美之外，我只想要你。」她注視著他的雙唇彎起，閃現一朵微笑。「你還能愛我嗎？即使我不勇敢？」

他的微笑更燦爛了，他點點頭。

理奈把頭擱在他肩上，更貼近地依偎著。海太郎托起她的臉龐，親吻她的唇。

「我和佐藤的相處，」她說，「我必須相信並非所有的關係都像那樣，只有自私和背叛。」

「我們不會。」他說。

理奈拉起他的手，掌貼掌，十指交扣地朝上伸展他精瘦強壯的手指。「我們不會？」

「不會。」他說，並在她的掌心印下一吻。

理奈遲疑少頃，然後她抬眼看向他，「有時候，我常會想像，倘若我們結婚，會過著什麼樣的生活，但現在，我卻沒把握——」

「不管是什麼樣的你我都接受。」他說，而且在接下來的靜默中，她知道這是真的。當他把她抱到大腿上時，理奈微笑了，並且伸出雙臂圈住他的頸子。

「要是有哪個人拍下這個，我們就完了。」他說，兩人一起大笑，緊繃的心情已隨著吹拂的微風逐漸消散。他們沉靜了片刻，看著風穿過枝葉往上飄送，吹向廣漠無垠的天空。

「他只是拿打官司來威脅你，他不會帶走壽美。」他說。「他想用調解人和一位難以預測的法官等變數來嚇唬你。」海太郎稍稍挪移懷中的她，確保她坐得舒適。

理奈挑眉看他。「你是在哪兒受訓的？」她取笑道，同時把頭擱回他肩上，認同他的觀點。

「佐藤會想協議，按照他的條件，私下和解。」

理奈抬眼，「壽美子的監護權？」

海太郎皺起臉，「那只是籌碼，你的心頭肉。」

理奈點頭，她握住海太郎的手，他們十指交纏。

「我手上有些對他不利的證據。」海太郎悄聲說，隨即打住，讓理奈消化。「我會交給你，用那些證據，並給他一筆錢。利誘得當的話，他會接受庭外和解。」他溫柔地輕觸她的臉頰，撫平她緊繃的面龐。「我們會全身而退——」

「海，你不會自己去找佐藤吧？這是他和我之間的事。」她說，他表贊成地點頭。

「相信我，理奈。我們會拿到壽美子的監護權。」

她往後緊靠在他懷中，但她沒有微笑。「我很抱歉，」片刻後她說。「我很抱歉那樣對待你。」摟住她的雙臂收緊，她把臉頰貼在他的頸間。「我很抱歉，把你扯進這渾水裡。」

「我會擺平一切的。」他說。

「你……還是要回北海道嗎？」她問。

海太郎鬆開手，稍微拉開兩人的距離，專注地看著她。

「我可以去嗎？」她問，回聲般說出他在下田說過的話。

當理奈把雙手放在他的臉兩旁時，他挑眉。「我是說真的。」她說。

突然間他咧嘴燦笑，她也是，他低頭用力地親吻她。當兩人終於分開，也僅是拉開一絲距離。「吾愛，我的餘生全是你的。」他耳語，而她微笑、寬心、光采照人。

離開公園時，理奈瞥瞥手錶。她去接壽美子要遲到了，她已經遲到一整年，但現在她要改正。壽美子在上射箭課，離學校沒幾步遠的地方。理奈想像自己女兒站在前排，在沒暖氣的道場裡，口中吐出的氣息幾乎成了白色煙霧。握著弓時，她穿著白襪的小腳應該被冰冷的地板凍紅了。理奈微笑，壽美做任何事都很認真，她已經獲准戴三指手套和用箭了。

理奈看見女兒出列拉弓，調整姿勢，挺直背脊，從她窄窄的肩膀到腳形成筆直一條線。她緩緩吸氣，專注在每一次呼吸上，吸氣，把弓舉到頭部上方，然後放下弓，弦一直緊拉到耳後。手上鹿皮手套的手指擦過她的臉頰，時鐘在寂靜中滴答響，然後她抬起眼看向靶，並鬆開箭桿；自信，又不受干擾，就像她該有的樣子。

走入地鐵站，理奈瀏覽日光燈下的商店和雜貨舖。耀西讓她和壽美過去吃晚餐，但現在理奈壓根不敢想像那景況。她接了壽美，會先去吃巧克力麻糬，然後，理奈會做蔥花蟹肉豆腐，並教壽美準備食材；壽美愛和她母親一起煮飯，每當理奈為了做她最愛的週日焗烤菜而以極快的速度切馬鈴薯薄片時，她總是如此熱切地盯著，並且大喊，「該我了，該我了！」

理奈用力吞口口水，隧道的光線照得她睜不開眼，她再次感到油然升起的恐懼，就算有海的幫忙，她知道，她還是有失去女兒的風險。

壽美子

占有權

我記得父母都在家的情形。夜晚，我會聽見他們在廚房，吃烏龍麵或鍋物，或許她替他煮了高麗菜燉肉，他很喜歡。那時候，父親都會回家吃晚餐，即便回來得晚，媽媽都有準備些什麼。她也會準備各種菜色，一道肉品，外加一個湯和一份沙拉。我聽他們在廚房裡說話，有時候會傳來低音量的手提小電視聲，父親在聽新聞，但他們的說話聲會繼續蓋過電視，溫和且平靜。他回家時，我幾乎都已上床。在臥室的暗影裡，我可以隔著窗簾看見城市的光線漸趨昏暗。當我開始睡意朦朧，我會看著那些光線，聆聽背景暖氣機的嗡鳴聲，在這聲音和家人都在身邊的安心中，沉沉睡去。

等我長大些，父親開始越來越晚回家，而我母親也不再那般費事地替他張羅餐點。她不會再在夜深時替他起鍋煮新的食物，而且開始直接把她和我吃剩的大量食物留在桌上給他。從這又演變成便利商店買的便當，到配冷綠茶的飯糰，最後是茶壺旁的杯麵。

有些夜晚，我在不自然的寂靜中醒來，我會聽見輔助鎖門上的聲音，一股虛空感填滿整間公寓。我會聽見母親從一個房間走到另一個房間，把窗簾拉上，關燈。我會聽見電視聲響起，開始很小聲。我想像她望向我房間，判斷是否有吵醒我，過了幾分鐘，如果我沒有叫喊或打開兩人間隔著的房門，我母親就會把音量轉大，直到一種穩定的低沉喧鬧狀態，彷彿除了這噪音她什麼也不想聽見，隔絕外界所有的聲音。

有些夜晚，她不再看電視，但依然不睡。她繞著公寓來回走。最後檢查門鎖和窗戶，確定我們家是安全的之後，她就會停在我的房門前，只打開一到兩寸，以免吵醒我。我渴盼這些時刻，雖然我聽見她的動作，並看見從門口射到我床上的細窄光束，但我總是緊閉雙眼，假裝睡著。

有一晚她進來了。我聽見她開門，並且感覺到她的手放在我頭上，她的吻落在我頰上。當她緩緩爬上床，躺在我身邊時，我對她微笑。當她摟住我時，我咯咯傻笑，但她只是緊緊抱住我，並未微笑。她用手臂圈住我，臉埋在我脖子裡。她在發抖，我可以聞見她身上的汗味，她恐懼的澀味。我可以感覺到一股凶猛的能量像氣流般在她體內奔竄，雖然她想壓制。她親吻我的臉頰，我的額頭，我的髮。「沒事的，」她說，「不會有事。」那是我在惠比壽家中度過的最後一晚。

現在我明白她為何那麼害怕了。即便今日，每一次分居，都有一方父母得接受失去孩子的現實。他們可以自行決定，或者由一位從來沒見過孩子本人的法官決定。

此慣例所依循的原則是他們相信離婚的雙親無法適當地合作或履行職責，並且無法以孩童的最大利益為考量來行事，因此，只有一位獲准擁有監護權——法庭眼中認為合適的那位。

儘管如此，還是有選擇，在所有尖刻傷人的撕裂和司法程序展開前，有短暫的空隙，父母有機會私下且非正式地達成協議，決定誰可以取得監護權，並商定探視權，而且加以維護。在這些案件中，小孩就可能在父母都不缺席的情況下成長。不過，當然，彼此間的信任必須維繫住。雙方都得同意把孩童的利益放在新工作，新家庭，新伴侶，舊怨憎之上，這些往往是破局的肇因。

人們被各自的欲望所支配；為了得到想要的事物，幾乎可以不擇手段。配偶對搬去其他縣市或國家的前任萌生倦意。就算是住附近，他們也有辦法讓前任配偶無法看見小孩——生病、有約，計畫外的週末遠行。私下達成的協議不具強制性，其中一個配偶經常淨身出戶，沒有追索權，沒有正義，沒有嚴懲。

因為如此，每一樁離婚案的重點都擺在孩子的實質擁有權上。在監護權一事上，法庭高度看重，於是和平解決是不可能的，取得孩童實質擁有權的戰爭很早就開打了。祖父母們經常捲入其中，並把孩子藏起，加入一方或另一方爭取的行動。當她在惠比壽家中的床上抱著我，並等候海太郎送來我父親的資料時，我母親必定已經想好這是她最後的王牌，第二天，她便帶我去見外祖父。

我記得當我們站在目黑區家中綠色磁磚的車道上時，感覺就像是來玩的；兩小時後她就會來帶我回家。直到她撫摸我的臉，我看見她眼中的淚水時，以及她眨眼的方式，我才意會到那晚，她不會在我睡覺前來親我道晚安。

「壽美子，」她說，把我摟入懷中。她隔著我的小白虎緊緊抱住我。我用力抓住她，對著她的脖子吐氣喊出：「媽咪。」

「我在，」當我開始抽噎她說，「我在，很快我們又會在一起了。」她掏出她的手帕，把我的臉擦乾，然後在被任何人看見前，擦乾她的。「從現在開始不准再哭，我們可是皿島家人！」

我站在原地看著她離開我，走出車道；我們身旁的兩道卵石在雨中閃耀。

你可以說我很幸運，先有我母親與我為時不久的相伴，接著有我的外祖父，呵護備至地把我撫養長大。但我們的這個故事有如此多層面，我懷疑我是否完全知曉。我永遠不會知道我父親是否愛我——永遠不會知道我究竟是他的負擔、棋子還是他的孩子。我永遠不會知道母親那天跟我分別時的心情，我永遠不會真正清楚她要面對的是什麼樣的狀況，或者付出何種代價。

單獨在目黑，在這個我們一起長大的家中，每個房間裡似乎都留有她的身影，如今卻人去樓空。在調查初期，我只想處理事實，需要讓每個細節自己訴說，但越是細讀這些檔案，我與母親共度最後一年的回憶就越是浮現心頭，縈繞不去，我會忘卻眼前的資料，沉湎於內心世界好幾小時。

一天早晨，當餐廳的時鐘在整點敲響，我瞥向邊櫃上的日曆，開始數算日子。外祖父去箱根已超過一星期，他很快就會回家了。假如我想明白真相，想要在不受他干預的情況下繼續追查，我就得趕快。

門鈴響時，我正再次查看面前攤滿一桌的資料，是郵差，送來一份我的包裹。我把信拿進外祖父的書房，出於習慣，擱在他的書桌上，扭開檯燈。其中有一些帳單，和一個大信封，我知道是「野村＆東野」的合約，就等我簽名蓋章，但我無心考慮此事，便把它推往一旁。包裹裡有個小黑盒。我停頓半晌。我是如此浸淫在法律是如何影響了我母親一生，又如何無能保護她，以至於忘了它對我的影響。因此當我年復一年，努力邁向的那一天終於來到時，我根本毫無準備。

我坐在那兒凝視著手中的盒子好半晌，然後才打開它。打開時，我看見在藍色的天鵝絨上，躺著我的律師徽章。我拿到燈下，稍加傾斜。看見光線映射在金工上，照亮精緻雕琢的向日葵花瓣，以及花瓣中心的迷你天秤，象徵眾生平等的自由與正義。

我把徽章翻面，唸出刻在背後的我個人的識別編號。這些徽章是象徵，不只代表法律，還包括權力。它們隸屬於日本律師聯合會，只發給榮譽會員和合格者。萬一你被定罪，被取消律師資格，宣布破產或死亡，你或你的家人必須交還你的徽章。

假如你粗心大意弄丟了，就得製作一枚新的，而且還得刻上一個標記，指明是你的第二枚或第三枚——恥辱和警告的符號。丟失徽章還會公告在《官報》——政府公報上，這樣大家都會知道你粗心大意。這些符號所授予的影響力和權威決不能被濫用，而且不計任何代價，法律必須受到維護。

然而，當我在外祖父書房看著我的徽章，並坐在我們曾一起規劃我未來生涯的書桌前時，我意識到我和法律之間的關係改變了。有些我認識的律師，他們的夢想很快便幻滅了，但滿懷希望和幹勁的我，卻認為這種事應該很久才會發生在我身上。如今法律的侷限和我對於它效能的質疑明擺在眼前，不容迴避。法律沒有幫助我母親，只困住了她，置她於險境。法律也沒有幫助我。我逐漸了解到法律無法保護人，無法調解或者修補。

許多年前，母親頭一回帶我搬去和外祖父同住時，我是如此焦慮，他便決定帶我遠離東京一段時間。於是模仿暑假期間，展開古怪的避冬行程，前往下田市的別墅，而在那裡的海邊，在伊豆半島的森林裡，我等候父母的消息，以及自己的命運。

低頭望著我付出如此多心血掙得的徽章，我在手中緩緩旋轉它，然後又把它放在書桌上，用手指輕彈，看著它像個骰子般旋轉。

海洋變幻

我走進森林時，昆蟲都很安靜。除了流經半島的溪流潺潺，連個嘶響或呱鳴都沒有。空氣中有種寂靜，就連水分都徐徐滴入灌木叢中，而溼氣悄然且看不見地滲進樹木的樹皮，讓它們變黑。

我頭上的枝椏沙沙作響，枝幹上剩下的葉片如此稀少，我可以看見直射林中的陽光，把葉脈照得透亮。我們已經到下田市兩天，但感覺卻像很多天。搭上火車前，外祖父替我買了雙新球鞋，是粉紅色的，兩側還有彩虹，現在鞋面上覆滿爛泥。每個人都開始買東西給我，但我都不喜歡。我只想要那熟悉夏日的最後一抹痕跡。我按著腦中印象搜尋我知道的一切——沒被鳥破壞的黑莓叢，依偎在羊齒植物底下，在淺坑和谷地匍匐的小白花——但都不見蹤影。什麼也沒長。地上堆積著厚實的落葉，而且要不了多久，秋天的果實也會凋零，落回土中。冬天要來了，但不是我們任何人曾經歷過的那種冬天；而是連風都會凍僵的冬天。

我的手指沿著經過的每一棵樹滑過。它們的樹幹上長滿晶瑩的苔蘚，而且我的皮膚沾上一層冰冷的黏稠漿液，把我的雙手染色。那年，我花了好多時間獨自待在那裡，趁沒人守著我時，摸熟上面的各條小徑，現在我又再次一個人。

我爬上一座岩脊，它們的泥縫因鐵質染成鏽紅色，我伸長頸子越過樹林，尋找標示著神社入口的鳥居。我停步，聆聽，等候空氣中的嗡鳴，涼鞋走在石塊上的刮擦聲。聖域與世隔絕，只有當一天結束，森林萬物都靜止時，人可以去那裡。

天空的太陽逐漸落下，我可以聞到空氣裡強烈清新的霜氣。我在那兒度過的短暫歲月裡，從未見過半島下雪。儘管聽人們說過，有場暴風雨曾讓海結凍，讓石崖披上一層白色的冰。那是一個神話，一個故事，像外祖父說給我聽的那個。只有在那天，我覺得有可能是真的。

半島上有很多神社，沿著海灣一路往下分布，海灘上鮮紅的鳥居座落在火山岩上，探入海中。它們很受歡迎，父母付錢買許願用的繪馬時，孩童們在建築物間奔跑衝撞，吃冰淇淋、聽濤。

我要找的地方較深入內陸，在森林的心臟地帶。很少人會去。偶爾人們會在新年期間過來參拜，但即便是那時，去的也經常是僧人。一條小徑上的枯枝和溼漉漉的樹葉已經被清掃乾淨，我順著它穿越森林，左拐右彎，撥開夾道而生的竹林。小徑閃著綠色的磷光而且陰暗，直到我抵達林中空地，沐浴在初晚的霞光中。橋梁總是教我驚豔。拱形的木板在我面前鋪展開。橋的末端是林蔭步道，橋下是山澗，雨水順著溝壑沖刷在花崗岩上。我幾乎可以看見遠道跋涉而來，穿著僧袍的僧人走過那座橋，邊走邊誦經。

那一年，當媽媽和外祖父陪我的時間越來越少時，我曾獨自爬上山坡探險。神社成了我的祕境，常獨自去很久的地方都如此。我需要某個祕密基地，一個我可以找到平靜和安全感的地方。但我童年的森林在那晚起了變化。夏天真的走了。我摩挲雙手，簡直凍壞了，上面滿是泥土和苔蘚，那時我想起另一個故事，關於會在初雪落下時出現的雪女，她一身白衣，懸空徘徊，因此不會留下任何足印。據說每年當新雪落下，每位母親都要看好她的小孩，倘若沒讓他們安全地待在室內，雪女便會來偷走他們。

獨自走在山坡上，我毫不擔心，無視爛泥和溼葉，朝神社奔去，但周遭的石造建築逐漸變暗，太陽下山時，陰影拋投在石板路上。我穿過涼亭，走上通往山丘的小徑，經過守候在那兒的石頭稻荷狐狸，頸間還繫著紅色方巾。

這條小徑上跨立著一連串鳥居，都是那些感謝稻荷神保佑事業成功的人還願所建。我繼續往上爬，通過每一道朱紅色的門，通過那新蓋的，門柱上贊助人的姓名清晰可見；通過我們自己的，寫著皿島漢字的漆已被冰冷的風侵蝕殆盡。我到達裡面的庭院時，已凍得發抖。這空間兩側都設有火山岩雕刻的石燈。在特殊的日子，這些燈會點亮，每根蠟燭在風中忽明忽暗。我想像在雪中那會是何種景象，本殿的屋頂下懸垂著冰錐，開始時，細緻的粉末薄薄地撒落磚瓦，然後越積越深，一寸接著一寸，直到萬事萬物都被掩埋在一層厚實的白毯子下；森林中一個空的院落，石燈裡的燭光從白日照到長夜。

在那一刻，我想起東京公寓裡來回踱步的母親，我好奇她發生了什麼事。我父親到外地出差，我納悶他回來時，會發生什麼事。我納悶我會發生什麼事。周遭的風變得強勁，凍得我的雙頰發疼，我喉嚨裡吞吐的空氣很刺激，彷彿我吞的是冰。我把套頭毛衣的袖子往下扯蓋住手，我的皮膚凍得發紅。現在院裡更暗了，沒有任何一盞石燈點亮。我不會在此處找到平靜，而且還不安全。我正要轉身離開，一個僧侶走進方形院落。他走向手水舍，三枝竹勺依序擱放在流水上，他拿起其中一把，舀了一瓢冰冷的水倒在手上、臉上、漱口。他把水吞入口中時都沒有抖縮。我靜止不動地站著，看那身影輕盈地飄過神社，他身上的白袍似乎會發光。然後他看見我，在他驚詫地叫喊聲中，我轉身飛快逃跑。

回到家時已經很晚，到處都不見花江的蹤影。「她已經上床休息了。」一個聲音響起，我嚇得跳起，在門附近睜大眼往餐廳裡張望。「這麼冷對她的關節不好，我便讓她去休息。」我外祖父獨自坐在深色木頭餐桌前。他面前擺著一碗蕎麥麵，碗中的寬扁綠麵冒出絲絲熱氣。還有一碗是給我的，和一小碟沾醬。「過來吃，壽美子，還是熱的。」我脫下鞋子，走向他，小心翼翼地在我的位子上坐下，試著不要讓藤椅因我的重量發出嘎吱聲。我望著他，等他發問。

「你為什麼沒等我？」他終於說。「我以為我們要一起進城去？」我知道他生氣了，很生氣。「當我跟你說，等我壽美子，你就必須照我說的做。」他的口氣嚴厲，卻依然輕柔，令我感到羞愧。我不在的時候，他一定嚇壞了。我把雙手藏在下頭，在進屋之前，我本打算先洗乾淨，但我一開始跑出森林就停不下來。我害怕周遭的暗黑，害怕冷，怕所有那些我無以名狀的東西。

「你有媽咪的消息嗎？」我問。

我外祖父嘆息。我想他知道，一直都知道，沒有任何消息，就連他的安撫都沒有用。

「壽美，你很快就會見到她。一切都很好。沒必要像熱鍋上的螞蟻驚慌得到處亂跑。我們都沒事不是嗎？」他站起身，取來一條溫熱的溼毛巾給我擦手，並幫我脫下連帽登山外套。當他把我的外套拿在手上時，他俯身在我頭上親了一下。我吞下所有想問他的問題。

外祖父在我身旁坐下，呷了一口他的茶。

「我要在這裡待多久？」我問。

「我明天會打給你母親。」

「我想回家，我不想在這裡和你一起！」

我以為我的最後一句話會傷到他，但外祖父只是看著我。他朝我碗中逐漸轉涼的麵歪歪頭。「吃掉，你一定凍壞了。」他轉頭吃他自己的麵，我看著他舀起一湯匙長長的蕎麥麵放入嘴裡。「這是最好的食物，」過了一會兒他說，「看見這長度了嗎？」

我點點頭，把筷子浸入沾醬。

「長壽，」我外祖父說，簌嚕簌嚕又吃了一些麵條，「所以才要吃它，」他繼續說，「好讓我繼續活很久，那是我們都必須求的。」當我咬一口，並把溫暖的麵條吸入胃裡時，我也學他，替我愛的那些人祈禱。

那晚，我窩在我的窗臺上，我看見雪花開始飄落，起初是白色的針尖，幾乎和雨絲一樣，難以分辨。我望向東邊，東京的方向，我母親在的地方。我已經準備上床了，把百葉窗關上。不出幾小時，水珠會融合成霧淞片，霜會沿著我的窗面蜿蜒，替它覆上一層冰，等我早晨醒來，大地將罩上一張厚實的白毯。我蜷入床上，把被褥拉到頭部，當呼出的氣在我嘴前結晶，我緊緊闔上雙眼。

父系家族

外祖父隔日再度向我保證。他說他會和媽媽說，我們很快就會回東京，但我不這麼認為，我覺得事有蹊蹺。

當晚我聽見電話鈴響，我悄悄下樓。外祖父在他辦公室裡，而且以為我在我房裡已熟睡，所以門未完全關上。我溜下樓，靠在牆外，坐在他從歐洲買回來的鐘底下。它的報時聲蓋掉開頭的對話，我靠向門口，深恐遺漏任何片段。

「他的條件是什麼？」外祖父問。

我等他接著說，但他卻要我母親別掛，便不再吭氣，我聽見他的腳步響，我全身僵住不敢動。我以為他會隨時走出辦公室，發現我在偷聽，結果他只是打開擴音，在他的書桌前踱步。

「理奈，還在嗎？」

「是的，歐多桑。」聽見母親的聲音，我心跳加快，她離我是如此近——近在咫尺；我想和她說話。「他搞神祕，」她說，當我外祖父氣惱地把拳頭砸在桌上時，我嚇得跳起來。「歐多桑別這樣，」我母親懇求，「他只是享受他的優勢。」

「你給他的權力，」我外祖父厲聲道。我聽見他深吸一口氣，又開始踱步。「他現在人在哪兒？」

「去名古屋，清算一個房地產的投資組合，他是這麼說的。我想他現在應該回辦公室了，但他沒有回家。」

「在六本木流連忘返？」

「他只是想讓我焦慮，吊著我，這樣才能抬高身價，讓我們提出好條件。」

「他想要什麼？」

「我想惠比壽的房子和一筆錢，」我母親說。「海太郎正在調查他的事。」我母親緊張地咳了一聲。「我們兩人都這麼認為。」

我外祖父沒說話。我可以聽見他的筆在紙上寫字的刮擦聲。「要多少？」他說。「他會想要多少？」我外祖父沉默半晌。「理奈，就算我們給他，難保他不會再回來要更多？而且壽美呢？」

「我——」我母親遲疑，「他必須白紙黑字地同意不接近壽美子。」

我外祖父笑了，咯咯咯地很刺耳，我不禁皺眉。「你覺得那樣就會讓他放手嗎？」

此刻從我母親回話的聲音中可以聽出她極其疲憊。「我們必須相信……我無法確保事情會照我們想的發展。假如他能無異議地答應離婚並且放棄監護權，就已經是我們能期望的最好結果了。」

「將來他會繼續勒索我們，」我外祖父說。「他可以在學校外頭見壽美，在週末突然跑來。他會讓我們過得很痛苦，永遠擺脫不了他。」他聲音嚴厲，但我聽得出其中隱含著很深的焦慮，甚至或許是愧疚。

「我想，」我母親說，這回是躊躇的，「我想他不會再出現；畢竟他也即將有新的生活。」

「這理由不夠有力，理奈，他現在欠了一屁股債不是嗎？」

線的那端沉默，然後我母親非常輕聲地說，「是的。」

「那他父親和我在你們結婚時給的錢呢？」

「都沒了。我相信他在泡沫經濟期間投資太多錢。」

「在同意最後金額前，我要看銀行對帳單。」我外祖父說。

「他不會樂意的，但我會向他要。」

雙方不語片刻，我聽見我外祖父又深吸一口氣，「理奈，我很抱歉，我應該先僱個私家偵探，摸清他的底的。」

「不——」

「我應該，」他說，「我不應該只考慮他的家世和我與他父親的交情。」

「歐多桑，」我母親說，聲音輕柔卻堅定，「那是我的選擇，我選擇嫁給他的。」

我外祖父默然站在他的書桌前。最後他說，「要我替你起草文件嗎？」

「謝謝，等我對條款有比較好的想法時，我再打給你。我——我會搞定，讓他講道理的。」

「那好吧，理奈醬，保持堅強！」他激勵她，這四個字通常是外祖父和母親對我說的，聽見他此時說出，我眨了眨眼。

「謝謝你。」我母親說，不知她臉上是否正露出微笑。

「這個新的男人，」我外祖父說，「你可相信他？」

這回，我可以聽出她笑了。「我信。」

「我想和他談談。」

我母親靜默片刻，她遲疑，我和她一起遲疑。「一旦庭外和解談妥，我們可以聊聊海太郎，」她說。「壽美怎麼樣？還好嗎？」

我外祖父嘆息，「她很不安，昨天還在森林裡迷路，把自己嚇壞了。」

我母親的聲音裡流露出痛楚，清晰得幾乎像人就與我們同在屋內，我感到一陣滿意。「她沒事吧？我可以和她說話嗎？」

「理奈，她已經睡了，我們還是讓她置之事外吧。」

「好，」我母親說，但我知道她並不贊同。「好，」她說，「關於庭外和解——」

「怎麼樣？」外祖父說。

「海太郎對佐藤的調查很充分，等能和他面對面談判時會很有幫助。」

「他愛你嗎？理奈？」

「他愛。」她說。

外祖父嘆息，我可以聽出他聲音裡的心力交瘁。「那我還是好好地和他碰個面比較好對吧？」

「他是個好人，」我母親說，而且這次她真的笑了，我十分確定。「和佐藤不同。」

「我想這並未透露太多。」我外祖父說，我聽見我母親大笑。

「歐多桑？」

「嗯哼，理奈醬？」

「我很高興你是我爸爸。」

「我也是，晚安。」

「替我親壽美？」

「我會。」他保證。

母親掛斷電話時，傳來喀嗒一聲。此時我外祖父往書房門口走來，我飛奔上樓，躡手躡腳地走向床鋪，爬進被子裡時，周遭一片漆黑，什麼也看不清。外頭我外祖父寂然不動地站在走廊上，聆聽。

理奈和海太郎

攤牌

那年低溫的天候橫掃東京，冷風竄進每個角落，讓宏偉的玻璃帷幕建築和摩天大樓似乎都成了冰雕。海太郎步出地鐵站，進入六本木的核心區。作為有錢外國人和生意人經常出沒的地段，他沒有太多理由來這裡，但客戶喜歡這裡，而且有野心、懷抱創業夢想的上班族也發現此處有利可圖。這也是最近這些日子能找到佐藤的地方，聽任何來人的匯報。

海太郎走進飯店大廳，搭電梯來到頂樓的高空酒吧。這地方熙熙攘攘，而且女人比較容易進入，但守門的傢伙是他的熟人，於是放他進來。佐藤不難找，他和他同事坐在中央區的桌位，一個醒目的位置，可以無所不見也容易被看見的地方。

海太郎緩步朝吧檯走去。他招來一名侍者，要他傳個口信給佐藤，「跟他說，有他的電話。」

他注視著佐藤朝陰影處張望，當視線與自己對上時，朝他點個頭表問候。接著他伸手指指大門，便往門口走去。佐藤找了個藉口離開座位，尾隨其後。海太郎感覺到他跟上來了便轉身，正好佐藤伸出一隻手抓住他臂膀。

「你該死的想幹麼？」

「我有些資料要給你。」

「我不知道該怎樣才能說得更清楚，但中村你已經被開除了，我不再需要你。」

海太郎看著擠滿人的酒吧，和佐藤剛剛拋下的那桌同事。「但我一叫你還是來了。」他說。

他們身邊高大的玻璃窗提供開闊的視野，把六本木盡收眼底，海太郎低頭瞥向佐藤緊抓著自己臂膀的手，「下樓，我不想被看見。」

「你難道不知道自己是何時被打敗的？」

海太郎伸手到夾克內袋取出一包香菸。「來嘛，」他說，「我請你抽根菸。」然後他把自己的手臂從佐藤的掌心中抽出，走入電梯。

飯店外頭，他們轉了個彎，停在兩家飯店間的一條窄巷裡。海太郎正點菸時，佐藤碎唸著伸手來取。瞇起眼，佐藤深吸一口，並對著空中吐出煙霧。

「所以，你已經替自己弄了份離婚表格，」海太郎終於說，「但你還沒填寫。」

「我不需要你中村。她正自己一步步朝我要的方向走。」

「必須阻止這一切。」

「她嚇壞了不是嗎？」佐藤微笑，十分有把握。

「你沒有任何對她不利的證據。」

「那是你想的。」

「我知道，」海太郎逼近佐藤的臉，「你什麼都沒有。」

「一如我所說，你不可能百分之百確定。」佐藤笑了，「但至少你設法把她搞上床了，終於！」他吸一口菸，還在笑，海太郎卻一個箭步向前，伸手鎖住他的喉嚨。佐藤被逼得後退，他的後腦撞在牆上，手中的菸也掉落，雙手死命撐開海太郎的前臂。他微笑。「哈，」他說，「使用暴力，我一直等著呢。你覺得這是在幹麼？攤牌？像電影裡那樣？」

「你會和解的，」海太郎緩緩說，手腕使勁往他喉嚨上壓，「你會庭外和解，並且給她壽美子的監護權。」

佐藤呼吸短促，但依然咧開嘴對著海太郎笑，「中村，我可不這麼認為。」他用力推開壓制住他的前臂，沒能成功。「我認為調解是必要的。」佐藤再推，終於，海太郎鬆開他的喉嚨。

「她會和我對決，」佐藤繼續道，「並且想想她得承受什麼樣的壓力，海太郎。質疑。書面陳述被社區裡有名望的人審視。所有那些人都會拿放大鏡研究我老婆，評斷我們的婚姻。而且她也不會否認，不是嗎？她也不能欺騙他們，然後她會因為不貞而臭名遠播，那不正是你的功用？」

「理奈很安全，和她一起時我非常小心不被拍到。」

「是沒錯，但總有漏網之魚吧，所以這就是你要為我做的——」

「不，佐藤，這是你要為我做的。」海太郎再度欺身向前，當他逼近佐藤的臉時，他可以看見後者眼中的動搖，閃過一絲恐懼。「你會庭外和解，」海太郎繼續說。「你會得到惠比壽的公寓。你會同意接受皿島耀西的一筆錢，你會把壽美子的監護權讓給理奈。」

「我為何要讓我的女兒和那女人一起住？還有你？」

「如果你不接受，我就把你在名古屋的情婦照片寄給你家人。我會公布你債務的細節。我會和你父親當面約談，告訴他你要我做的事，然後我會把我收集到的所有你的證據呈交法庭。理奈或許不會對你提告，但我會。除非你表現得像個人樣，不然你永遠別想在東京立足。」

佐藤靜默好半晌，然後他從自己口袋裡掏出一根菸。

「我會保有她，」佐藤嘟囔，點燃菸，並把火柴棒丟入水溝中。「我們倆都有錯。假如我不考慮離婚，予以恰當的誘導，她會留在我身邊。」

「那你一毛錢也拿不到。」海太郎反駁。

「壽美子呢？」佐藤問。

「你或許可以來看她。」

「我豈不任憑宰割。」

「她比你仁慈。」

「小子，你在熱戀中才會那麼想，」佐藤大笑。

海太郎的雙眼並未離開佐藤的臉龐。他看著這個他如此鄙視的男人在心中盤算他和理奈的人生。

「他們永遠不會接受你的，」佐藤說，但他的決心動搖了。「你和我，我倆比你以為的還要相像，而且你無法讓她快樂。」他靠回巷子的牆上，摸索著口袋裡的菸。「她並不真的需要誰，」他悄聲說，「而且當她意識到這點，你就沒戲唱了。」

頭一回，海太郎開始覺察到佐藤口中吐出的酒氣，而且有片刻，他懷疑對方是否比他想的還要醉。

「她不會真的愛你，」佐藤悄聲說，「當你們走入尋常生活，開始柴米油鹽醬醋茶，你就再也無法滿足她。」若不是心中浮現的感覺，海太郎本欲大笑，他從未料到自己會對佐藤產生那樣的感覺，憐憫。瞬間，那憐憫混入恐懼，他無法想像理奈不愛他的生活，但隨即又覺得自己多慮。海太郎感覺自己的雙肩放鬆，原本的緊繃消失了，他再次看向佐藤，「你和理奈之間如何那是你的事。」他說，佐藤抬眼看他。

「夢幻派中村哦？」

海太郎只是聳聳肩。

「你告訴她——」佐藤說，「你告訴她在和解時若惹毛我——」

「理奈不能知道我和你談過。」

「什麼！」佐藤笑了，快活地繼續說。「你要我掩護你？」

「我要你們的協商不能牽扯到我。記住我手上握有的東西，佐藤。我要理奈永遠都不知道我們是如何認識的。你閉嘴我就閉嘴。」

「你怎麼知道他們會把公寓給我？」

「理奈已經告訴她父親我們的事，而且你想離婚。耀西會保護她，他會同意和解。」

「你全都安排好了。」

「我想要結束這一切。」

「你會告訴她嗎？最後……？」

海太郎不語。他看著佐藤，後者開始輕笑，海太郎把他推按在牆上，他還是笑，即便在他盛怒的要脅下，他也不曾停止。

「別忘了我可以毀掉你，佐藤，」海太郎低聲從牙縫中擠出此話，他的手緊緊扣住佐藤的喉嚨。「永遠別忘記。」

海太郎感到佐藤試圖吞嚥，但他繼續在他的氣管上施壓；他感到對方猛推他的胸口，但他文風不動，最後佐藤微笑，對著海太郎的臉耳語，「你以為你比我好很多嗎？」

海認真地凝視對方，看見那布滿血絲的雙眼，雙頰快要漲破的微血管，以及最後他的表情，他的笑。

「沒錯。」他說，鬆開佐藤的喉嚨。然後走出巷子，遠離六本木閃爍的燈光，沒入黑夜裡。

勝利在望

海太郎在他的公寓裡等候理奈。右手抓著枝筆，百無聊賴地敲著木頭書桌的桌面，儘管理奈進來時，他本人對此動作幾乎毫無所覺，眼前所見讓他完全怔住，不是因為窗景，是理奈。

她很開心。他從她斜傾的下巴，她關上他家門時頭的轉動，和走向他的姿態可以看出。她的頭髮，現在已經長長了，在鎖骨附近擺動，輕拂上衣的絲質肩帶。她很美。即便此刻，忙了漫長的一天，她還是美麗而精緻。他無法想像她會有其他樣貌之時。

她走到他身邊，坐在書桌邊緣，挪開面前一杯半滿的茶；茶水弄得桌面滿是水漬，而且桌上扔滿文件。他知道自己很髒亂，但她似乎並不介意。

「準備好要走了嗎？」

「我可以永遠看著你。」

「你何不在吃晚餐時看我？」

海太郎微笑，拋下手中一直把玩著的筆，它滾到遠處，露出筆桿上印著的字——本間房地產投資——佐藤的公司；佐藤的老婆，但要不了多久就不是了。他知道，幾個月前，如果理奈看見這筆，可能會退縮，質疑他，質疑他們，和他們在做什麼。但那晚她只是微笑，伸手去拉他的手。佐藤已經從她的生活中淡出，她毫不在意。

「壽美還好嗎？」

「巴不得回東京。耀西說她每天都吵著要找我，但我想她只是想念她的朋友。」當他把理奈摟向懷中時，她微笑。

「我可以擁有你多久？」

「只有今晚。他們明天就回目黑了，我會去那裡和他們一起住。」

「這麼快？」

「我需要去找壽美，我想她。」

海太郎把她的手提包遞給她，手握著提把不放直到理奈抬眼看他。

「又沒多久，」她勸道，「而且我會到北海道與你會合。」

「總有一天，我會永遠擁有你，再也不會有任何阻礙。」

「沒錯，」她嘆息，「但現在我餓了！」

海太郎笑了，放開皮包。單手環在她腰上，護著她走出公寓。他們就快美夢成真了，幾乎勝利在望。

當日稍晚，理奈坐在海的書桌前，面前有張相片，兩人的合照，她用藥水顯影的黑白照。理奈雙手拿起相片，用食指和姆指框住上下邊角。她瞥向躺在床上已熟睡的海太郎。不曾有過的放鬆，真正的安眠，五官的線條平整鬆弛。

她愛他的坦誠，對她如此毫無防備，甚至願意和一個會在他睡覺時，拿起相機拍他的女人過生活。這得有多大的勇氣，真正的信任。她了解背後所需要的英勇，尤其是在相機前。

理奈單手支著臉頰。她喜歡夜裡這些靜謐時刻，這是兩人最近才獲得的恩賜，共度一晚的機會。過去數月，每當他們分開，理奈就會想像自己置身這間公寓，想像這小工作室是她的家，她的相片懸夾在這個家的牆上，而且這世界裡只有這個男人、這張書桌，和這張床。而現在這幻想已漫漶入現實，而且還將含括她整個生命——她的女兒。一旦他們找到一個更大的地方，很快，他們就會，他們可以成為一家人。然後壽美會永遠和她在一起，誰也不須再和誰分離。

她再度看著面前的相片。這是一次實驗，她籌劃的新系列的一部分，探討親密關係，公眾和私生活間的層次。照片是在這間公寓裡拍的。相機就架在她此刻所坐的書桌前。她把鏡頭對準床，再設定計時器，在十分鐘左右按下快門。她坐在海太郎旁，後者臉朝向另一側，蜷裹在被單裡。她看著他轉向自己並翻個滾，彎起手臂環上她的腰，就在聽見快門喀嚓響時，理奈抬眼，定格住兩人：她自己直視著鏡頭，雙眼又大又黑，鼻上的雀斑格外鮮明，星羅雲布到雙頰上；海太郎是模糊的，舒適地睡著，屈臂勾著她的腰。

理奈很喜歡自己在這張相片中所捕捉到的特質，那種毫無防備。而且其中所隱含的某種掠奪性也很令她興奮——她盯著正捕捉他的鏡頭的眼神，他因熟睡而無所覺察。就連他的這種占有狀態，一手緊握著她的手，另一隻手環住她的腰，她也好愛，因為他倆同心、情投意合，兩人臉上都透出一絲笑意。

她總是受黑白攝影吸引：它能揭示一切。在黑白影像中，當一個人回眸凝視你時，你能看見更多的訊息，在沒有其他干擾的情況下，本性躍然紙上。她看著相片中，海太郎像翻捲上岸的浪花般朝她滾來。

窗外，曙光已劃破城市。遠方的單軌電車轟隆隆駛過，陽光投映在深色玻璃的角落。理奈微笑，因為想到裡頭的所有眼睛和臉孔都無法再令她害怕。任何人都可以望進她的世界，她不介意。從書桌前起身，她繞著房間找尋她的手提包，她打開她的筆電，看看是否需要在去目黑與他們碰面前，替壽美挑樣東西。她放回筆電，剝去身上的T恤，胡亂揉成一球，塞入袋子裡。她背光佇立片刻，太陽勾勒出她雙肩的線條，她的雙乳小而高挺，渾圓的臀部穿著白蕾絲內褲，光腳踩在木質地板上。理奈伸手將面前的窗簾拉上，鮮豔的彩色絲綢拼縫的方塊，像床掛著的百衲被。她在市場替海太郎買的。它們很漂亮，她幾經思量決定的，和她替惠比壽挑的裝飾風格完全不同。這裡絲毫不見米色系沙發或漆器櫥櫃，只有她的彩色拼布窗簾和塞滿底片和相片的蒲草編織籃。等他們從北海道回來時，會找個新地方，所有這些東西都會跟著一起搬去。

理奈聽見身後響起快門聲。她雙臂交疊高舉到頭上。快門再度喀嚓響，她轉頭看向他，臉龐部分掩在臂膀中。他坐直身，陽光斜射在他臉上，清晨的光線照亮他的鬍渣。他再次舉起相機對準她，理奈挑眉，並且微笑。

最初的愛

海太郎彎腰穿過門楣，在其中一個包廂裡坐下。從此處他可以看見海。大片的海洋波光粼粼地截斷海灣。天上翻捲的雲朵又厚又暗，儘管才剛進入下午，就顯得暮色蒼茫。

他想早些到達，想做點準備，以免見到她時，露出驚詫之色。他還記得這地方，記得它可以對一個女人產生什麼樣的影響，但當時，惠美喜歡這兒，想留下來。他點了些茶和淡菜天婦羅。他思索著自己在寄給她的信中所說，對於回家的說詞有多不充分，解釋有多簡短。然而他已經飽於世故，可以淡漠地處理情感關係。正是這個小鎮教會他這些，而且積習難改。

他想惠美一定會嘲笑他的信，但片刻後他又制止自己。過去的惠美或許會笑他，那個女孩熱愛北海道的貧瘠荒涼，一心想成為漁夫妻子。很難相信他即將碰面的女人還會和他的惠美有絲毫相像。她可能會看不懂他寫的信，甚至氣惱。她可能認為與她的生活毫不相干。然而他還是想提醒她，以免他帶理奈回來時，她沒有心理準備。記憶中，惠美始終是位朋友，所以任何可能令她受傷的狀況，他都不想發生。

當雨傘啪一聲在他窗前收起時，海太郎驚愕地抬起眼，他迅速瞥向窗外，看見她佇立雨中，正往內望著他，坐在兩人過去約會的小咖啡館裡。她容貌未變，眼周有些皺紋，頰上豐腴了些，讓顴骨的線條不那麼銳利，但依舊是她，而且覓尋他雙眼的眼神溫柔。

她朝他勾勾手指，示意他出來，這樣兩人便可像過往那般，沿著海灘散步，踩在她身後綿延、此刻卻滿是雨水坑的沙地上。他舉起天婦羅盤子，喉頭的緊縮感消失；兩人間總愛這般較勁一番。

她輕輕聳肩，當她走入店裡時，他放心地吞了口口水。她把雨傘擱在傘架上，朝他走來。坐下時，她取下圍巾並摺疊成整齊的方塊，放入連帽套頭外套的口袋，是典型的主婦動作，但不知為何，很適合。

「中村先生。」她說。

「本島太太，」他說，「需要點些什麼嗎？」

「他們知道我喜歡什麼，」她說，「他們會送過來。」

當她看著他時，人很放鬆，但他清楚，她無法真那麼毫不在意。

「你要結婚了嗎？」她問。

「你結婚了。」他說。

「是啊，」惠美捲起她開襟羊毛衫的袖子，給他時間整理情緒。半天無法回神可不是他的作風，儘管如此，他還是忍不住地盯著她，他的視線順著她的臉龐遊走，從她可愛的翹鼻子，到她稀疏的眉毛。他注意到她的黑髮間雜著幾綹細細的白髮。她的唇膏似乎太豔，與她膚色不襯。他認識她時，她什麼也不搽。

「沒必要感到抱歉，海太郎。」過了一會兒她說。

「辻好嗎？」

「我和他在一起很快樂，非常幸福。我選擇他是對的。」

「我從不懷疑！」海太郎笑了，但見她僵住時，連忙止住。

片霎間，他又看見他們最後一次碰面時的她。她站在她愛的大片沙灘上，他告訴她，他要走了，他天生就不適合北海道，無法在這裡和她過一輩子。他料想她會對他怒吼，往他臉上砸什麼東西，但只記得她僵在原地，毫無動靜。他等她轉過身來面向他好安慰她。他想抱住她，這女孩一直是他唯一的朋友，但她揮揮手向他道別。

她靜止不動地站了好久，雙臂環抱胸前，望著海。她離開時他出聲喊她，但她只是繼續往前走。她走到水邊，然後繼續走，走向浪花，直到海水濡溼她的裙子。那是他對她的最後印象，站在薄暮中，身邊全是灰色的海水。

「謝謝你來見我，惠美。」

「你為何回家？」她終於說出。她雙唇緊抿，唇膏在唇上揉擦。

「我想念你。」

「我很高興。」兩人都笑了；她對他一直都這麼坦誠，他欣賞這點。

「見過你母親了嗎？」過了一會兒她問。

「今天早上見過了。」

「她一直都很堅強。」

「我清楚她的韌性，」海太郎突然厲聲說，隨即低頭道歉。「但現在她很孤單。」

下。

惠美不語。他猜她可能還是不贊同他，猜他認為他不該把他母親拋在這兒，把她們二人拋下。

「你看起來很好，」惠美說，「都市適合你。」

服務生拿著盤礫石粽的甜點、茶和一條溼紙巾過來。他對惠美微笑，並和她閒聊幾句當日的漁獲，並問辻晚點會過來嗎？海太郎想正常情況下，她會介紹他，但美惠似乎意識到他不會待太久，而且不想留下太多印象。

「我不會喜歡東京，」等服務生離開後，她說。「我在那些節目上見過，你知道的，許多有錢人住在他們的小公寓裡。」

海太郎微笑。「除了三大房和一條長廊型廚房的臨海屋子外，這世上還有其他的美好。」

她聳肩，咬一口點心。

「她是什麼樣的人，你的都會女郎？」她問。

「她很體貼，」海太郎說，「堅強。是名攝影師，她有個女兒。」

「她美嗎？」

「美。」

惠美點頭，玩著自己的頭髮，用手指在一綹綹髮絲間爬梳。

「她什麼時候會到？」

「明天。」

「你會待多久？」

「我只想帶她看一些東西。」

「你們要和我跟辻吃晚餐嗎？」

「不，謝謝你，我——」

「我很樂意。」她平靜地微笑道。

「你會喜歡她的，惠美，你真的會。」

「我相信。」

「或許我們可以一起喝個茶？」海太郎提議。

「我總會見著她的，我們家鄉是個小地方。」然後她對他露出燦笑，清楚他對此點的感覺。

「我很替你與辻開心，」他說，「你們現在住哪兒？」

「我們在碼頭邊有間小屋，我很喜歡。」她坦承，並對他微笑，這回很輕鬆自在。

「該不會是你曾指給我看的那間？」

「就是，」她大笑，「辻在周圍建了檐廊。」提起她的丈夫，她再次微笑，她的唇膏全不見了。「夏天傍晚，我們會在那裡喝茶。」

「聽起來很恬靜。」

「是這樣，對我來說，的確是。」她說。

「那，我就叫服務生拿帳單囉？」

「不，不用，他們會記在我的帳上。」

「但惠美——」

「我堅持。你是我的客人。」

他們拿起各自的外套，走出店家。

「我早該問的，你們有小孩嗎？」沿著海灘路往前走時，海太郎開心地笑著問她，並扣上外套的釦子。

「沒有，」惠美停住腳步，「我們不能生。」

海太郎也停住，尷尬地沉默起來。「我很抱歉，」最後他說，試著找回剛剛兩人間的那種自在氣氛，「但你很幸福對吧，惠？」

「我是，」她說。她隔著窗戶望向他時，眼底的那種溫柔再度浮現，但此刻多了懊悔。她捏捏他的手，「我希望你也能幸福，海。」

「你知道的，我想我會。」他說，並且對她微笑。

「很好！」她聲音清亮地答，一如他倆還是小孩時。「再約。」她說，然後跨步離去，順著濱海道路繞過海灣，她手中的綠傘彷彿在降福般地搖晃。沒有任何方式，他想，足以表達對她的感謝。

最後的愛

從空中下望，逐漸逼近的札幌非她所想的那樣。當飛機開始降落，在北海道上空低飛時，理奈渴望看見的是一塊有黑色小熊、遼闊冰原和冬季啤酒廠的土地。但這島上的首都根本只是另一個城市，無序地擴張，灰撲撲且擁擠地呈錐狀朝北和西南的近郊邊緣匍匐。無論如何，不像成田，廣袤的東京在那裡綿延至整個地平線，札幌則逐漸消失，被平原和在霧中剛毛挺立的蒼翠松林所取代。

行李提領處，她盯著大廳內的人尋找他。在等候時，她將脖子上的彩虹羊毛圍巾扯緊，塞入大衣裡，嗅聞著她女兒的香氣。要來機場前，壽美一直站在目黑家的門邊。耀西點頭道別，並未朝她伸出手，然而壽美卻一直把她往下扯，要求摟抱，並把她的圍巾給她，「會讓你很暖和，」當理奈在她跟前跪下時，她輕聲說。然後她把一隻愛心熊塞入理奈手中，「他想要去旅行。」她說，理奈大笑，緊緊抱住她女兒。「我去去幾天就回來，好嗎？這很重要。」壽美點頭，耀西走到她身旁牽起她的手，「你會誤了班機的。」他說。

此刻她伴著行李袋，獨自站著等候時，家人似乎更是遠在千里，分分秒秒也顯得格外漫長。然後，終於，她看見他了。他朝她走來，肩上揹著劍橋包。真是奇怪，她想，這回竟然沒有意識到他，眼角餘光也未瞥見，但他正徑直朝她走來——現在可是光明正大——而且當兩人在大廳中央相遇，他眼中的光芒亮得驚人。「理奈。」他說，凝望著她微笑，然後雙唇落在她唇上，慢慢地，細細品嚐他們此刻可以在公開場合親吻的事實。理奈舉起雙手，拂過他的髮，在他的觸感、在緊貼他身體所傳來的溫暖中，她微笑了。

他們沿著海岸公路往北開，汽車送出的陣陣暖氣把海風的冰凍驅散。他們開了大約兩小時。經過留萌川和港口，最後在某海灣的一小撮房舍中間停下。理奈解開身上的安全帶，轉頭看向四周。他們身後有間本地的商店，沿路再往前走些，有家咖啡屋。最後，她轉向海太郎，看見他正望著右邊的一間小平房。一縷灰色的煙從它唯一的煙囪冉冉飄出。

「她在。」他說，轉動插在點火開關的鑰匙，等待引擎的聲音消褪。

理奈把她的手擱在他手臂上半晌。「海，你能相信嗎？我們竟然來了，你覺得我們成功了嗎？」

「我希望，」他平靜地微笑道。「有陣子你可是把我嚇壞了。」

「很好！」理奈說，拿起她的提包，開門下車。走到他身畔時，她咧開嘴傻笑著。

「我很緊張。」她說，瞥向那屋子——百葉窗緊緊拉上，無法看見裡面的樣子。

「不需要，」海太郎把她的手塞進他的臂彎，並將她拉近身畔，「我和你在一起。」

他母親開門讓兩人進入時並未說話。她彎腰向理奈深深一鞠躬，並接過她的外套，把客人穿的拖鞋遞給她。理奈也向她鞠躬，悄悄端詳屋內。很小，如他所說，而且很暗，因為緊閉的百葉窗。中村太太走到窗邊，拉扯繩子，讓光線透入。下午的寒冬光線照亮她的頭髮，幾絡髮絲從髮髻中垂落，也照亮她罩住長褲的家居袍。理奈想，他們按鈴時，她在睡覺，並跟著她走進海太郎房間，途經廚房，那裡有扇可以望見大海的窗，如今不見任何盆罐和植物。

稍晚，理奈站在那扇窗前，面前有盆冷水，她正淘洗米，手在水中攪動米粒，直到水因澱粉變得混濁。中村太太站在她身旁，兩人在忙活時，她鮮少說話，雖然偶爾會用眼角瞥向理奈，監督她的進展。理奈微笑，她希望她的廚藝能贏得認可；能在海太郎家中，與他母親並肩站著，替他們家煮飯，感覺真好。

顯然當晚他們會有豐盛的菜餚可享用，因為廚房檯子上放著許多秋季農產品，光是看都覺得美麗。理奈這麼說，指著肥美的松茸、南瓜和一片非常新鮮的野生鮭魚，顏色是那般深紅。她衷心的讚美贏得輕輕頷首，並遞給她一顆嬌嫩的青翠臭橙，於是她可以邊刨柑橘的皮，邊嗅聞那皮屑。她聽說有道菜是燒烤松茸，佐以酸橙調味，還有鮭魚火鍋、南瓜佃煮、糯米飯。理奈笑得如此開心，她的興奮讓海太郎母親的心更融化了些。於是理奈手上又多了把刀，請她幫忙切南瓜。

當晚他們一起在位於中央的房間裡共進晚餐，旁邊有暖氣，餐桌是張矮桌，每個人的腿上都蓋著條毯子。漸漸地，中村太太——阿忍，她請理奈如此喚她——願意多聊些自己的事。她望著她兒子的微笑讓理奈心花怒放。海太郎也很放鬆，挺起的雙肩逐漸垂落，現在他們一起聚在他家中。開始時，理奈話很少，但沒多久她也加入談話，聊起壽美子和東京。最後海太郎告訴母親他們打算共度人生，在這點上，他是代表兩人發言。阿忍泰半仍是沉默寡言，但快用完餐時，聽起海太郎這麼說，她伸手握住他的手。

趁著他們在喝茶，理奈進房去皮箱裡拿送給她的禮物。再次和他們一起席地而坐，腿上裹著毯子，她舉起盒子，恭敬地交給對方。「這不是新的，」她說，「是我從家裡拿來的。」理奈焦急又興奮地看著包裝紙被拆開擱到一旁，露出裡面的骨董味噌碗。「那是我母親的。」看見阿忍露出微笑時，理奈說。

非常悠緩地，老婦人掀開膝上的毯子，並且站起。「我也有東西要給你。」她說，「嗯，是給你們兩個。」她走進自己的臥室，回來時拿著把鑰匙，鑰匙圈上還有個小塑膠標籤。「這是海太郎舅舅的，」她說，再次加入他們，「他過世時，把這交給我。這是他作為暗房的小木屋鑰匙，」她淺淺地笑道。「海還住在這裡時，那地方對他意義重大。或許他會帶你去瞧瞧。」海太郎伸手接過鑰匙，握在掌心裡。然後他轉向他母親，緊抓住她的雙手，在她的手指上印下深深一吻。

「你父親何時過世的？」隔日，兩人沿著濱海道路散步時，理奈問。

「兩年前。」

「那她狀況如何？」理奈躊躇，「失去他？」

「她跟我說他走時很安詳。」海太郎腳步很急，拉著她沿海灣往咖啡店走，此時那邊的碼頭上，漁夫已開始整理當日漁貨。「我無法想像竟是他先走。」他嘀咕著，「我總以為——」

「我能想像，」理奈說。「那是真的嗎？」她問。「很安詳地離去？」

「她那麼說是為了安慰我。」他答。

理奈在小徑上停下腳步，她想再多問些，但他們已經抵達海邊，而且海太郎開始對著船邊的年輕男人高聲叫喊。一些較年老的也轉過頭來，當海太郎趨近時，他們朝他點點頭，開始就漁獲議價。

「你在幹麼？」他調頭向她走來時，她問，他的雙手提滿裝著魚的溼淋淋塑膠袋。

「替你煮午餐，」他說。「快來。」他們在當地商店買了些柚子、引火柴和其他零碎物品。理奈留在過道上，觀察整間店舖，成排熟悉的食材，擺在一側的大冰箱裡甚至有便利商店的便當。不時會瞥見有人盯著她看，但她只是回以微笑，便別過頭去。最後她走到店外去等候，凝視著面前的道路，掠過漁夫和他們的船隻，望向一路朝海延伸的平坦遼闊海岸。在那刻，飽滿鼓漲的浪朵像落地的雲，在沙灘上追逐彼此——湧自深海的浪花把浮游生物和沙沖上岸。

「我們要去那邊。」海太郎指著溼地和拍岸的濤瀾。

「會被凍死！」

「我保證很值得。」當他們在街上走時，理奈對他皺眉，感覺有人在步道上撒了鹽粒。部分路徑必定很滑，冰凍的海風直撲在她臉上。「我想要完整地回到壽美子身邊！」她尖叫。

「你會的，」海太郎說，微笑地牽起他的手，「快點，狂野的北海道女孩。」

當他們離開道路並開始穿過沙灘時，理奈做了個鬼臉。

「前頭不遠處有個小海灣。」

結果他沒說錯，岩石幫他們擋住冷風，而且眾岩石間，還有個通往洞穴的入口，風完全吹不進去。洞裡靠牆擺著個舊的烤肉架，用防水布包起。

「這是公用的。」海太郎走到洞穴口她身旁時說。

理奈看著海太郎把烤肉架拿出來，並清理老舊的爐膛，挖出灰燼。他用防水布遮擋，緩緩生起火苗，並把他從店裡買來的刨花和細樹枝排列好。最後，他把烤架放在火焰旁，並從他的後背包裡掏出一塊砧板和一把刀，並把一袋袋的農產品、明蝦，和一條有斑點、理奈叫不出名的橄欖綠皮魚依序擺好。

「我一會兒就回來，」海太郎說，拿起刀子和海產朝海邊走去。理奈望著他，有些擔心他們午餐的命運，但很快她便露出微笑，崇拜他劃開魚肚的技術，彷彿只是切開一道隱形的縫，而且靈巧地把深紅和栗色的內臟清理乾淨，用水把血沖洗掉。他身後，冬季下午的太陽開始西落，捕烏賊的漁夫點亮船上的燈，海平線上漁火點點。

海太郎返回時，火穩定地燃燒著，一陣微風猛撲在火焰上，火苗彎折了一毫秒，隨即又竄高挺直。當火光開始轉暗，碎木塊破裂，變成爐膛底燜燒的餘燼。他在議價時還買了些東西，包括遙遠北方當令的甜蝦。她曾經在圖片中看過，但她眼前的這些極為巨大，至少有張開的手掌大，透紅的淡橘色，而且如此豐腴多汁，她已經可以想像燒烤時，它們所散發出的濃郁風味。海太郎用刀剝一顆柚子皮，並把一些明蝦串在烤肉叉上，再將表面呈顆粒狀的黃色果皮條搭在上頭時，理奈的肚子不禁咕咕叫。半透明的厚魚肉塊他也如法炮製。理奈眼也不眨地看著他處理。她對這條魚感到好奇，納悶到底是什麼魚，他告訴她，是一種野生的大比目魚。在東京時，她曾吃過一次，但當他把烤肉叉遞給她時，她還是十分驚異。味道完全不一樣，放入嘴裡時，肉質是如此濃醇扎實，滲出的肉汁夾雜著微焦的柚皮油，甜美和苦感在她的舌尖交織。理奈欣喜地吸著沿手指流下的汁液，接著咬入一口明蝦，品嚐濃郁的鮮味。他的這些技術真是令人驚歎，並且還如此簡單，天然。

因為爐火的熱力，他脫下外套，僅穿粗織毛衣，圍著圍巾，兩者的款式她都沒見過，想必是從家裡他房間中拿出來的。她無法想像他在東京如此裝扮，但在這裡，卻和他很搭，在這個粗糙原始的地方。他的袋子裡還有螃蟹，依然活著，他把自己的外套覆在螃蟹上頭。「等回家後我再煮。」他說，雖然她沒問。她自顧自地微笑著，這一面的他令理奈深深著迷，這個會煮螃蟹，可能也會煮龍蝦，還知道整年潮汐變化，以及春天該在哪裡下牡蠣網的男人。他在這裡似乎很自在，而且當理奈狼吞虎嚥地吃魚時，他更顯如此，因為那魚是如此美味、新鮮，才離水幾小時。最後，他們依偎在一起，緊貼彼此坐著，並不十分溫暖，卻幸福飽足。

「你一定要做這個給壽美吃。」過了一會兒她說。

他低頭看向蜷在他懷中的她。

「在東京？」

「在下田，我們家旁的海灘。或者我們可以帶她來這兒？她會喜歡的，」理奈思忖著，

「她根本就是個小野人。」

「就像她母親。」海太郎說，俯身吻她。

「像她父親，」理奈答，「他會教她怎麼捕魚。」

他臉上流露的強烈情感讓理奈笑了，與自己正是兩心相映。「假如你願意要我們。」當他把她按壓在洞穴的石頭地上，不斷吻她時，她說。他們身後，在沙灘遙遠的另一頭，已經退潮了，露出一大片綿延的卵石，一隻鷸孤單地四出流連，尋找食物。

第四部

寧為壞人，不做騙子。
——托爾斯泰

壽美子

下田市

生命中有些事物經常要等到失去後，你才意識到它們的重要性。對我來說，我們在下田的家就具備類似的意義；它是我最不希望失去的東西。那麼多年以來，它始終是我們家族的核心，一個充滿愛與幸福的地點。我想起所有曾在那裡住過的人，以及它對他們的意義。長大後，我好奇那些記錄在牆上的故事；只有如今長眠地底的人能聽見的回聲。

我記憶最鮮明的不是某張照片或某個人，而是一個聲音。客廳裡準時敲響的鐘聲。當外祖父獨自前往鷹巢時，我會從東京打電話給他。每一次我都會非常仔細地聽。我會聽見外祖父輕柔的音色。假如有開窗戶，還會傳來微弱的啁啾鳥鳴，以及這一切的背後，鳴響的鐘，緩慢飄出的音符。我聽說這和「大笨鐘」——全世界最大的鐘的聲音一樣，但對我來說，它就是下田。隔著東京的塵埃和霧霾，當我聽見電話中傳來的鐘鳴時，我可以看見我們屋裡光潔閃亮的柚木地板；感覺到晒入客廳的溫暖陽光。我甚至可以想像出就在自家花園邊緣外不遠的海洋，波濤上那閃耀的光線；我一輩子依傍而居的海。鐘聲會將外祖父正在說的話淹沒，但在那數秒之間，話本身已不再重要，因為彷彿我就站在他旁邊，置身我們家的中央，聆聽。

我記得的還有其他事，在夏日早晨，當我睡晚時，我下樓去，卻發現大家都到花園裡去了，我會光腳站在廚房粉色的亞麻防水地氈上，雙手捧著一杯熱美祿，眺望往下綿延到懸崖邊的草坡。我看著太陽在大海上高高昇起，照亮南方手臂——往海中傾瀉的手指狀熔岩，小小的白色燈塔就矗立在頂端。

有些日子，水是炭灰色的，而且波瀾迭起，預示著暴風雨將至。但有時候當我在豔陽中，沿著檐廊旁長滿我外祖母種的九重葛小徑行走，海平線上的白雲會變暗，成為霧往內陸飄移，捎來鹹味的海風。

外祖父教過我如何照顧九重葛，年復一年，無論風如何強勁，空氣如何冷冽，虯結的枝幹依舊健在，豔紫色的杯狀苞片裡有白色星點般的花。最後那年夏天，當我跨出小徑，走在草坪上，我永遠也想不到，有朝一日，我的家，我們的土地，那片海景將不再屬於我。

我還是去下田，我搭火車，從車站一路走上山，穿過森林。在那裡，我可以感覺到我母親；我可以感覺到她就在樹林彎道那頭和我一起。然而，當我冒險順著山坡往下走到林線稀落的岸邊時，我又被帶回現實。我俯瞰下面的我們的房子，感覺自己像個賊。

現在有新的人家住在裡頭。我擅自侵入他人和我自己的回憶。為了讓我們在冬季時也有草莓可吃，我外祖父蓋了間溫室。現在溫室已經消失，變成一個可充氣的塑膠水池。花園和花床都被草坪取代，較易維護。原先替南向部分屋子遮蔭的木頭檐廊已被拆掉，砌上水泥和磁磚。九重葛也消失了。當我往上看向我臥室的窗戶，我期待看見我的老虎，小虎，正等著我，然而卻什麼玩具也沒有。住在那裡的人們對我的家庭一無所知，房子不是他們蓋的，他們也不知道這裡發生過什麼事。我的曾經不再是我的，往事已成雲煙。

為孩子好

你的家人曾經留下些什麼？回憶，紀念品，或許甚至是一些家庭錄影帶，又或者，你運氣好，珍愛的人上電視的剪輯？我有的僅是我的柯達克羅姆正片膠卷，和這些影帶：大量的底片，光澤又危險，就像石油；一個被控殺害我母親的男人的錄影。我重複看過每捲帶子。最讓我揮之不去的是最後這捲，以及終歸要如此的感覺。

當我頭一次觀看這帶子時，細究這早已如此熟悉的審訊室，對於即將發生的事，表面完全不見任何異狀。沒有窗戶的牆什麼也沒告訴我。我甚至看不出那天的氣候——風清氣爽，樹葉沙沙作響，或者灰暗陰沉的天空，溼氣惱人。我只知道當海太郎走進審訊室的小房間，並在鏡頭前坐下時，他的神態舉止從不曾改變，在二十三天拘留期每一天的訊問中，始終相同。

海太郎拒絕簽署由警探為他準備的第一份認罪陳述，從此便不再見到他們的身影，但今天，當黑澤檢察官走進房間時，他帶了一個皮革資料夾，和一份報紙一起夾在腋下。海太郎抬眼，並且點頭，彷彿在向一個在其他情況下，可能會相當喜歡的對手致意。當他看見檔案夾與裡頭的認罪陳述時，嘴唇撇了一下，但在那天結束前，他對它會有不同的想法，而且他會在一種新的脅迫下，同意簽署。

黑澤從褲後袋裡掏出一包香菸，他輕拍出一根，然後是另一根，並把頭一根遞給海太郎，後者挑眉，彷彿在詢問價格。然而黑澤還是把香菸放在他面前，並且點燃另一根，緩緩吸了好長一口。

「媒體都出籠了，」片刻後他說，「尤其是外國的。」

海太郎低頭瞥向香菸，手指輕彈，讓香菸滾回黑澤處。

「皿島先生聲請了孩子的監護權，」檢察官說，坐下。他的姿態和海太郎一樣，放鬆且友善。「記者去家門口堵他，幸虧孩子當時跟管家去了外地，」黑澤說，「但現在弄得她連學校都去不成。」

「他們會去下田嗎？」海太郎問。

黑澤不語，「不會，」最後他開口，「房子賣了。」

「這樣啊，」海太郎輕聲說。

「你和皿島先生親近嗎？」

海太郎思考片刻，然後搖頭，「只有一個人和耀西親。」

「他女兒？」

「對。」

「他認可你們的關係嗎？」

「最後。」

「你並不喜歡他？」黑澤追問。見海太郎沒回答，他改變策略，「那孩子呢？你認識她吧，你喜歡她？」

「她好嗎？」海太郎問。

「她失去了她的雙親，現在她連自己家裡都不能住。」

海太郎吞口口水。他前傾，手掌平放在桌上，低頭看著自己的雙手，他的指甲很長，長過頭，但很乾淨。

「審判如果能繼續進行，媒體就不會再緊咬不放。」

「真的嗎？」海太郎問。他依舊垂眼，儘管聲音裡透出一絲輕浮，我無法判斷那是譏嘲或淡漠，是真是偽裝。

「一旦我提出起訴書，很快就會開庭，到時注意力就會從家人身上轉移。」

「你有你的證據。」

「沒錯。」黑澤靠回椅背。

「他們會不再受打擾嗎？」

黑澤聳肩。「我沒辦法控制媒體，但至少可以轉移他們的注意力。」

「那壽美子呢？」

「交給她外祖父撫養。」

海太郎往前探身，「他有告訴你他打算怎麼做嗎？」

黑澤沉默半晌，彷彿在斟酌海太郎值多少訊息。最後他說：「他已經找好一間新學校，而且會幫她改姓。」

「改為皿島？」

「對。」

「他把這個交給我。」黑澤伸手拿他的資料夾，並從中抽出一張相片，遞給海太郎。後者用雙手接過，當我意識到那正是我的照片時，霎時我無法呼吸。非常輕柔地，海太郎把相片放在面前的桌上，他的食指分別擱在我的臉龐兩側。我六歲，穿著全新制服，頭一天上學。我打扮得乾淨整齊，卻很小，儘管那人模人樣的莊重，你依舊可以看見我眼底的興奮，和笑容的燦爛，我突然明白攝影師是誰，因為我正看著我的母親。

海太郎的手指順著我雙頰的曲線滑到我嘴角的梨渦。「理奈皮夾裡有一張，」他說，「沒有一天不帶著。」

「這不是只關係到你，」黑澤尖銳地說，看著海太郎抬起臉，一臉的盛怒與痛苦。

「你要什麼？」

黑澤伸手拿放在兩人之間的皮革文件夾，他抽出厚厚一疊用大夾子夾起的紙。這比海太郎起初拒絕的那份厚很多。黑澤把一個指紋印泥和筆放在桌上的文件旁。

海太郎深吸一口氣。「你某個嘍囉寫的？」

「不是，我寫的，」黑澤雙眼緊盯著海太郎的臉。「我參考這些帶子，」他說。「你需要看一下嗎？」

海太郎靜靜地坐著，思考。他凝視放在桌上的文件，然後他示意遞筆，「我相信你。」他說。

一語不發，黑澤把文件朝他滑去，海太郎在他交代的地方簽名。當他伸手取印泥，以便在最後一頁蓋上指印時，黑澤再次遞了根菸給他。海太郎非常從容地搖頭。

「你當真不想要？」

「我戒了。」他說。

「何時？」黑澤問。

「一年前。」

「為了她？」

「是的，」海太郎說。「為了理奈。」

倘若我閉上我的眼，依舊可以看見海太郎放在我相片上的手，印在文件上的指紋印，簽名的字跡。倘若我掩上我的耳，他的聲音依舊在黑暗中迴蕩。打從我聽見的第一刻起，他的話語就一直在我腦中縈繞，不曾離去；他說起我時的親暱，說起我母親名字時的輕柔，他提到我們度假的家——鷹巢時的私密感，他像母親和我一般，總用「下田」簡稱它。他知道我們這麼多事，幾乎就是我們的一分子。我記得他是怎麼稱呼我外祖父的，他叫他「耀西」，而非皿島先生。「耀西」——彷彿他有這資格。當我坐在我臥室中，螢幕在我面前閃爍，我意識到我外祖父也和中村海太郎有著錯綜復雜的關係，而我要的答案不會在答辯檔案、書房，或我目黑家中的任何地方找到。

以眼還眼

通往外祖父辦公室的路寬廣又安靜。沿路有幾幢建築物，樓層租給會計事務所的低矮型商務中心，但也是個住宅區。就法律事務所而言，這裡的環境步調，比我已獲錄取、位在六本木玻璃帷幕摩天大樓裡的那些公司慢。我邊走，邊仰頭看著人行道兩旁的樹木。在凝滯的夏日空氣裡，樹葉都是靜止的，而且很安靜，即將黃昏。暮光中，天空變得煙濛，傍晚這時的景色與黎明相近，我幾乎可以看見我外祖父抵達辦公室的情形——一位老人騎在他的腳踏車上，他如今不情願使用的手杖穩妥地放在籃子裡。這個把我扶養長大的男人。我突然對他此刻人在遠地充滿感激，因為我即將要做的事暫時傷不了他。

我按了對講機上的鈴，搭電梯到二樓。走過一群文書處理人員的開放式辦公室，我在外祖父私人助理友香阿姨身邊停步，她在我十二歲時就進公司服務了。她坐在他辦公室旁的一個小隔間裡。「壽美醬，」她看見我時嚷著。「恭喜你被『野村&東野』錄取。」我微笑並且點頭，握住她伸出的手。「你外祖父在去箱根町前告訴我的。他很以你為榮！」她對我燦笑，並輕拍我的手臂，深情地握緊。我回她一朵淺淺的微笑。

「多棒的女孩啊！我們都好高興。」

我鞠躬並再次感謝她，環顧我孩提時曾來過一次的辦公室。

「阿姨，」我說。「外祖父派我來替他拿些文件。他希望一回來就能先快速了解一下某些資料。」

「當然當然，親愛的，」她答，從抽屜掏出他辦公室的鑰匙，「我希望你能勸勸他別這麼拚命。你知道嗎？他不斷打電話進來檢查他的留言。」我點點頭，嘟囔些頑固之類的話，她再次拍拍我的手臂。「等你在野村磨練一段時間之後來我們這兒工作，他就會慢慢交棒，我們可全仰仗你了。」

「謝謝阿姨。」邊說邊收下鑰匙。我的手已放在外祖父辦公室的門把上，正要推門進去，她又叫住我。「壽美醬，需要我幫你泡點茶嗎？對了，你在東大的演講如何？」

「很順利！」我說，此刻毫無愧色。「不好意思，我時間有點趕——」

「當然當然，親愛的！在去野村工作前，你一定有很多事要忙……」我鞠了一次躬她還在講，然後是兩次，然後關上門。

一走進辦公室，便聞到熟悉的氣味，雪松和木糠，還有一絲檸檬香，外祖父喜歡搭紅茶喝。他的茶具放在漆器櫃上——常滑燒手製茶壺和一組陶杯，擺在成套的茶盤上——這裡沒有販賣機。窗邊的荷葉和百合花道優雅又新鮮，每三天就會更換一次。就算他不在，也沒有疏忽任何事。

我經過他的辦公桌，朝房間遠端、以高大烏木屏風遮起的櫃子和抽屜走去。所有工作上的檔案都鎖在三樓的公司資料室，這裡則存放耀西的私人檔案。任何他收集到有關我母親死亡和殺了她的男人的資料都會放在這裡。

在我母親的名字下，我找到我父母的離婚登記表，和一份底部有雙方簽名蓋章的和解書。上面詳細記載了惠比壽公寓的饋贈，和額外轉移至我父親名下的資金。在同一檔案裡，儘管日期是數月之後，還看見我們在下田市的家的出售文件。合約中夾著一份當地報紙的大幅宣傳廣告，是房地產仲介刊登的：

稀有物件！保存古風的濱海屋舍，由同一家庭持有八十年，價格實惠。

我再瞥一眼日期，發現廣告是在中村海太郎還在警方拘留期間刊登的。在檔案的最底部有個信封，黃色的，年深日久。我母親喜歡用貼紙把她的信封，甚至自己留存的私密文件封起。她尤愛鶴，眼前是隻展翅飛翔的鶴，但已被撕成兩半。我站著用指尖描摹貼紙的參差邊緣。

我花了點時間才找到外祖父對審判作的筆記。那些文稿歸檔在「東京地方法院」項下，彷彿我外祖父只能藉由司法這個途徑與我母親的死亡產生連結。我把這些連同黃色小信封一起拿到他的辦公桌上，並且全都打開。

很難說得清我發現了什麼。我得知之所以賣掉下田市的家，是因為中村海太郎。我得知我外祖父從未真正接受我母親的死亡或他在其中所扮演的角色。我得知對於殺死她的兇手，他會獵捕到底，至死方休，如此才能逼他償命，以眼還眼。

耀西

一九九四

耀西推開拉門，走進鷹巢的餐廳。他面前是張西式的大桌子，理奈誕生時訂做的。他的指尖緩緩滑過楓木桌面，他愛它的紋理和變化，金黃色的木頭碎片混合著深棕色的條紋，邊緣還透著絲絲炭黑，彷彿樹的表面有些微燒焦。慢慢地，他的手滑過推油塗裝的表面，在一個節眼上停下，那是個胡桃形的渦紋，年齡的標記。

他總是在這裡和理奈講話。比起他書房，她較喜歡這裡，就連還是個小女孩時，他也會發現她坐在這張桌上，眺望著海，書本和鉛筆在她面前排開。是在這裡，她告訴他，她終於決定放棄學位和法律。在這裡他們再次爭吵，她為她的選擇辯解。他依然可以聽見她當時說的話，看見她在窗前踱步。她反應極敏捷，就像他。

她說人們永遠需要照相。在未來，無論科技如何改變，相片都不會消失，而且人們會珍藏它們。這就是我所愛。難道你不希望我那樣？看看她，那般耀眼，那般堅定。耀西明白自己希望她可以隨心所欲。如今她走了，只剩他倆的對話在他身畔迴蕩。

也是在這張桌子前，他第一次和她為了海太郎對質。那是夏天——他們在這房子共度的最後一個夏天。壽美在花園裡玩，而理奈或許意識到這是獨處的機會，便替自己泡了茶。當她從廚房裡走出來時，耀西攔住她。她停步，手中仍握著杯子，開襟衫的左右前幅交疊，裹住自己。耀西揮手示意餐廳，她便跟隨著走進。相對無言，兩人沉浸在各自的思緒中半晌。「你一直在和某個人約會。」他最後說。理奈鬆開握著冒煙茶杯的手，看著他。她的表情平靜且堅定。「只是兩趟旅行，沒什麼。」

「拜託，千萬小心。」他說，但她揚起一隻手阻止他。耀西望著她從椅子上站起來。他猶記她站姿僵硬，與她包在白襪裡的雙腳毫不相稱。讓他印象最深刻的是襪子。她是個年輕女人，一位母親，但依舊是他的女孩，永遠是他的女孩。「歐多桑，他只是個朋友。」她說，口氣堅定，卻不具說服力。耀西緊抿雙唇，努力不答話，但最後還是沒忍住。「你沒有把他介紹給壽美子吧，有嗎？你沒帶他來這裡吧？」他問。見她沒吭氣，他抬眼看她。「沒有，歐多桑。」她那時說，「沒來這裡。」她朝門口走去，但當她經過他身邊時，他感覺到她把手放在他肩上，掌心的溫熱擴散到他的肌膚裡。「我答應你。」她說。如今她走了，這間屋子是他唯一保有她痕跡的地方，未受褻瀆的僅存空間。

耀西在桌前坐了許久。好一陣子才能重新站起。有時候他覺得自己可能永遠都無法從失去她的傷痛中恢復，因為他的身體在抗拒生命。早晨他的關節疼痛，而且無法順暢地從床上起身。他也明白自己年事漸高，深刻地感受到自己不夠年輕，無法再當一位父親，然而他非扛起不可：為了壽美子。

來到走廊，耀西提起他的小行李箱，走進他的臥室，把衣物從行李箱取出。他會在這裡住上幾天，然後著人去接壽美子。花江帶她訪親戚去了——好讓她避開這恐怖的一切，並遠離東京，但現在對兩人來說，一起待在這兒，在下田，反而有益。同時，他可以休息，並試圖找回些平靜；假如晚上無法成眠，他可以聆聽潮間帶的浪花起落，海的聲音。

耀西在冰箱找到一條冷凍的白鹹魚。他把它拿出來解凍，並舀了一杯米放入電鍋。他會點燃客廳的燃木壁爐，然後在火光前吃他的晚餐。雖然已是春天，但夜晚依舊寒冷，外頭的天空也陰翳多雲，連月光都無法穿透雲層照亮黑暗。

他把茶壺放在爐上，水滾了，便倒入小陶壺裡暖壺。他用醬油、味霖、青蔥調了清爽的醬汁，並蒸上鹹魚。很簡單的一餐，就像他母親離開時，他父親做的那種。他們只能兩個男人彼此依存，而這便是他父親做給他吃的食物。每當他感到孤獨消沉時，這就是他最愛的食物。等壽美子準備上大學時，他會教她做。

耀西走進客廳到壁爐前的籃子裡挑引火柴；他在柴捆裡翻揀，直到發現一些芬芳的蘋果木，便和紙與引火柴一起放入暖爐裡。他在那兒吃晚餐、喝茶，坐了很久，一直坐到深夜。他把他父親的老收音機拿來，放在他安樂椅旁的小茶几上。他費勁地調頻，心裡邊納悶他父母是怎麼搞定的，然後，當艾爾加的開場樂音輕淡地從喇叭中飄出時，他閉上眼，懷想過往。

耀西來下田思考今後要和壽美子過什麼樣的生活。他需要時間獨處，思考並規劃，但他太悲不可抑，而且壽美不在，這屋子感覺如此孤寂。它的空虛反映出他的生命真相，揭示他不過是名失敗的老頭。或許他該和壽美子花更多時間待在下田。他可以跟她講述自己的父母，以及他們過去的生活，告訴他這房子是如何交到他手中的，為何它如此重要。他們可以搬到這裡來，他可以把他的法律事務所賣掉，專心養育壽美子；替她打造一個他想給理奈的生活。保她一世平安。

樓上他的手提箱裡有一整套論證，原本他想寄給中村海太郎案的承辦檢察官，現在他打算燒掉。他打算忘記他所做的事，和他的下場。為了壽美子，他想，他會這麼做。

第二天，太陽從海面昇起，耀西感到生命力恢復了一些。他打電話到東京，在早餐前，與他的祕書商量。到下田展開新生活的想法給了他目標，將會幫助他走過恐懼和喪慟的幽谷。他去市場，逛了好一會兒，直到他找到一條完美的大比目魚。他甚至沒有議價。回到家，他把它放入冰箱，並把晚餐會用到的香草分類，每一種都用玻璃紙袋裝起，和裝飾會用到的柚子皮一起。在這些轉瞬即逝的時刻裡，耀西感覺又找回部分的青春活力。他會好好煮一頓飯，仔細思考未來。

下午，他拿著記事本和鉛筆在家中到處轉，他勘查整間房子，思考倘若他們搬來這兒定居，該做哪些改建。他想把檐廊擴出去，這樣他們就可以在戶外烤肉。他應該重新裝潢壽美的房間，替她設置新的書架和書桌，方便她讀書。餐廳旁有間小房間。到目前為止都一直當儲藏室用，用來擺閒書和園丁鞋。那房間可以望見花園，並且遠眺至下面的海洋，但房間很古舊，不像餐廳，沒有玻璃拉門，只有一扇會漏水的窗。窗下有口櫃子，也是憑窗椅。理奈下午想獨處時，總坐在這兒，這真的是她的房間。或許他可以把它改建成一個舒適溫暖的地方，讓壽美子也有專屬空間。

耀西放下筆記本，走向窗前的櫃子。多年來，它一直保管著許多東西——理奈的玩具，理奈的雜誌，理奈在溫室工作時戴的園藝手套，理奈帶壽美去山下海灘時穿的夾腳拖和海灘裝備。都必須清理掉，耀西望著這櫃子半晌，滿懷淒清和恐懼。裡頭全是理奈曾經碰觸、喜愛，隨手亂扔，但需要時又絕對可找回的東西。

當耀西打開櫃子，一陣淡淡的霉味撲面而來。他低頭細看，塞滿已經潮溼的雜誌，理奈的舊涼鞋和壽美子去海邊玩的紅水桶。耀西找來一個塑膠袋，把雜誌全扔入裡頭。櫃子不如他以為的塞滿雜物，或許理奈去年秋天就清理過了。他翻出兩本建築書，好多年前，他和理奈在熱海買的，當時他們頭一次動念想翻修這房子。他把它們挪到一旁，但當他這麼做時，其中一本書的印刷封面滑脫，露出底下的黑色硬殼。耀西打開書，重新把書衣套好，卻看見一樣東西，讓他把書封完全拋諸腦後。有只信封斜卡在接縫處，還用一枚理奈的貼紙封起，一隻翱翔的丹頂鶴。

他的雙手顫抖，耀西滑動拇指，把鶴劃開成兩半。裡面沒有任何字條、信箋，只有一張方形的拍立得相片從信封中滑落。耀西把照片翻面，上面的理奈看起來年輕許多，一臉燦笑，容光煥發，直視著相機鏡頭。她還穿著件過大的襯衫。他仔細看後，發現那是件男人的襯衫，只有部分扣起。身下屈起的雙腿是光裸的。肩上還搭著攝影師的手臂。他的臉也很年輕，而且是他無誤，照片可真能騙人。他們坐在耀西壁爐旁的安樂椅上。理奈點燃了爐火，照片上可見兩人身旁的熊熊火光。男人穿著卡其褲，上身罩著耀西種花時穿的刷毛外套，那件外套去年夏天就不見了。理奈一定是從小房間裡拿來給他穿的，或許用來換他的襯衫。當海太郎抱著理奈時，他正在笑。兩人的臉靠得如此近，親密無間。照片背後她寫著：

在下田的家。

耀西手中的照片飄落地板。他急忙翻查書的其他頁面，什麼都沒有。他把書拗成扇形，用手指快速刷過頁緣；把書舉高，抖搖，依然什麼都沒有，沒有給他的東西。他把書甩到一旁，眼看它滑到地板另一頭卻毫不在意。他跪在地上看著照片中的她女兒，和那個殺了她的男人。當薄暮輕籠，他依舊是同樣姿勢不曾移動，海平線上的太陽漸漸沉落，他還是靜止地跪坐著。直到周遭暗得什麼也看不清時，他才痛苦地站起。

耀西知道照片是何時拍攝。他們的頭髮潮溼，上頭還有沙粒。她點燃壁爐烘乾兩人，但那是夏天，八月過後，就不太能在海灣裡游泳。那照片是在這屋子裡拍的，在他的椅子上。

他回想那個夏天，他們一家人在下田共度的最後一個夏天。只有兩個可能日期，他和壽美子去富士山度週末。那時理奈獨自留守，所以能讓她的情人來他們家裡。他朝小房間的垃圾桶走去，把蓋子猛地掀開，盛怒之下，他把所有東西都甩進塑膠袋裡。這些全是理奈的東西，但他不在乎。他發現一件少了幾顆鈕釦的男人襯衫，他的悲痛頓時潰堤。他拾起理奈的紅色遮陽帽，她去海灘時最愛戴這頂，使勁把紅色的帽蓆捏皺，甩到一旁。他繼續丟，直到他發現一本筆記本，硬挺新穎。他想扔掉，但它看起來如此無辜，未受破壞。她只有寫了一頁。耀西看見壽美的名字，和下田市地區的學校列表，學校下是這房子的修建清單——

壽美的密室，烤肉坑，新露臺？

理奈已經騙了他好長一段時間。她騙他她的婚姻狀態，她的婚外情，她的計畫。在他為她做了那麼多之後，他全心全意地照顧，他付出的愛——她竟然騙他，無法把她的人生交託給他。

耀西把口袋中的相片拿出來，小心地放在地板上。他無法忍受他們兩人的安逸自在，他們在一起的幸福。理奈曾帶海太郎來這裡；就像如今替壽美規劃的他，她一直在規劃與他在他們老家共度人生。她已經為自己打造了一個生活，卻不曾告訴他，或許其中甚至不包括他。他的喉嚨痛苦得發疼，耀西突然意識到，她不是他認識的那個女兒；她已經被偷走了。

耀西站起身時，時間已經很晚。他的膝蓋在他爬樓梯時發出抗議，他在地板上坐太久，而且還是小房間沒暖氣的地板。精挑細選的大比目魚躺在料理檯上都沒動過，剝下的柚子皮蜷曲，乾又皺縮。耀西未加理睬。他任由一切擺在外頭，逕自爬上床；良久方能入睡。

馬不停蹄

幾天後在東京，他公司中央，耀西打開他私人辦公室裡的一口櫃子，和家及家人有關的私人文件都存放於此。耀西仔細翻了一些檔案才找到自己要的。他把手伸入一個單獨的抽屜，抽出法庭判決的準則，一份過去這些年來，他不知閱讀過多少次的文件。他身邊全是他工作時所需的配備：他的茶具、速記錄音機。他的祕書就在外頭候著，但儘管審慎如她，在這件事上，他也從未想假手於她。

耀西打開他的檔案，把每份文件排放在面前。這是他收集來的有關他女兒死亡，和那殺人兇手的所有資料。一份接一份，他擺滿整張書桌。時間已晚，他可以聽見外頭辦公室裡低抑的嘈雜聲，年輕的律師交辦了最後事項，助理們開始收東西準備回家。當他們四處繞著辦公桌收茶杯時，傳來陶瓷器皿的清脆碰撞聲。

耀西坐下。面前的工作是私人的，而且必須祕密完成。早先，他已把他一些客戶的訴訟要點交代給其他律師們，他的祕書也奉命在接下來的兩星期中，把他的所有會議延期，所有電話皆改為語音留言。他的員工不會牽扯到此案；這是他必須獨自完成的工作，而且會耗費他大量心力。

耀西一度想過燒掉這檔案，回到下田，當時的他滿心以為可以和壽美子在那裡重新開始。然而過往不仁，從不罷手，它一直隱匿在他的聖域裡。沒有任何地方是安全的，除了未來，此外已著手的事他也必須完成。當他找到鷹巢的買主，他會把錢存入壽美子的專戶。他太老，無法捨棄他在東京的生活，遷往他處發展。他太老，無法改變路徑。但他可以替壽美子把錢存起來，就算他不能，壽美子或許能重新開始。

當他伸手拿最後一落文件時，感到手腕痠痛，那是他對此案所做的筆記、判決建議，以及別在第一頁上主任檢察官的姓名和地址：黑澤秀夫。耀西的手輕撫那些筆記，手指傳來紙質的觸感，嘴角撇了撇。通常只有那些承認殺死一人以上的人會被判處死刑，但也有例外——這得取決於證據、兇手的動機，和檢方所準備的論證。耀西抽出一張空白的紙，並伸手取筆。

壽美子

中村海太郎的審判

我外祖父那輩的律師熟知各領域的法律。不像今日的我們，從一開始就只專精於某種律法，他們可以接案的範圍非常廣。我外祖父生來就是吃這行飯的，他是位不同凡響的律師和通才；任何事他都能輕鬆駕馭，即便是死亡。

在他的辦公室裡，我找到一個為檢方所建的檔案。全都是信的格式，共十二封，並附帶一份日誌，記錄著何時寄出。我外祖父寫給主任檢察官黑澤的信，內包含我外祖父自己的法律論證，每項論證都以他特有的精確嚴謹風格陳述。沒有回信。

我外祖父先從分手師這行業切入：幾乎不合法，缺乏規範，卻在東京日益興盛。他概述沒有任何法律或法規可以管理此行業，擔任私家偵探或者分手師甚至連證照都不需要，並且概述這些招募來的人對公眾所構成的危險。他尤其側重在這些分手師覺得自己有操弄尋常人生活的自由，以及他們的行為如何經常地導致違法的後果。在外祖父論辯中，因為沒有明確證據可以證明海太郎有心理創傷或者暴力史，他對我母親的操弄和後續的攻擊都是出於利己和蓄意策畫的。他強調必須對此行業做出嚴懲，以儆效尤，讓可能追隨中村海太郎腳步的人心生警惕。

最後外祖父談到我們家，但不是你以為的那種描述法。他鋪陳我們的生活細節來補充他的觀點。他敘述他個人的財富，他提供我母親的財務庇護。他列出她名下的銀行帳戶。他清晰簡潔地闡明海太郎想和我母親在一起是有財務的動機，以及倘若她離開他，他可能會失去一切。

外祖父費心著墨，凸顯在與她約會的數月期間，海太郎遭開除失去工作，並且被迫在無收入的狀況下生活，僅有偶爾接到的攝影案。我外祖父說，很顯然，海太郎幾乎把他的生活及未來全押在我母親身上，因而岌岌可危。

末了，外祖父研究並援引數樁因自私和以財務為動機而行凶的殺人案。他簡述受害人和被告，並詳述每案所處判決，建立起一個模式。他盡可能挑選新近舉行的審判。所有這些案件，法官都選擇重判。

我曾描述過，檢察官如何起草在庭上提出的書狀，以及法務代理人（律師）會如何準備抗辯，同樣的，法官們也會寫下他們自己的論述。這些論述的目的是為了趨近事件核心，了解被告的真實動機，他是否對政府說謊，以及他內心懊悔的程度。

當中村海太郎接受審判時，主審的法官不只一名，是三名。那時還沒有陪審制，因此法官對案件的見解，他們的裁決和判刑，僅仰賴法庭中居上首的數人，分別按年齡與資歷決定座位高低。

最年輕的就會像我，剛完成在和光市最高法庭實習的門生。他將負責起草開審陳述並建議裁決和刑罰。他的書寫會被第二位法官修正，一個正值生涯中段的男人，或許正輪調至東京三年。最後，整份卷宗會經第三位法官編輯並核可——單位裡的資深成員，代表法律制度。

我外祖父深諳司法氣質。法官也是人，如同任何一名公民陪審團員，但他們並非不可預測的。浸淫在體制中、信賴檢察官們，而且一次審理上百件案子，法官大都主張並維護認罪。他們的法庭成為壞人受審之處，他們的工作就是根除騙子，教導和矯正。三巨頭的運作模式延續迄今，並且適當地提供一致的裁決——以確保法律體系的單方價值獲得維護。外祖父了解此點。他知道做出判決的模式與思考模式很像。重複的次數越多，植入的深度越強。法官意見進化緩慢，一代又一代地傳承下來，改變並不大，因此是可以預料、有跡可循的。在一個訓練有素的檢察官手裡，這些意見可以被形塑，那就是我外祖父的目標。

外祖父的文件中散發出一種懊悔感。懊悔他安排了我父母的婚姻。我外祖父給了我父親一筆錢，才讓我父親願意簽字離婚，走出我母親的生活。而且這筆錢似乎還替耀西買到了另外一樣東西。

在交給檢察官有關中村海太郎的證人書狀中，有一份由佐藤治手寫的自願書面證詞。他在我外祖父的敦促下所寫，但也免去他當眾蒙羞、在法庭上遭訊問的難堪場面。在他的證詞裡，我父親承認他僱用中村海太郎。他表示他這麼做，是為了讓海太郎引誘我母親，以提供他離婚的依據。他描述這男人打一開始就很難控制——是從一開始就越界的叛徒，後來還跟蹤並威脅佐藤。

我父親說，很明顯海太郎是看上我母親的財富；他說他愛她，並且搬去和她同居，這樣她就可以供養他。他們最後一次碰面，我父親陳述海太郎打算繼續欺騙理奈和她的家人，直到永遠。我父親聲稱他想揭發他，但僱用海太郎的行為令他深感羞恥。他說有好幾次他就要說出真相，但海太郎勒索他，威脅要向他家人揭發他。我父親嘗試展現他的悔恨之情。他說他無法原諒自己的自私和懦弱。最後他說，倘若能阻止海太郎和像他一樣的人造成更多傷害，那麼我母親就沒有白死。

法庭判我父親民事責任罰金，懲戒他的行為，但檢察官選擇不起訴。他的書面證詞經採用建檔，成為全部書狀的一部分，待中村海太郎認罪，他的陳述便成為最重要的證詞。於是我父親，這個始作俑者，反而全身而退。正義因人而異。

無法得知外祖父對於我父親的陳述或成功脫罪的真實看法，但當我繼續往下閱讀時，我倒是看出他利用這份書面證詞強化了他替海太郎塑造的形象：一個遭到拘留便拒絕對警方說話的男人，在在顯示他對真相的漠視，以及缺乏悔意。外祖父說明，海太郎遲遲不肯簽署檢方提出的認罪陳述，已經讓他過去傷害的那些可憐人曝光於世人前，受到媒體的迫害。他是那種不懂愛或家庭的男人，也永遠不會為自己的行為感到懊悔。就算最終簽署了認罪陳述，也不意味著他悔悟，只不過是一個倦了的罪人，接受他無可避逃的命運。

假如認罪陳述是「可矯正性」——罪犯被教育和回歸社會的可能性——的評量依據，那麼我外祖父認定海太郎不該被改造。贖罪從來只保留給那些展現出真誠悔意之人。藉由詳述海太郎悔意的缺乏，我外祖父希望對其處以最嚴厲的刑罰，以確保他會死。

死刑可能花好幾年才會執行，而且毫無預警。人們在牢房裡遙遙無期地等待斧頭落下的那刻，然後有一天它果真落下了。只有人死了，家屬才會接到通知，並讓他們領回屍體。

這個程序多年未變，只新添了一個修正案。當「被遺忘方」的待遇終於修訂，並且引入受害人通知系統時，受害人家屬才獲准簽署願意接獲傷害他們的罪犯的資訊，他們有權知悉他們的命運。於是，我意識到法務部那通電話的重要性，以及它對中村海太郎和我的意義。

檔案最後，只剩最後一份文件：我外祖父所寫的個人聲明。我可以看見他，依舊坐在他的辦公桌前，在寫完他的法律論證後，終於脫下他的外套，鬆開領帶，並把它們垂掛在他的椅背上。由於忙著書寫，泡好的茶完全沒碰過，現在也浮現一層薄膜，在他啜飲時，輕觸他的雙唇。茶湯是冷的，酸澀，但他喜歡。他面前擺著一張全新的紙，但他的手抖顫，他的怒火已經燃盡。辦公室裡熟悉的雪松香環繞著他，令他想起鷹巢上方，沿山丘聳立的林木。他可以聽見理奈在其中奔跑的腳步聲。彷彿此刻她就與他在一起，彷彿她正看著他。而且這裡什麼都沒有，沒有法律論證，沒有判例，只有教人崩潰的喪慟。他失去他在這世上最愛的人，他無能保護好的人。耀西知道他獨自在他的辦公室裡，理奈也並非真的在此，而他唯一能做的事，就是寫下他所看見的真相。必須夠充分的真相。

皿島耀西的聲明

我的女兒理奈就是我的生命。在我的外孫女誕生之前，她就是我活著的唯一理由。作為一名父母，你掛心擔憂的事有這麼多，那幾乎是種不斷心驚膽跳的狀態。從他們踏出第一步的那刻起，你如此小心翼翼地照看著他們。無論何時，你都盡可能庇護他們。你首要衝動就是保護他們。隨著他們成長，你想確定他們的生活是完美的，他們永遠不用面對你曾遭遇過的困境，永遠不必受痛苦煎熬，永遠不會犯你犯過的錯。甚至當他們犯下他們自己的錯時，你依然希望能接住他們，無論他們長得多大。

理奈死了。我再也無法擁抱她。我的女孩走了，她是如此無辜。我們也會意見相左，但她是個極好的女兒，和極好的母親。她如此愛她的小孩，就連被殺時，都努力在替她做最好的設想。

中村海太郎從我們身邊奪走了她。他的雙手掐住她的脖子，把她活活勒死。這不是深夜街上被瘋子攔截的女人，這是一個在她自己家中，剛走出離婚創傷，選擇以女兒為重的母親。她想離開他，她想重新開始，並保護她的孩子不受她無法信任之人的影響。她想保全自己的世界，而他就為了這點，把她從我們身邊奪走。

我對理奈有太多回憶；這些回憶在夜晚，在白日的每一分鐘追逐著我，揮之不去。沒有她，我不再是我，不再完整。我再也聽不見她在我們家房裡叫喚我的聲音，再也無法感覺她喊我歐多桑時，在我頰上落下的吻。我再也看不見她在夜裡，幫壽美子蓋被，或者教她畫畫，像我妻子曾經教理奈那樣。我無法走在我們度假的家前面的海灘上，因為每走一步，我都會期待聽見我身後她按快門的聲音，她跑過沙灘絆倒的腳步聲。她不會變老，不會和我一起變老，她不會看見她女兒從學校畢業，或者慶祝她的成人節。她不會出席壽美子的婚禮，很有可能，我也不會。

理奈十五歲時，我妻子因癌症過世。她受到極大打擊，她知道自己將在沒有母親的陪伴下長大。她永遠也不會想讓壽美子承受這樣的傷痛。她對女兒的人生，以及她們將一起分享的所有經驗是如此渴盼，她會想讓壽美子知道，她是如何被深愛著，而這是我連表達都做不到的事。

我希望理奈知道她也是被深愛著的。有好長一段時間，我們兩人相依為命。我盡最大努力撫養她、教育她。我嘗試父兼母職，並且失敗。如今歷史重演，我必須再次為了壽美子父兼母職，倘若我做得到的話。

我無法逃避我也有罪的事實。我永遠也無法原諒自己在替理奈安排婚姻時所擔任的角色。我永遠無法原諒自己允許她的丈夫或中村海太郎走入我們的生活。我應該保護她，我應該救她。

不可思議，我竟還能有感到快樂的時刻，我發現自己會在壽美子說了什麼，或者完成一項簡單的工作，甚至是吃完一頓飯時微笑。這些也全是我無法原諒的。我無法原諒我活著，理奈卻死了，抑或她會死是因為我。我幻想她的靈魂還在我們家的房間裡，我希望她能原諒我。我會傾盡所知所學，把她的女兒撫養長大。

而且我清楚此點：理奈不會原諒蓄意奪走她生命的人，這男人如果夠愛她，就會放她走。在你面前的那個男人是蠱惑她，欺騙她，最後殺害她的人。他知道自己在做什麼。他一手毀掉我們所有的生活，因此我懇求你，乞求你，看在我女兒的名譽和我對司法公正的信任上，對他判處唯一死刑。

我獨自坐在他辦公桌前，如同當初的他，唯一不同的是他所寫聲明的墨水早已陰乾，而我手上拿的是份影本，我一絲不苟的外祖父存檔所用。我哭了。我重新失去她一次，而且我外祖父的絕望變成我的，彷彿始終蟄伏在那兒，成為這房間的一部分，等著我發現。除了我所愛之人的糟粕，什麼也不剩。我試圖緊緊抓住對過往的回憶，但我做不到，因為滄海桑田。

我想起正享受溫泉的外祖父，在得知我已掌握理想未來的寬慰中，感到安全又溫暖；那全是他替我規劃的，前程光明似錦。我想起教導我什麼是正義的那個人，他把我抱在他的膝上，把所有他知道的故事都唸給我聽。那個人的喪慟和我的一樣深不可測，但卻改變了他。我不再看見那個我認識的人。我無法理解他的悲痛，甚至或許是他的罪責是如何演變至此。

當我獨自坐在他的文件前，我的手指順著句子一行接一行地描摹，我納悶這些文字底下究竟還隱藏著什麼。中村海太郎未遭羈押前我外祖父就見過他，當時他和我母親同居，並且愛她。外祖父認識他，透過我母親的眼睛去看他，並且領會，無論多短暫，他們打算和我共度的生活。他接納過海太郎，把他視為家人，並且我越是讀他的聲明和他控訴海太郎的論證，這份親密就越令我困擾，直到我懷疑事情不單純，比起喪慟，我外祖父的心魔更具驅策力。

當我從他的辦公桌前抬起頭時，屋內已一片漆黑。太陽在我專心閱讀時悄然落下。我扭開桌上的檯燈，開始拾掇外祖父的文件和筆記，一一放回檔案夾裡。就在那時，我留意到在這些紙張下有個透明塑膠夾，在我閱讀的那些文件中，顯得突兀，看見它，居然讓我笑了。倘使外祖父替黑澤檢察官準備了檢方案件主張和證明文件，那麼他勢必也會預測辯方的辯護策略。標籤上寫著：加賀島百合。其中只有寥寥數頁，和一封打字的信。

我回想和百合多年前的首次碰面，那時我不過是個小孩。我依然記得她的親切，她的鰻魚便當和將棋，不過當然，這些回憶也改變了，隨著我對事件的了解，轉變成其他東西。加賀島百合見過我，她見過並觸摸過我母親的屍體，而且她親口告訴我，她和我外祖父談過。她確實與他交涉過好幾次。

此案中還有某些狀況讓她必須如此，某些證據甚至連錄影帶也無法還原的狀況。她當面見過中村海太郎，我卻不曾。在他被帶回牢房並訂下審判日之前，她和他坐在一起，看著他臉上的疤，聆聽他的故事。

她對海太郎的同情激怒我外祖父，但這憤怒並未削弱他對她的主張的理解。在我拿到他的文件前，我就已把收集來的大量證據完整閱讀一次。我想自己評估所有的文檔，像法官會做的一般，審慎、獨立地檢視所有細節。我不需要別人的意見和私心所形成的煙幕。因此，儘管我瀏覽過加賀島百合參考並使用的所有資料，但我尚未閱讀她的私人筆記或結辯陳詞——她會在法庭上提交的書面意見。當我在那夜稍晚終於看見時，我很詫異我外祖父的臆測竟如此正確。

年輕的加賀島百合很精明，但不若年長的她無畏。她花了二十年的時間，才發展出那能超越法律，把檔案給我的自信。在審判期間，她接受海太郎的認罪，以及檢方對他的控訴。她採取引發同情卻傳統的辯護路線。她長篇大論地描述他的深刻悔意，並結論那悔意是真誠的。她重複他愛我母親勝過這世上一切，她重複他的聲明，說沒有她他也不想活了。

她清楚什麼樣的訴求能打動法庭，因此拿出文件證明海太郎提議給我們家財務上的賠償，這一切全都被拒絕。她說到海太郎在我母親過世那晚，他是如何試圖把他們家中她的私人物品收起，並要求歸還給皿島家，為我保存起來。他如何收集她所有的相片，她的作品，全放入一個圓筒行李袋。她談到他沒有犯罪史和前科。她把所有這些要素聚集起來，試圖說服庭上，他良善的一面，好減輕刑責，免於死刑。

最後，她辯解造成一九九四年三月二十三日致命事件的觸媒，是我母親發現海太郎的真正職業。她的案件主張核心是海太郎真心喜歡我母親，愛她，不過一旦他們的關係是建立在他的一個謊言上，他就陷入萬劫不復的困境。他所做的不是一個預先規劃的冷血暴行，而是一個發現自己走投無路的絕望男人。她描述我母親和海太郎相處的情形，他們對彼此的愛和依賴。她寫下兩人共同規劃的未來藍圖，他想娶我母親，收養我，並成為我家的一分子。

此處，在外祖父對加賀島百合所做的筆記裡，他把最後這點密密地圈起。因此當我把他的個人聲明和這些文件仔細從頭讀到尾時，我發現了蹊蹺，讓我的疑慮和憂懼變得合理。加賀島百合不是想像力豐富，她是通透。從對手的角度，她對我外祖父的理解之深是我從未企及的。她寫信給他，就是我在他的檔案夾裡找到的這封信。那是最後的請願，希望碰面，討論中村海太郎所提議的賠償金。她說為了充分披露的原則，她應該告訴我外祖父，她獲悉他的一些事。她知道他曾僱用私家偵探調查中村海太郎，而且一直知悉他的真正職業，和他在我們生活中所扮演的角色。她暗示，外祖父決定不告訴我母親真相，證實他對海太郎的接納，而且假如他曾經欣然接受他為半子，並且原諒他過去的罪惡，現在為何不也這麼做？

外祖父在我母親死前數月便掌握了海太郎的過去，但他卻從未把自己所知告訴她。甚至還有她死前數週他打電話給她的通聯紀錄，證人證詞中指出他帶著春天當令的點心和一些準備搬去的我的物品去探望她。外祖父，或許本可用最溫和的方式把消息透露給她，讓後者有所心理準備，並幫助她釋懷，但他卻選擇保持沉默。

向日葵和天秤

東京地方法院是個沒有生氣、沒有情緒的地方。每天走過的數百腳步聲被灰色的亞麻材質地板弱化，大廳天花板電扇葉片的旋轉聲教人昏昏欲睡。房間本身一律是白色的，不啻另一種囚室，海太郎就在其中一間受審，裡頭無遮罩的日光燈管讓膚色顯得死白。就連空氣都沒有生命跡象——通風口反覆循環，把悶熱的夏日熱氣變成冬天嚴寒的涼氣，讓室內保持同樣溫度——死亡的，人造的，供這世界和下一世界間的等候室所用。

我外祖父當然出席了審判。他可不是尋常的「被遺忘方」，能以無知或他聽不懂的資訊打發走。作為一名法律專業人，他深諳此體系，輕而易舉就能查到案件庭期。甚至，他了解他的在場會產生的效果。他就指望這個。他會利用他作為被害婦女的父親，遺孤外祖父的身分，他在東京作為一名備受敬重的律師地位，替法律豎起一方明鏡，高高懸起。

日本只有一條殺人成人法——刑法第一九九條，規定「殺人者應受懲罰。」再無其他。蓄意謀殺，衝動殺人或過失殺人之間的區別，由負責判刑的合議法官們決定。一九九四年，他們在一個不開放的房間裡，僅憑藉相關的文書作業獨自完成判讀。我外祖父會利用他在法庭的現身來凸顯此案的嚴重性和後果，好時時提醒他們海太郎的職業和殺害理奈的凶殘行徑。

我曾參加過許多這類的審判。我完全可以清晰想像每一細節。我的外祖父會頑強地坐在法官面前；堅決地以沉默表達他的譴責、他的盛怒。他會表現出完全不認識中村海太郎的樣子，沒有同情，沒有憐憫。倘若他流露絲毫情感，便可能讓案情往好的方向發展——海太郎可能遭釋放，他想說服法庭判他死罪將會加倍困難。

當海太郎走入法庭時，他已經刮了鬍子，頭髮指甲也都由政府派人修剪得整整齊齊。他穿著規定的米色襯衫和成套的長褲。他的手臂被銬起，同時有條橘色粗繩綁著他的手腕，由身旁兩側的法警拉著；簡直像在我們白森森的現代都市裡，用拴鍊拴著的一頭動物。他穿著塑膠拖鞋，這是避免他逃跑的加強措施。

在法庭正前方的臺子上坐著法官，身上裹著他們寬大的袍子，黑色的高椅背從他們頭頂冒出。海太郎被帶到他們面前時，他們不曾移動。法官兩側較低的臺階處坐著五名身著海軍藍西裝的實習律師，雙手交握擺在膝上。法庭的左側和右側，兩排平行長桌後，彼此相對的是檢察官黑澤秀夫和辯護律師加賀島百合。

較資淺的法官是個年輕的瘦男人，頰上不幸長滿青春痘，由他率先發言。他唸出海太郎的姓名、住址和他之所以受審的罪名：謀殺佐藤理奈。法官問海太郎，這些資料是否正確，他簡單地回答「是」，予以確認；這是他整場審判中唯一吐出的字。

黑澤檢察官站起，以簡潔無起伏的音調誦唸起訴書，結尾是指控罪名：謀殺。庭上靜默數秒。資淺的法官瞥向他的上司，待他們點頭後，便朝海太郎探身。每次認罪都賦予被告機會針對指控發言，或許嘗試量刑減讓。但在這個階段，海太郎微微搖頭後，什麼也沒說。

一名法警走近黑澤檢察官，後者遞交給他一份厚厚的文書檔案，其中有他的書狀和簽署的認罪陳述。當檔案被傳到最資深的法官手中時，檢察官說：「審判長，國家視本案為史上最殘忍案例之一。雖然您會在我呈交的書狀中看到我的見解，但我此刻仍想強調，佐藤理奈的死因，是被掐住導致窒息而死。

「這樣的死亡方式尤其漫長和痛苦。受害人不曾完全停止呼吸，因此須使出很大的力氣達數分鐘，直到大腦缺氧。在受害人奮力掙扎地呼吸時，被告卻執意勒掐，壓制受害人嘗試的所有反抗。光此點本身就顯示出殺人兇手的意圖有多惡毒，他想殺她的念頭有多強烈。在那些漫長、持續的時刻，除了想奪走她性命的決心，他不曾須臾流露慈悲或猶疑。

「我們知道中村海太郎是個極度自私的人。他所從事的職業具根本上的破壞性。他受僱破壞家庭，靠捕食夫妻的不幸維生。他把年輕的女性從她丈夫、她父親和她孩子身邊帶走。從此他們的生活將迥然不同。

「儘管中村先生和佐藤理奈的友好關係，以及他對她的情感依戀形成本次審判的核心推論基礎。但我認為不論從他過往的歷史或他的行為處事來看，他都不曾付出真情。他是個殺人犯，是威脅社會的危險因子，因此我們相信最適當的刑罰，會是死刑。」

海太郎站在法庭中間，突然轉頭，不是看向黑澤和檢方團隊，而是看著坐在旁聽席最前排的皿島耀西。海太郎的凝視既長又直接，耀西也沒令他失望，毫無退縮地迎視，以眼還眼。

清清喉嚨，辯護律師站起發言。年輕的加賀島百合身穿簡單的白襯衫，搭配黑色開襟外套。她留長髮，在後頸間紮了個低馬尾。她雙手捧著一張紙在誦讀。

「審判長，我的委託人簽署了一份完整的認罪陳述，並且同意指控罪名，」她說，「今天他在這裡接受審判，而我想請求您，承蒙不棄，瀏覽我彙整的資料，上面陳述了我委託人的自責，對佐藤太太家人所造成的傷痛，他真心想彌補，還有他與她家庭成員的關係，與本案進一步的情況。鑑於這份文件，我請求判處比國家所提議寬容的刑罰。」

書記官朝她走來，她遞給他一份檔案夾和三捲錄影帶。法庭裡的每雙眼睛都盯著這份檔案上呈審判席，與檢方的檔案並列。中間的法官接過兩份檔案，放在自己面前，一份疊在另一份上。「法庭會審核所有證據並在三星期後——六月六日星期一再次開庭，宣讀判決。」他說，同時三名法官起立，魚貫而出，書記官也拿著資料文件尾隨其後。檢方從他們那邊的門離開法庭，而一直忍著保持安靜的群眾，突然議論起來。當中村海太郎再次被繩子拴起、上銬，並由法警領著離開時，我外祖父轉向聚集的媒體。年輕的辯護律師加賀島百合，依然坐在桌前並且觀看。

翻閱外祖父的文件時，我身後的鐘滴答作響，為了找出法庭的最終判決，把文件翻得一團亂。我一再鉅細靡遺地搜尋，就是沒有。判決書不會出版或發放。我外祖父鐵定不會收到，但話說回來，既然他有出席審判，他就一定知道結果。

我想起所有東西是如何整齊地歸檔；一件已解決的事。我想起我外祖父撫養我所花費的心力，他的意志力，他報復海太郎的渴望，而且我知道，我們之間，我唯一還能做的，就是等他回家，親口問他殺人是何種感覺。

單獨在他的辦公室裡，我拿起母親那許多年前，曾以一隻丹頂鶴封起的信封，掀開蓋口，抽出裡頭的拍立得相片。瞧瞧他們兩人：年輕，熱戀中，如此幸福。兩人凝止在時光中。兩人如今已逝。

我緩緩把檔案收拾整齊，按順序一頁頁擺好。儘管在那些文件中，我失去許多，也找到許多，卻依然沒能解開我主要的疑惑：事情何以至此？擺在我面前的事實，不可改變又清楚，我只消懷著不曾動搖的憂懼，等待水落石出，而且不知何故我就是知道，真相很快會浮現。我在腦中把整個案件的細節重溫一次。我想起我的外祖父，想起在她死亡前，他選擇隱瞞我母親。我想起公寓裡不符合他或海太郎的鞋印。她屍體上不名的唾液。我想起始作俑者我父親，他已躲回名古屋生活。我想起一開始保持沉默的海太郎，希望自己的故事能被聽見。以及，最後，我想起我母親，渴盼展開新的生活。當我拉開我外祖父的檔案櫃，並把其他掛著的檔案往後推時，我想起每個在那一天，在她生命的最後數小時裡有所牽連的人。而終於，在這口深抽屜的底部，躺著一個寫有她名字的信封，是捲帶子。

我記得看過那標籤好幾次。開始不具備太多意義，但最後彷彿有人重擊我的腹部，強烈的痛楚讓我幾乎直不起腰。那只可能是一樣東西。

那是一捲監視器錄影帶，標籤上的烘焙坊店名並不熟悉，但地址在品川，而且這段影片是在她死亡那天錄的。

於是終究證明一直盤踞心頭困擾我的事是真的——擔憂我家的每一個成員都因這事件蒙塵，並且變得面目全非。不只我們全都與我母親的死有關，而且我們每一個人都有罪，甚至我。

理奈

真相

理奈拉開百葉窗，讓早晨的光線盈溢她的新家。三月了，新生的月分，當她看著陽光傾瀉在地板上，她憶起這地方真正成為她家的那一刻，亦即她和海太郎第一次拿到鑰匙時。

他們並肩躺在空蕩的公寓中。已經暖和得可以慢慢把身上的衣服脫光，躺在從窗戶灑入的陽光裡，看著彼此。當他們赤裸地躺在品川的山毛櫸地板上時，他們再度感受到北海道找回的完整性。

「還可以嗎？」海太郎問，環視空蕩的空間，光禿禿的牆和空無一物的廚房。

「很可愛。」

「對壽美的房間我有些靈感。應該先讓你看——」他說，同時挪動身子要爬起來。

「先不要。」她回答，把他扯回他身邊，他沒有抱怨地默許。理奈緊緊依偎，手在他的肚腹上來回撫摸，細品他的觸感，混合著他體味的自己肌膚的氣味。她玩著他胸前稀疏的胸毛，慵懶地輕咬他。他翻轉身摟住她，把她推按在地板上。透過無遮蔽的光裸窗戶，那時沒有百葉窗，燦亮的光點遍灑在他們的肌膚上，沒有投下任何陰影。

這段回憶讓理奈笑了。看來他們對地板有特殊癖好，多教人尷尬啊。她把指尖放在面前的窗玻璃上。和她在惠比壽所擁有的高寬視野完全不同。這只是扇長方形窗，嵌在牆裡，窗外展現的是品川區矮胖的水泥公寓住宅區和室外梯。她最喜歡這公寓的一點是它接近頂層的位置，以及因此而擁有的充分光線，和看不見任何現代的高樓大廈。

理奈轉頭看向公寓內；幾乎大功告成。她作為嫁妝的家具連同惠比壽的房子一起給了佐藤。數月前，她和海太郎尚未找到這裡，她搬去目黑和耀西與壽美子同住。雖然經過了這麼多的準備工作，現在他們的家近乎裝修完畢，她和海太郎自己的小攝影公司也終於開業。

他們最初推出的方案之一是肖像攝影，在街坊鄰里宣傳。每當理奈回顧，總是對兩人作品的轉變大感驚詫，從風景進化到他們自己和現在的樣貌。她和海太郎都對掌鏡一事懷有如此強烈的責任感，但他們發現他們喜歡人像攝影師被交託的那種全然不受限的信任；這是他們很珍視的特質。大多時候他們都一起工作，處理訂單，但他們也會輪流，好讓彼此可以各自獨立作業。那時就一人外出拍照，或待在當地的公用暗房中顯影，另一人待在家中，上市場採購或逛二手家具店。每樣物品都齊聚到這小空間裡來，它終於是只屬於他們的。

沿著客廳單側，理奈放了一個收納用的長邊櫃，裡頭存放較冷月分用的毯子和手提電暖器。遠端是個小廚房，就在廚房前，有張黑色的方形餐桌，矮桌款，周圍擺了四個坐墊。理奈想像會發生在那張桌子上的所有情景——家常飲食、壽美做功課，理奈做女工，和地方節慶的服裝創意改造。假以時日，或許，會有另一個小嬰兒到來，然後理奈和海太郎會在孩子都熟睡後，坐在那兒熬夜細看帳目。

客廳側面，有條短廊通往兩間臥室和一間浴室。理奈以一片暖簾妝點走廊開口，一條絲質布幕，理奈用在Ichiroya一郎屋跳蚤市場找到的骨董和服做的。那件和服是嫁妝的一部分，曾在同一家庭保存了數十年，因為火災，部分損壞，但布料還是美得誘人，可以出售；她喜歡市場，你永遠可以在那裡發現意想不到的東西。

在縫製時，她小心保留中央到背後的那塊，只剪開一條長縫，讓圖案保持完整，同時又提供一個通道，銜接公寓的公共與私密區域。此刻刺繡在晨光中輝映。布塊的中央是樹木，珠玉和翡翠綠的樹葉呈寬闊的扇形開展。上面，不斷往上延伸的條紋裡有金色調的天空，然後在應該出現白雲的地方，一群鶴在飛翔，以紅色、奶油黃、黑與棕勾畫牠們的翅膀。理奈愛這幅簾子，那些色彩和這空間是多搭啊。那天早晨她想起它，便在花店選了一些花，正裹著棕色包裝紙擺在邊櫃上。

她走進廚房，拿起一只小水晶花瓶（她父親送的新居喬遷賀禮），和她的剪刀。她沒上過花道課，是自學的，但她喜歡這種方式。在惠比壽高聳的華廈裡，同為住戶的婦女會在插花的早上齊聚，相互炫耀她們已設法報上哪位名師的課，理奈從不覺得自己可以融入她們。現在她也無此必要了。她先挑了一朵綠色的菊花，細長的莖梗上，瓣瓣分明同時又是一個整體。然後是天堂鳥，一簇紅色的火焰，邊緣透著橘和黃色調，最後擺上棕櫚枝，她用指甲掐入葉片底部，劃出道小口子，再把皮撕成綠色細條。她重複了三次，並且用這些綠帶子斜向圈住其他花朵，好讓花莖穩當地站起。

花插好了，她放入瓶中，把棕櫚條撫平，它們便能在花束的紅和萊姆綠映襯下，醒目地昂首挺立。然後她微笑了。海太郎回家時，這會是最合適的熱情歡迎。

他今天很早就出門了，會在外頭一整天，替小孩的生日派對拍照。她的工作是完成壽美子房間的粉刷，並且把剩餘的銀色星星花邊沿牆貼完。今天是壽美春假前最後一天上學，理奈對即將到來的週末替他們做了這麼多規劃，包括讓女兒搬入他們的新家。耀西希望再緩緩，讓壽美和他再住些時日，但理奈不肯。她和海已經等夠久了。她會把壽美的房間完工，一旦萬事俱備，他們就終於可以像一家人般生活。

理奈換上某件舊的背帶褲，已經沾上油漆汙漬，並拿起電話撥給久兵衛。她先打去預訂外送的便當，然後等海太郎終於回家時，他們就可以共度傍晚。當她掛上電話，敲門聲響起。敲得很大聲，嚇她一跳。這社區都是老公寓，而且不像她從前的家有門房，誰都可以未經通知地走上來。目前門鈴壞了，所以來人別無選擇，只能捶門，但未來她希望能修好。就在對方喊出她的名字時，她從貓眼看見了他。

當他看見她時，佐藤微笑，但那並非真心的微笑，而且他沒有脫帽。「怎麼這麼久才來開門？」

「沒什麼，」理奈嘀咕，「你來幹麼？」

「不邀請我進去，老婆？」

「前妻。」她說，轉身讓他進屋。她沒有伸手去接他的外套，他不會久待。

佐藤脫下外套，垂放在門邊的寫字桌上，他沒脫鞋，就逕自在公寓裡瞎晃，雙手擱在髖關節上，四處張望。

「你層次下滑了，」他說，露出淺笑，「自己付的錢是嗎？」

理奈點頭，沒有細說。

「那個叫什麼來著，人呢？」

「海太郎出去了。」

「接案嗎？」佐藤還在微笑。

「關你什麼事？」她走到他面前站著，站在絲質門簾前，這樣他就不能進臥房。

「我女兒的房間在那頭嗎？」

「我女兒。」

「我們的。」

「不再是。」理奈說，現在她冒火了，剛開始看見他的震驚已經消退。她堅守陣地，在佐藤繼續盯著她看時，準備開戰地迎視他。他不太高，也不魁梧，但卻高得足以俯視她。

「耀西對這安排有何看法？」

「我們要結婚了。」

「是啊，」佐藤說，他的眼睛審視屋內，傳統的矮桌，等著歡迎海太郎回家的花道。「我聽說了。」

當他這麼說時，理奈後退一步，他臉上的表情看來不善。「我要你離開。」

「不給參觀一下？」佐藤說，欺身向前。「我老婆和孩子要怎麼生活，不做點說明？」

「我們不是——」

「我們分得不算太難看吧，理奈？你要的我全給你了。」

「你來這兒幹麼，佐藤？」她問。

「我——」

「**我**永遠不想再見到你，」理奈清楚地說。「我不想壽美子再見你，而且我絕不會被說服。」理奈這麼說時，臉上掛著淡淡的微笑，清淺、溫和的笑。「我們都懂法律不是嗎？我們都知道我能做什麼，而你不能做什麼。你已經失去挑釁我的權力了。」

「瞧瞧這不就出現了，」他說，「戰士。」

「出去。」

「所以他會成為她的父親是嗎？他會撫養她。讓她坐在他膝上？」

「他會成為一個比你好的父親。」

「很高興生命裡有他？」

「顯然如此。」

「該感謝我，是我找來的。」

理奈轉身，朝窗戶走去。「說真的，佐藤，出去，我沒空在這裡陪你玩遊戲。我已經和你玩完了。」

「他有跟你說過他的工作嗎？他接的案子？」

「我不會和你討論我未來的丈夫。」

「你覺得他現在人在哪兒？」

「他在工作。」

「那該死的我女兒在哪兒？」

「和她外祖父在一起。」理奈抬眼望向佐藤，「而且他會和我一樣確保，你再也見不到她。」理奈用力推了一下窗臺，朝他走去。「別以為你可以再來這裡。我會毀了你。我知道你所有的祕密，要是你敢威脅我，我就毀了你全家和你的生活。」

「我僱用他的，理奈。」

「你是個騙子。」

「你現在擁有的家庭，這份新生活，你的新婚姻，全拜我所賜。」

「我鄙視你。」

「只要我想，你以為我不能跟你說實話？」佐藤問。

「你就連對自己都不誠實。」

佐藤的手放到嘴邊，究竟是想阻止自己脫口說出什麼，還是故意打住以營造戲劇化效果，無法判別。接著他轉身，拿起他的外套。理奈鬆了口氣，但她沒有跟著他走到門口；她不想靠近他。

「他是一名分手師。」佐藤邊調整自己的帽子說道。

「什麼？」

「他為了錢，破壞別人的關係。」

「他是一名攝影師，而且你要走了？」

「問他。」

「我才不會做這種事。」

「問他，去年是怎麼知道去夜市找你的，當時壽美剛好與耀西一起，還有攝影講座。當他帶你去你娘家附近的自然保護區，你真覺得是巧合嗎？他就那麼剛好知道你的喜愛；可以用懷舊之情來吸引你。」

理奈不語，佐藤要離開的放鬆感消逝，被其他的情緒所取代。她依舊與他對峙。此刻他已穿上外套，並且走向她。他朝她伸出手，她閃避地挪步離開，直到感覺窗臺就在她身後。他湊上前，屈起一根手指勾住她背帶褲的背帶，把她拉近。突然，她微笑，「和奈緒子鬧翻了嗎？」她問，他瞇起眼睛，令她感到一陣得意，「這就是你來此的原因？」

佐藤俯身挨近。她可以聞到他呼吸中的一股酸味，威士忌的酒氣。他的手指撫上她的喉嚨，探入她的髮。他低頭，雙唇掃過她頸間，舔她僵硬的肌膚，然後他雙唇覆上她的，並強行將舌頭推入她嘴中。理奈用力咬下，直到她嚐到血味。當他猛地抽身站開時，她做了個鬼臉，並對他的踉蹌感到開心。見他張皇地一手仍摀在嘴上，一手輕拍各口袋摸索手帕，她感覺自己的嘴角彎起。「我非常高興這會是我最後一次見到你。」她說。

佐藤擦抹嘴唇，朝邊櫃走去。「這是他工作的事務所，」他說，把一張名片和一些紙張放在平坦的黑色櫃面上。「去問他們要你的檔案，或者問他。」他緩緩擠出一朵微笑，她依舊不曾移動，表情也未變。「去問我付多少錢給他讓他和你上床。」他說，然後就走了。理奈獨自站在家中的玄關裡，不曾移動。

逃走

理奈伸手用力擦揉雙唇，要把他所有的血跡都摩搓掉——儘管他的味道，那股菸味和金屬味依舊縈繞。那不是真的，她想，不可能是真的。有片刻，她盤算著走進壽美臥房，開始粉刷最後要漆的那面牆。佐藤掌控欲很強，這很像他的作風。人生若沒給他想要的結局，他就生氣。八成奈緒子甩了他，或者另結新歡。

理奈走進廚房，往臉上潑冷水。她啜水漱口，並替自己倒杯已冷的茶。「根本胡扯。」她大聲說。但當她回到客廳，看見名片和紙張依然擱在邊櫃上。最好在海太郎回家前撕掉扔了。他們的生活中可沒有多餘空間能容納佐藤的任何東西。

她拿起名片，正面是海太郎在徵信社前老闆的姓名。這沒有任何意義，理奈想，佐藤很容易就能找出海太郎過去工作的地方，並弄到一張名片。她把它撕成兩半，然後看見名片下頭折起來的紙。那是佐藤的信用卡帳單明細，從去年五月到九月，支付給事務所的幾筆款項，這讓理奈無法忽視。

最後，帳單明細上別著一張傳單。理奈緩慢讀著，內容介紹事務所的服務，提供傳統的私家偵探和一些額外的服務。措辭謹慎且富暗示性，但指涉明確。傳單已磨損，並非新近印刷的。她翻面，看見事務所「團隊」的名單，而其中白紙黑字寫著海太郎的名字。

理奈手中的紙滑落地板。她可以感到太陽穴打鼓般跳動。她半晌文風不動，彷彿只要她靜止不動，就可以假裝這一切都不是真的；她的人生仍是它該有的樣子，如她希望的那樣。但這份新的資訊來勢洶洶，無法防堵，而且它所造成的顛覆，殘酷無情、無止無休，一張張畫面飛速竄過她心頭。她想起海，想起所有事都如此幸福降臨的那段時間，每個凝望，每個吻，每一刻，現在他們的一切，以比她能想像的更快速度被重寫。

他們一起經歷了這麼多，她一生中某些最黑暗的時刻，也最美妙的時刻。而這一切都以他為核心。他真的知道她，了解她。她還記得當她認為自己必須離開時，所感到的劇痛，那種愧疚和渴望。可能會失去壽美的恐懼記憶猶新，然而那時他一直像個救星般幫忙和引導她。他不可能是圈套、欺騙的一部分。她的念頭立刻切換到在博物館教育園區的秋日，和他一起而感到的放鬆與不再孤單，還有她問是否所有的關係都只是欺騙和背叛時，他冷靜、清楚地回答：**我們不會**。他曾許諾過永不對她說謊，然而，想必那就是他一直在做的。但之後，因為不曾心軟，她的腦海裡又浮現北海道的回憶，他是如何帶她回老家，坦誠相待，她想起他在他們的洞穴裡是如何緊摟著她，他把她圈在懷中的溫暖，想起和他在東京，和他一起工作，與他同居一室的狂喜幸福，在在令她痛得無法呼吸。

理奈走進他們的臥室，她和海太郎共用的臥室。床已鋪過，短床罩平整地拉上，就在床罩下，他們的枕頭因為睡過而有點扁塌。假如她拿起其中一個，猶能聞到他的氣味。理奈緩緩退離床邊，難道這就是她父親總是告訴他的？最高明的謊言都是貼近事實的。

床邊，靠牆排放著她剛拆解好壓扁的箱子。她得再度拉開黏起裝滿。壽美子不能住在這兒。一想到她女兒，一股強烈的悲痛湧上，讓她崩潰。她跑進她為壽美準備的房間。牆壁是冷調的淡粉紅色。梯子旁放著油漆桶，等待她完工。理奈想到她所做的一切，她在這房裡所規劃的一切，一個想法壓倒性地浮現。假如她不是這麼愚蠢，假如她不癡心妄想，她就可以一直和女兒在一起。她的婚姻或許依然會破局，但她可以待在目黑，和壽美子一起住，而不須有一時半刻的分離。她竟然拋下她的孩子和一個欺騙她的男人扮家家酒。

理奈轉回自己的臥房。在衣櫃頂端有個皮革旅行袋，她把它拖下來，不顧隨之掉落地上的毛巾和圍巾。然後她朝裡頭扔入內衣、襯衫、一件套頭毛衣、她的牛仔褲。一件堆在另一件上頭。她把她的牙刷和牙膏也扔入，並伸手拿她的相機，但動作到一半又停住。那是他在熱海給她的相機，如今她每天攜帶，並且用來工作的相機。好半晌，理奈不知該怎麼做，然後她的視線突然落在床邊的購物袋上，那是她買給壽美子的禮物，七五三節的寬腰帶。既然壽美已經七歲了，她的和服可以配上正式的寬腰帶，而非兵兒帶。七五三節是她邁向成年的第一個階段，儘管離七五三還有段時日，但理奈就是忍不住。她希望他們前往神社時，一切都是完美的。她把相機扔進她的大旅行袋，伸手拿寬腰帶，並把它平放在最上面。她會帶走她的每一件東西，每一部分的自己，她想，拉上袋子的拉鍊。

接著，她伸手拿電話，響兩聲後，壽美子接起，聽見女兒的聲音，理奈吸氣卻吸成了哽咽。「親愛的，是媽咪，」她說，當壽美子尖叫，並開始講她白天發生的事時，理奈微笑。「親愛的，噓——壽美，我要來接你。」電話線那端安靜片刻，她女兒在消化這訊息。「讓花江幫你打包些過夜的東西。我一小時內會來接你，我們要去下田。」理奈聆聽她女兒聲音裡的驚異、興奮。當壽美在電話那頭喋喋不休時，理奈的淚水泉湧而出，順著雙頰氾濫。「是的，親愛的，」理奈說。「我保證，就過來了。」理奈揉揉雙眼和鼻子，擦掉淚水。「我會過來接你，我永遠都不會再離開你了。」電話沉默了瞬間，理奈輕柔地叫喚，「壽美，你聽見我說的了嗎？」當她聽見她大聲回答「有！」時，女兒聲音裡的喜悅令她不禁微笑。「壽美，我就過來，告訴外祖父等我。」

理奈把裝好的行李袋拿到客廳裡，思考去下田還會需要什麼別的東西，並想到要搭火車。

她瞥了眼時鐘，壽美在學校已經吃過午餐了，但火車路程挺長的，她中途可能會需要吃點心。她不能空手出發，她必須帶點零食，壽美真正喜歡的東西。抓起她的鑰匙，她跑下數段樓梯，來到窄街上。她走入街角的烘焙坊，當冷空氣拂上她的雙臂，她才意識到自己僅穿著一件T恤和沾滿油漆的背帶褲站在外面。幾名顧客斜睨著她，但她不加理睬，逕自走向櫃檯，指著一盒剛出爐的小饅頭說，「麻煩，紅豆的。」她對櫃檯後的女孩說。等候時，理奈搓揉自己的雙臂，深吸一口氣。不會有問題的，只要她一接到壽美，她就可以補償一切。理奈瞥向上方，看見店內的監視器鏡頭正朝下對準她。她在這一帶並未住太久，但她幾乎每天都會走進來；她想到這攝影機必定見過各種面貌的她：戀愛中的女子，和海籌備創業、建立新家庭的人，以及此刻的她。

在收銀臺，理奈注意到某種櫻花狀硬糖，便和她的小饅頭放一起，然後她回到她的公寓，跑上數段樓梯，彷彿這毫不費力。她正把她的東西全聚到一塊兒時，敲門聲響起。門檻上是久兵衛的外送員，送來她訂的便當。須臾間，她彷彿又回到早晨，在佐藤尚未破壞她愛的所有事物之前，規劃好的一天正按照該有的樣子展開。她對外送男孩點點頭，接下便當盒，並把錢交給他，跟他說不必找零。她把便當拿去餐桌上擺好，一個放在她的座位上，一個放在海太郎的。通常她會先把便當放入冰箱冷卻，等他回家時再取出，同時遞給他一些茶或啤酒，自己則再做份沙拉。但此情此景不會再出現。徐徐呼口氣，理奈把便當留在桌上，提起她的行李。然後她聽見他把鑰匙插進鎖孔的聲音。

謀殺

進門時，他滿臉微笑。他的眼神閃亮，表情是如此快樂，幾乎可以把那天給抹去。他誇張地大口喘氣，那是他們對上樓得爬那麼多級階梯所開的其中一個玩笑。「你非得挑一間位在六樓的公寓！」關上門時他說，走上前親吻她。手中仍拎著他的相機袋，嘴唇碰觸到她的時，順勢放至地面。海就在眼前，當他把她裹入懷中時，傳來他的溫暖，他的味道。他回家了。

理奈抬眼看著他。她依舊驚魂未定。他正俯首望向她，彷彿人事依舊，彷彿什麼都沒變，這不可能。他不解地微笑，然後看見她肩上揹著過夜的旅行袋，和她的手提包，而且她緊攫著皮革肩背帶，不打算鬆手。

「理奈，怎麼了？」他問，邊笑邊試著掰開她抓著背包的手指。她上前一步，踮起腳尖，親吻他的額頭。她感覺到嘴唇下他的肌膚，他柔軟的雙眉。她經常這麼做——當他們一起裹著毛毯坐在電視機前，或者在他們的床上，當她醒來，發現兩人一直鼻碰鼻地熟睡時，她總是吻他。不過此刻，她是在道別。

「理奈？」海太郎蹙眉。他退後，凝望她，順著她的視線望向周遭。他看見散落在地面上的紙張，名片，如今已撕成兩半，以及名片下的宣傳單和信用卡帳單明細。

「佐藤來過了。」她說，注視這所有暗示在他臉上牽動的變化，令他面色發白。

「我要殺了他。」他輕聲說。

「不，海，」她說，他轉頭看向她。對於自己的聲音依舊鎮定，她和他一般驚訝。「他把真相告訴我了。」

「什麼真相？理奈，不管他說什麼，不管他宣稱什麼，都不是真的！」他從她身旁走開，又轉身回來。「那都和我們、我們的感情無關，完全無關！他只是個搞破壞和惡毒的男人。」

「他也破壞了我們，」理奈接著他的話說，「而且是你允許他的。」她說。

「不！」海太郎的視線掃視他們的家，彷彿在求救。他看見她如此細心地擺放在餐桌上的便當。「親愛的，我們坐下，我們吃飯，我們可以——」

「我們結束了。」理奈說，她的聲音低暗，但語調中的某個東西，某種斬釘截鐵，似乎觸動了他。

海太郎連忙抓住她肩膀上的行李背帶，從她的雙手上扯下，拋到一旁，遠離兩人。「留下來，」他說。「我一直在保護你，你和壽美。」他站在她跟前，堵住門口。緊張得渾身顫抖。理奈轉身，走進臥室。她從牆邊拿起一個扁平的紙箱，折出形狀，她打開衣櫃，把她的衣服從衣架上扯下，把所有東西都拋入箱子裡，直到箱子堆滿。然後她拿出床頭櫃上的一捲細繩，把箱子捆緊。

「理奈……拜託，想想你在幹麼。」

「我想過了，海，」她說，吐出暱稱時，舌頭覺得古怪，彷彿它正與她和她決心要做的事抗爭。「你有好幾個月、一年的時間告訴我真相。你可以修正、彌補。」她扯出另一只箱子，朝五斗櫃走去。

「理奈，我做不到。看看我們所擁有的。我不想失去你。我一直努力保護你，我們是如何相遇的又有何重要?!」

理奈拿出一落摺好的衣服，這回比較細心地放入箱中。然後她轉向海太郎，她眼底的傷痛讓他退卻。

「你是在保護你自己，」她說。她拾起細繩，抓在手心裡。「你知道嗎？和他一起時的我，從來不是我想要成為的人，」她說，然後突然大笑，「是啊！你是知道，因為和你一起時，我才是我自己。」當海太郎朝她跨前一步時，她注視著他。理奈此刻緊抓著繩子，隨著刺穿周身的悲痛，讓繩子細密嵌入指中。「你已經不再是你了，我們所擁有的一切都不是真的。」她的聲音輕柔，幾近嘆息。「我以為我們坦誠相待——在所有事情上。」

「我們是！」海太郎哀求。

「不，」理奈說。「你並不重視我。對你來說，對佐藤來說，我究竟是什麼？」

「我和他不同——」

「我只是個能被人背叛兩次的愚蠢女人。一個能被欺騙的女人。我可是受過良好教育的人。」

「理奈，耀西和我——」

「不，」她說，「不要扯到我父親。」海太郎緊盯著她，臉上的悲慘之情，迫使她不斷後退，後退，直到雙膝抵到床緣。她坐下，別過臉不看他。她想，他很焦急，心焦如焚，但他很高興她沒有大喊大叫。或許他相信還有挽救餘地，但並非如此，她會讓他斷念。海太郎又朝她走近一步，她揮手擋他。她話語輕柔不是因為她冷靜，而是因為她心碎了而且虛弱，她已經如此多年。她想起壽美子。要是她女兒看見她現在的樣子，她竟淪落至這步田地，她會說什麼？理奈想像較年長的壽美，在她的成年日，看見她坐在這張床上，她會鄙視我，她想。我不配做她的母親。我拋下她因為我想和情人遊戲人間。我無法分辨謊言和真相。她慢慢地抬眼看向海太郎，這回臉上寫滿盛怒。

「你奪走我的一切，」她邊說邊把繩子甩向他，然後是她床頭櫃上的鐘，她的書。走向她，他接住部分砸過來的物品，任其他的摔落一旁，抓住她的雙手。

「理奈別這樣。」他低聲說。

「不！」她尖叫，終於揮拳搥他，「你毀了我。」

「理奈……理奈……」海太郎說，他無法停止喊她的名字。他握住她的雙臂，把她按坐在他們的床墊上。她使勁推撞，想擺脫他箍住周身的力道、他的重量，他試圖讓她冷靜，但理奈唯一感覺到的只是再度被箝制和操弄。

「我愛你，」他說，擦去沿她臉頰流淌的淚水，「我愛你勝過性命。」但當她意會這些話時，反而引發她的強烈反擊，她用力扭動雙手掙脫，並緊緊抓住他的臉頰兩側。他們很靠近，非常靠近，鼻子對鼻子，她可以感覺到他吐納在她臉上的氣息。「我不認識你，」她說。「而且也不想認識你。」正當他試圖把她按回床上時，她猛地推撞他。她抬腳試圖踢他的腹股溝，但他太強壯，太重。她一隻手往上伸，指甲使勁順著他的臉往下劃，看著他的肌膚冒出點點血珠。那天第二個因她見血的男人。「我不需要你，」她直視他的雙眼說，「我獨自一人比較好。」

他們在床上掙扎扭動時，他試圖抓住她的兩隻手，並固定在一起。但她卻設法再度打他流血的臉頰，突然間，海太郎高聲尖叫，一種絕望的尖叫，完全對著她的臉爆發，那力度和音量令她極度恐懼。

理奈發狂地扭動並踢他，讓他失去平衡。倉促站起，她沿走廊跑進客廳，她感到海太郎緊追在後。他抓住她背帶褲後頭，把她拉向地板。理奈抓住門框，但她撐不住，硬生生地往下摔，下巴磕在地上，嘴裡湧出血腥味，她繼續踢他，試圖朝寫字檯上的電話或大門爬去——無論她能搆到哪個都行。有瞬間，她感到自己可以毫不受阻地爬行，接著又感到他全身的重量落下，讓她緊貼在他們家的地板上，當她試圖推開他時，他把她重壓在木質地板上。「你什麼都不是！」她尖叫，而且當她這麼說時，他把手伸到她脖子下，把她的臉轉向他，「只是個男妓！」海太郎跪在她上方，他一隻手抓住她的兩隻手腕，另一隻手拿著細繩，他甩開纏繞的繩子，準備綁縛她的手腕，讓她不要亂動，但他的注意力全在她的雙手上，理奈敏捷地朝上踢，用膝蓋重擊他的睪丸，使勁把陰囊往上擠入他的腹股溝。當他痛得往後縮時，抓握的手也跟著鬆開，她順利掙脫。她翻身，快速往前爬，她清楚自己必須遠離他，因為這一切無可挽救。然而當她爬起身跪在地上時，他用繩子套住她，先是圈在她肩膀上，之後在她頸間收緊。猛往前撲的理奈突然窒息，大口喘氣，感覺自己的指甲摳不住繩子，「別動！」他驚叫。她拚命撓他的手腕、他的手，不停地抓了又抓。「聽我解釋，」他說，「聽我說。」他再三重複，她的臉脹紅，她可以感覺到皮膚下脈搏的跳動。她無法呼吸，不能呼吸。她踢了又踢，但他只是拉得更緊。她試圖張大口吸氣，但什麼也沒有，什麼也沒吸入她肺裡。「理奈……拜託，別動。」她聽見他說，幾乎是哀求。她渾身無力，跌坐在地板上，他把她的臉轉向自己，他鬆開手中的繩子。

氣息一縷縷飄入，但那空氣就像電擊，理奈深深吸入，感覺氧氣在體內奔流。很痛苦，但她終於可以呼吸，這讓她有了力氣。「留下來，」他低語。他正在撫摸她，把她臉上的亂髮撥開摸順，按摩她的喉嚨，把繩子扯掉。理奈抬眼迎視他的目光，然而一看見他，意識到他的謊言，她愛過又失去的生活，重新令她心碎一次。「留在我身邊，沒有你我什麼都不是。」他說，她看著淚珠滾落他的臉龐，正是這點，他的軟弱，映照出她自身的軟弱，讓她怒不可遏。即使都到了這個地步，她還是可以待在他身邊，依附他，而非終於只靠自己。「我不需要你。」她說。

他一直在輕撫、舒緩她喉嚨的手打住。他搖頭。「我不要你，」她說，把他推開。「我獨自一人比較好。」她大喊，當他把她拋回地板上時，她死命扭打，她的頭猛地磕在木頭地板上，環繞她頸間的雙手逐漸收緊。理奈試圖掙脫他的控制，不斷刨他的手指想掰開，但他實在太強壯。她踢了再踢，然而一隻腳上的鞋子已經在先前滑落，穿著襪子的腳又在地上打滑。她掙扎地呼吸，胸膛逕自鼓起又回縮。她頸間的壓迫感越來越大，他的手指用力按在她的氣管上，痛苦再度來襲，她的空氣被奪走。再一次，她試著推開他，但眼前一片模糊，只有腦袋裡猛烈跳動的脈搏，渾身乃至四肢逐漸棉軟無力。理奈蠕動、悲鳴、嚎叫地抵抗生命的流逝。她不斷踢了又踢直到她再也分不清她是真的在動還是想像。海太郎在哭，悲戚地啜泣，他把她深深壓在他們家的地板上。隔著他的肩膀，她可以看見天花板，懸掛的布簾，和通往他們臥室的走廊，展翅飛翔的鶴。就這樣了，她想；到此為止。「壽美子——」她呢喃，但她不能說話。她試圖吐出名字，雖然她雙唇蠕動，但什麼也沒出現。沒有任何聲音。「壽美，壽美——」

第五部

一切都能勘透，唯獨不知如何生活。
——沙特

壽美子

呼吸

一整天我看著大量烏雲聚積在目黑上空；空氣凝滯悶熱，彷彿負載太多粒子。當急劇的暴風雨終於到來，落雨嘈嘈，一顆顆肥胖的堅硬小珠子，哐啷打在大街小巷，清洗一切。此刻，我望進花園，空氣清新潔淨，植物在暮色中閃爍微光。

當我坐入外祖父的椅子時，夜幕悄然降臨；皮椅嘎吱地伸展好接納我這已熟悉的身形。我扭開旁邊的檯燈，任其他一切都浸沒在暗影中。我的腿上擺著陪我走過這趟旅程的天鵝絨盒子。現在它是打開的，閃耀金光的徽章花瓣圈繞著細小的浮雕中心：向日葵和天秤。替所有人伸張的正義。花園內持續的蟬鳴從開啟的百葉窗透入，草叢裡蟲吟開始迴蕩，接著盈滿所有空氣，越來越大聲，它們被夜晚的暗黑放大，我們的思緒也經常如此。

我側耳諦聽，等候門的金屬碰撞聲、砌磚車道上的輕柔腳步聲。果然出現了，他的鑰匙插進鎖孔。「壽美醬！」他喊。我聽見他在門廳換拖鞋時，鞋子落在大理石地面的聲音。他應該可以看見書房透出的燈光。我想像他看見了，並且微笑，相信我是在工作，或許正為我額外接的一個案子收尾，或者正為了去「野村&東野」上班做準備。

「壽美醬，鮑魚超美味！」他喊，走進廚房。「我離開時，他們替我打包了些，要我弄點給你吃嗎？」我聽見他在餐桌上擺盤的聲音，我想像切成薄片的鮑魚扇形鋪放在一大盤的碎冰上。「你應該多吃點！」他說，腳步輕盈地走入書房。當他看見我坐在他椅子裡時，他眉開眼笑。「你做太多工作了，」他說，「來——」他朝我伸出手，輕鬆、神采奕奕，溫泉讓他煥然一新。

他不再是起草向檢方控訴中村海太郎的那個男人。當年他的頭髮是黑的，僅稍微間雜著幾綹白髮，如今全褪為灰色。他的四肢瘦些，小些，彷彿他在縮水。但他的面容依然堅定，雙眉濃黑，皮膚的皺紋摺痕是許多面部表情造成的。他瞇起雙眼，他對我微笑。然後他把頭偏向一側，彷彿在尋思解決辦法。已經二十年了，他依然那樣看著我，好像我還是個孩子，只要稍加逗弄，任何心情都會隨之轉換。

他的視線落在我手中的盒子上，他咧開嘴笑了。「寄來啦！」他說，聲音裡盡是滿意。

「我發現這個。」我說，從盒子底下抽出一張方形的紙。那是張剪報，就像過去這些年他替我收集的那許多張。外祖父接過的瞬間既不顯驚訝也無驚慌。接著，他打開並閱讀上面所刊登的文章；短短數行概述了我們每一個人。

「壽美子——」

「我在品川警察局找到的，」我說。耀西消化這訊息時皺起眉頭，他心思敏捷。在他能說出任何事，在他能編造出另一個故事前，我再度發話。「而且我找到你的檔案。」

我外祖父靜默，他伸出一隻手搓揉他的嘴，轉而看向我們周遭的書架。

「我的檔案？」

「你控告中村海太郎的檔案，在你辦公室裡。」我說，想把我們之間的疑慮一次澄清。我緩緩站起身。

「壽美——」他低聲喊著我的名字，彷彿倘若他喊得夠輕柔，我們就能回到從前的時光。此刻，我朝空的扶手椅揮揮手，邀請他入座。

他震驚地往前挪步。我看得出他正嘗試馴服他的五官，運用他嫻熟的自制力，但當他將雙手擱上我們椅子的扶手時，卻不住顫抖。

「你騙我。」

他俯視地毯，避開我的視線。

「你騙了我一輩子，」我反覆說，「你編的故事，帶我去看品川的高速公路，——」我打住，我們共有的故事竟披著如是虛假的外衣，實在說不下去。

我外祖父再度搖頭，彷彿這麼做或許能讓既成事實逆轉，不過徒勞。我想要答案，而且他清楚我會有多鍥而不舍。畢竟，是他親自教會我如何辯論的。

「那你知道嗎？是我發現她的。」終於他說。他的雙頰抖顫，但他沒有哭，然後我注意到他的皮膚已變得薄如紙張，他實際上有多孱弱。「她躺在地板上，」他接著說，「依舊穿著那身愚蠢的背帶褲，」他把手伸進外套口袋掏出他的手帕，在指間撫平，當他這麼做時，我可以感覺到他的沉痛，直到今日，他一直背負沒能救她的自責。如今我也共同承擔的自責。自從我發現那捲監視器錄影帶後，我就不斷地想，倘若她沒有去麵包店為我買東西，倘若我告訴她趕快回家，什麼都不必帶，那她是否仍然活著。耀西緊咬牙關，深吸一口氣。「他正跪在她身旁。」他說，這時他看向我。當我們終於提起這個置身我們傷痛核心的男人時，他鎮定地與我對視。而且我外祖父的表情中不再流露任何脆弱，只有露骨和陰暗的真相。

「難道你想要伴隨著這樣的資訊成長？你想嗎？」他問，把剪報遞向我，這回換我移開視線，因為我答不出話。

「我知道他是什麼人，」我迴避他的問題說，「我知道他做過什麼，但你應該找到別的方式——」當我外祖父懷疑地哼了一聲時，我住嘴。他用長輩的輕蔑眼神看著我，而我——雖然他錯怪我——感到羞愧。他的神情似乎在說我是個小孩，一個拒絕了解真相的蠢女孩。

「我已經看過他的訊問錄影帶了，」我說，他睜大雙眼。「另外，我也看過抗辯檔案和你的筆記，你隱瞞所有事，但我有知的權利，我有知道的權利。」

我外祖父深吸一口氣，徐徐吐出。

「你掌控了她的一生和我的，編造了一個想讓我看見的回憶。」我說，因惱怒而提高音量。我想起我母親，我依然極度思念的女人，以及她是如何從我生命中的各個面向被抹去。

當我首度拿到檔案資料時，我滿心所想只有她，我壓根不在乎海太郎會有何下場。但當我注視他，閱讀他的相關資料，我意識到他對她的認識之深，遠勝其他任何人，於是我的念頭便轉而關注起他的判決。我開始替他擔憂，這擔憂在我看見我外祖父的筆記時，加劇且真實起來。

「殺人是什麼感覺？」我悄聲問。

「什麼？」這問題讓我外祖父眯起眼。

「他死了不是嗎？法務部打電話來不就是為了說這？」我十分平靜地杵在原地，凝視他，但當我外祖父拋來一朵淺笑時，我不禁後退一步，「我可以理解原因——」我開口，但當他笑出聲時，我益發震驚。

我不語片刻，「加賀島百合的辯護救了他嗎？」我問，腦海中浮現在法庭上綁著馬尾的女人，她也曾經把我抱在腿上。

「你覺得呢？壽美子？你可曾想過你在這其中所起的作用嗎？」我外祖父問，沉重地站起。

「我不懂。」我囁嚅，在想走近他、與他眼中突然湧現的怒火——此刻之前始終蟄伏的怒火——中掙扎。

「你想過她是從何處得知我們已接納他，視他為家人的？你跟她說他是個好人。」我外祖父說，「一個非常喜歡你母親的好朋友。」

「所以她主張他愛她的論證——」

「獲勝，」我外祖父說，「法庭相信他真心愛你母親，而且真心感到懊悔。他們最後以非預謀的激情犯罪論處，並認為他可矯正。」

「但黑澤檢察官？」我說，想起外祖父交給他的我的照片，我外祖父論證的力道，我腦海中想像的審判如此清晰。但然後，我想起訊問的錄影帶，檢察官審慎的神態舉止，兩名男人間的微妙關係——那是我永遠無法徹底摸清的部分。儘管擁有那些專業訓練，我卻妄下結論，而且，在這份醒悟之外，我還意識到別的東西，某種准許或不准許都很奇怪的情緒——鬆了口氣。

「黑澤並未回覆我的信，」我外祖父說，「最後他要求判處長期徒刑服勞役。」

「那麼，法務部打電話來是？」

「中村海太郎還活著，」耀西說，「就要放出來了。」

我花了點時間消化這訊息，而且頃刻我便明白我外祖父必定終究還是淪為「被遺忘方」的待遇，被遺棄的和孤獨的，就算他是專家，也無能影響局面。我為他和我們所失去的一切感到遺憾，但依然有個念頭盤踞心頭不去。「他在哪裡？」我問。

「別犯傻了，壽美子。」

「我想見他。」

「他殺了你母親。」

「我想和他談談，」我堅持。「他可以和我談她。」

外祖父以令人吃驚的速度跨大步上前抓住我的雙臂。他的肌膚發皺又細薄，但他的抓握強勁有力。「她的事**我**都告訴過你，」他說，同時貼近我的臉，我回視他，有些動搖，試圖與他四目相對。

「壽美子，我已經傾盡全力。」他說，依然緊緊抓著我。

「那不夠——」我說，扭動身體想掙脫，當他突然鬆開我並轉身，我腳步踉蹌。而且即便他背對著我站立，他所給予的一切，我的童年，他的保護，他的愛，都橫亙在我們之間的空氣裡。

「我不認為我能去野村&東野上班。」

「胡扯。」他轉頭怒視我。

「我是認真的。」我輕聲說。

「別這樣，壽美子。假如你是想懲罰我……」

「我沒有。」

他再次轉身面向我，不敢置信地搖頭，「但你已經簽了合約——」

「還沒簽。」

「這會不可逆地傷害你的生涯。」

「我不確定我想要專攻公司法。」我說。

外祖父的表情變柔和，他朝我伸出雙手，拉起我的手指，「壽美醬，你受了驚嚇，你不知道自己想要什麼。」我僵住，他把我的手抓得更緊了。「這是傷痛，壽美，你不理性。」

「在你回家前，」我說，「我打開合約，但我就是簽不下去……」

我外祖父氣得咬牙切齒，鬆開我的雙手，「我可沒把你養成這樣的人。」

「你是不是就是這樣對我母親說？」我問。

「理奈沒能扛起她該盡的責任。」

「你認為我也應該？」

「你訓練有素，紀律嚴明，你可以做到任何她做不到的事。」

「我要做我自己，」我說，在他理清我話中的訊息時，始終注視著他。「像她一樣。」

「她死了，」他說，從我身邊走開。「她任由你在沒有她的陪伴下長大。」

「我想見他。」我堅持，他停下腳步，突然靜止不動，他的嘴唇因沮喪而緊抿。「你趕不及見到他的。」他說。

我試著回想我所接電話的細節，計算法務部會提前多久通知。我不可能太晚，而他已獲釋放。片刻後，我明白外祖父在唬人，而且他看出我知道。

「他們不會讓任何人進去的，」他說。「你打算怎麼辦？假裝是他的律師。」

「沒必要。」我說。

「可真是諷刺，你最後竟用上所學的。」我外祖父譏笑道。

「我不會虛偽陳述自己。」我說。

外祖父面對書架站著，那是我們的藏書，直至目前我們兩人的所有心血結晶。「他們規定很嚴，只有親屬能探訪。」

「他是幾級囚犯？」我問，但我外祖父不會回答。我懷疑他有收到他監禁期間的行為報告，和後續分級，晉級越多，獲准的探訪和通信次數也越多。按照新規定，這類的報告，作為「被遺忘方」的外祖父有權收到。

「他有任何訪客嗎？」

「沒有。」我外祖父答，我們一起站在他的書房，相隔一公尺之遙，碰觸不到彼此。

「沒有任何人？」我問。

我外祖父以疲憊的雙眼回看我。「他沒有家人，不再有。」

「他在哪兒？」我問。

「壽美子，別這樣。」他說，終於懇求。

「在哪兒？」我又說。

「千葉，」他說，闔上眼好看不見我。「你要怎麼說你們的關係？」當我在門口停步，想起這個說愛我母親又殺了他的男人時，他問。

「中村海太郎本該是我繼父，」我說，「我算是他的家屬。」

宿命

在前往千葉的火車上，我無法安坐，於是我在各節車廂內到處逛。我站在兩節車廂間的封閉廊道裡，斜靠門上，耳畔盡是車輪哐噹轉動的噪音。窗玻璃上有我的反影——一個穿著皮靴的嬌小女人，海軍藍襯衫洋裝，腰上緊繫著皮帶。我的手指抓住旁邊的扶手，把鋼桿完全包覆於掌心，指甲掐入肉內，彷彿這麼做就可以將我錨定。

外祖父和我前往日本阿爾卑斯滑雪時，曾搭過地方小火車。它們行駛得好慢，你可以清楚看見成排的竹林在微風中搖擺。像駝鳥羽毛般地在風中彎腰，沿著鐵軌和河岸叢生。每一細節都很清晰：陰暗的竹竿朝光伸展，頂端是翡翠葉片的鳥羽。在這列火車上，外頭的世界上了柔焦般地模糊。遠方，群山山頂像一顆顆掛在電線上、閃著蛋白石微光的珍珠，鄉村偶現的房舍和田野融匯成彩色斑紋，直到世界如此快速地飛逝，彷彿在逃離我，沿鐵軌反向而去，回東京，我歸屬之地。

待在家裡，我和我所愛的那些人或許安全，只是已太遲，我無法回頭。當我們越靠近千葉，畏懼——強烈且醜陋的畏懼——在我體內升起；火車放慢速度，窗外的世界具象化為車站月臺堅硬的稜邊。

我朝監獄門口走去時很緊張。我在書房裡沒承認一點，我可能見不到中村海太郎。我外祖父說規定很嚴是對的。我可以試著爭辯我是親屬，但還是有超出我掌控之事能裁定我是否見得到他。我的航道二十年前就已劃定，就看海太郎視我為孩子的情感有多深。

即便在今日，一名囚犯首次進入千葉時，所有可能的訪客都會經批准再造冊，收錄在前面的辦公室裡，屆時名冊上未登記的人，將不准進入。

我從袋中取出身分文件時，雙手不住抖顫。我的駕照卡在皮夾裡，我不得不用冒汗的溼滑手指去撥扯它。警衛揮手示意我等候並走向鐵網圍欄旁的亭子時，我向他鞠躬。我看著他拿起電話，把我的駕照遞到眼前，唸出細節。當他停頓並且聆聽時，我等候，最後他點頭，又再度發話。開始下雨了，空氣裡飄起鵝毛小雨，幾乎像薄霧。警衛朝我走來時加快步伐。「囚犯正在工作，」他解釋，「但你可以去房間等，大約半小時。」

他比比一百公尺外的主要建築，宏偉的混凝土大廈，黑色玻璃門。我腦中備妥如此多爭辯的理由，料想定會遇上許多為難才能進入（我甚至把我的徽章也帶來了），因而霎時我意會不過來。警衛用袖子揩抹臉上的雨水，對我蹙眉，「皿島小姐？」他重說一次。「我需要你填份表格，」他說，抬眼看向天空，雨勢開始加劇。當稠密的雨珠飛濺在我們周遭的柏油碎石地面，他抓起我的手臂，拉向監獄商店的豔黃雨棚下，遞給我他的手寫夾板和一枝筆。「請填寫，」他說，「一定要確實。」我點頭，接過表格，有點笨手笨腳。「他有把我的名字寫上？」我緩緩問道，再度抬眼。「我在他的訪客名單上？」警衛皺眉，瞇眼看著我。

「抱歉。」我立刻囁嚅，低下頭。表格上有許多有關我背景的問題，我迅速回答，然後是一個大空格：

請陳述你想和囚犯討論的主題。

下方還印著一行小字：

請勿偏離此話題，否則你們的會面將終止。

我停住，筆尖擱在紙上。然後我寫下五個字：我母親，理奈。

警衛低頭看了看表格，點點頭。然後，他就拿走表格，衝入雨中，跑向他的亭子。獨自站在店鋪雨篷下，我瞥瞥手錶，發現雨水已淋溼雙臂。我把雨水拂去，甩動雙手，走進店裡。室內的空氣冷涼，冷氣機送出的風吹在肌膚上，讓我感到些許寒意。裡頭空無一人，只有擺滿受刑人製作物品的貨架。

工作是受刑人的職責。就連那些單獨關押、等待處決的死囚，都得在自己的牢房裡獨自工作。其餘的人則整天在監獄工廠裡履行合約，製作印有百貨公司商標的袋子和筷子。當這些訂單做完後，囚犯又會受訓學習一樣手藝，那就是監獄商店販售商品的貨源。

我眼前的房間寬敞，甚至巨大得像一間倉庫。天花板上滿是日光燈管，牆壁發亮的白。房間盡頭有塊鋪了地毯的空間，陳列了一張棉絨沙發和一張透明的玻璃咖啡桌，搭配一只有黑色鍛花的傳統紅榆木櫃。我面前是一排矮桌，上面擺放裝有鋁箔袋包裝的綠茶和陶製神像的藤籃。沿牆成排鞋架上是黑色和棕色的男士皮鞋。還規劃了領帶和拐杖區，然後，在一個玻璃陳列櫃裡，有金銀鑲工的黑色漆器領帶夾——金色鯉魚在陰暗的池塘裡戲水，或者是黑色夜空下的一朵銀色芍藥。

當我在店內四處走時，我想像這些物品的製作者和他們的日常生活。在千葉這類設施裡度過的人生主要都是靜默的。囚犯不准交談或對視。在運動、沐浴，甚至祈禱期間，都禁止交談，否則便要受罰。在工廠裡，每個人只能專注在面前的工作上。他不能瞄警衛或其他囚犯，不准瞥一眼時間或者眺望窗外。擦臉或者擤鼻子等得先徵求許可。這是一個人類幾乎無法控制自己身心的地方；他們唯一能影響的事物是他們所創作的產品。

我想起我最後一次看見的海太郎，錄影帶裡絕望又渾身帶刺的男人。我看見他黑色長髮所框出的輪廓，看向攝影機的雙眼清澈閃亮，我好奇這些物品中哪些是他做的。我納悶在這個你被明確規定要如何坐、立，甚至睡的世界裡，他變了多少。我想像他每天在工廠裡，習慣在走入食堂或自己的牢房區時，接受例行搜身，不看任何事或人地跟隨鐘聲移動。我很可能是他這二十年來第一個真正看見的人。我懷疑他是否可以與我對視。

商店後方的門打開，一名售貨員走入。她穿著平底鞋，步伐快速，用手帕抹過嘴角。她微笑，並招呼我走向收銀機。「你見過這些嗎？」她邊問邊指向櫃臺上的文具收納架。裡面有尋常的筆記本和櫻花信箋，印著秋葉的紙杯墊，但在這些東西旁邊，有個專屬的架子，陳列熊本熊系列筆記本，熊本縣的代表黑熊。這隻吉祥物是如此討人喜愛，贏得舉國上下的歡心，牠的圖案甚至出現在嬰兒奶瓶或者超市的泡麵包裝上。在這本筆記本上，牠穿戴著獄警的帽子和制服。牠發光的黑臉微笑，雙頰上紅撲撲的兩球，代表健康。一隻手開心地高舉作揮手狀。下頭則有醒目的綠色字體寫著：「熊本熊的便利貼！」

售貨員滿心期待地看著我，我報以熱情的微笑。我知道許多人會收集這些便條紙；倘若我買下一本，有些人甚至會感到嫉妒。我翻開封面，看見裡頭一張紙上寫著：

別吃它，別拿它當武器，最後，別丟掉它！

我想像男人成排地坐在工廠裡，彼此間的凝結氣氛，那緘默，機器不停嗡鳴，筆記本一本接一本地組裝。

我佇立雨中，在室外大門前等候著獲准進入，我把手伸進洋裝口袋，抽出我放在裡頭的剪報。那天早晨我在外祖父書桌上找到的，它被獨留在拂曉的灰暗光線中。我打開它，又讀一次，那內容是如此熟悉，是我們每一個人的故事。我用手指描摹我們的姓名，用雙手撫平報紙，直到它變得溼得似乎都滲入我的肌膚裡。等面前的門一打開，我便把紙揉捏成一團，丟入垃圾桶。

我靴子的鞋跟在防水地板上踩得嘎吱響，獄警護送我經過有著四面白牆和長板凳的等候室。我被帶入一個不超過兩公尺寬的會客亭，中間有一面玻璃隔板，上面打了許多小孔。我們根本不可能把手穿過玻璃伸向對方，甚至碰觸到彼此。之間流通的可能只有空氣。

隔板這頭有張桌子，和一把棕色的塑膠椅，我坐下等候。等了又等，我開始懷疑他不會來了，懷疑他無法面對我。我這邊的牆上用膠帶貼著指示，叮嚀我只能談在門口明確填寫的話題，而且必須輕聲且平靜地交談。我不可以和囚犯用外國語言或手勢溝通。任何違反上述規定的行為將導致會談立即終止。

我垂下眼簾，想像我和中村海太郎的談話景象。我怎麼可能輕聲細語而且保持平靜？我甚至知道要說什麼嗎？時間這麼短暫。探監只能有十五分鐘，至多二十。玻璃隔板的另一側有兩張椅子：一張給海太郎，另一張給押他來的獄警，他負責監督並且記錄他所說的話，但椅子是空的。什麼都沒有，只有寂靜，隨著時鐘滴答不斷延長的寂靜。

當我聽見他拖鞋踩在防水地板的啪嗒聲時，我緩淺地吸吐。我遲疑了，不願抬眼。離上次我在臥室的電視螢幕上看見他不過數日，而終於，他就在眼前。獄警先進來，後頭跟著個穿灰色連身褲的瘦小男人。他們會把犯人的頭剃光，但如今接近出獄，因此准他把頭髮留回來。頭皮冒出的花白髮茬，形成一圈光環。他雙肩拱縮，當他伸出雙手，等獄警解開他的手銬時，他別過臉去背向我。鋼製鐐銬上還用細黑繩把他的雙手綁在一起。繩索慢悠悠地解開。他頭低垂，依然拒絕抬眼，海太郎走到椅子前坐下，以最省力的動作移動。假如我曾感到憐憫，那也是在監獄商店裡時，我替自己心理建設，準備見一個愛我母親，同時也失去她的人。但此刻，我眼前只浮現母親躺在陌生公寓裡的地板上，頸間全是深紫色瘀傷。

我面前的男人在座位中稍作挪移，當他抬眼看向我時，我猛地感到震驚。他的視線在我臉上游移，從我後梳用髮夾別住的頭髮，到我襯衫洋裝挺括的衣領。非常徐緩地，他的嘴角上彎，綻出一抹微笑。

「你很像你母親。」

我們有許多描述命運的詞彙。有些是多愁善感，有些則自帶能量、運氣和選擇的往復循環。當我坐在千葉監獄裡時，我想到的那個詞彙很老派、甚至過時，但卻是最合適的——宿命。再苦也得吞下的命運／不得不接受的無奈命運，因為不可能改變。

海太郎漸漸恢復平靜、中性的表情。但當他看向我時，眼底依然閃耀著一抹光芒，在敏銳的檢視中，將我的容顏逐一分析、刻入腦海。獄警坐在他後方的椅子上，一手拿著便箋本，一手握著筆，準備隨時記錄。最後，海太郎的視線不再移動，凝止在我臉上。得知他期待我來，二十年前就把我登記為訪客之一的千絲萬縷橫亙在我們之間。他知道我會來嗎？或者他只是希望我會？我由我外祖父撫養長大，有可能永遠都不會知道他的存在。

海太郎稍微傾身，「你是一名律師。」他說。

我俯看我的衣服，我黑色的靴子和洋裝，這裝扮的休閒調性。然後我記起我也帶了案件檔案夾來，以防家人說詞在門口遭拒時備用，而小圓徽章我就別在檔案夾邊緣。檔案夾平放在我面前的桌上。我點頭，他再度微笑，徐緩地、驚異地，「就像你母親。」他說。

「最近才取得資格。」

「你是日本律師聯合會的註冊律師？」他問，雙眼不曾離開我的臉龐，我點頭答覆。

「你外祖父試圖讓我判處死刑。」他說。

「我知道。」

「你希望他成功嗎？」

一想起我過去數週所經歷的一切，臉刷地漲紅。確實，有好幾次我希望他死掉。「現在不會。」我說。

「你怪他嗎？」他問。我想起在家中的耀西，正為他一手打造的生活哀悼。

「我可能也會做同樣的事。」我說，指的是我祖父的試圖報復，而非隱瞞我。

海太郎點頭，接受我的答案。「你現在想怎麼做？」他問。

「追訴期早過了。」

「足智多謀的一家人。」他說，我幾乎微笑，他的確認識我們。

「你開心自己還活著嗎？中村海太郎？」我低聲問，音量不大卻可聽見。他身後的獄警探身側耳，寫筆記的手暫停。我看著海太郎，但他依舊沉默，雙眼低垂，我好奇他是否正回憶我母親。我好奇是否直至此刻，他仍能清晰看見她因為生活中某些令她開心的小事而逐漸綻放的笑顏。終於他回看我。

「我是唯一記得她的人。」他說。

胸臆高竄的怒火既邪惡又嗆人。我憎恨地望著這個哀傷瘦弱的男人。「你才不是唯一一個！」我咬牙憤憤說，音量在狹小的房間裡格外顯大。我探身向他，氣息在壓克力板上凝結，推擠著穿過我們之間的小洞。獄警上前，伸出一隻手按在海太郎肩上。後者已經站起身迎向我，此刻又被推回他的座位裡。獄警嚴厲地看我一眼，我自己坐回椅子，俯首道歉。秒針滴答，我始終低著頭，滿心悔恨。時間所剩無多。

「壽美子。」

海太郎喊我的名字時，我抬眼。他俯身向前，手指觸碰著隔板，覆蓋在密布的孔洞上。

「我不是唯一記得她的人，」他說，「但沒有人像我一樣真正了解她。」

「我外祖父了解她。」我說。

「他曾談過她嗎？」海太郎問，見我未吭聲，他微笑。「假如我死了，」他說，「她和她之於我的一切也將死去。」

我輕蔑地掀動上唇，我的盛怒在他面前展露無遺，但也明白他是對的。

「我有一些東西要給你。」當我試著讓自己恢復平靜時他說。他抬手搔搔頭上的髮茬，白多於黑。

「我不要你的任何東西，皿島壽美子，」他說，我對他能正確念出我的姓名感到驚詫。

「但我希望你能擁有我的回憶。」我對他皺眉，兩人陷入靜默。

「我一直在寫信給你，」他苦笑地說。「一個月一封，每封七頁。」想到監獄的法規，連未寄出的信件也在管制內時，雙唇不受控制地彎起。「每個月，」他說，靠向隔板，「我都寫信給你，希望有一天你能讀到。」

「你是殺人兇手，我應該一把火全燒了。」我說。

「沒錯，」他認可，「但還有別的東西，我從我們家中保留下來的。」我一直瞪著他，毫不留情，但那個「我們」，和他與我母親共有的生活卻讓我畏怯。「沒有太多，」他繼續說。「只有她走的那晚我收拾起來的。都被納為證據了。你外祖父是我們租約的保證人，」他和藹地說，「所有的家具，我們大部分的物品他都扔掉了。」

「你有什麼？」

「我和你母親在北海道照的相片，」他說，「我長大的地方。」

「我在沒有她的陪伴中長大，你永遠也無法彌補這點。」

「沒錯，」他沒多做辯駁。他身後的獄警站起，我們的會面時間結束。海太郎轉身，伸出他上銬的手腕再度給綁起。我看向他，看向他乾燥脫皮的肌膚，凹陷的雙頰，試圖找尋她當年抓傷他的餘痕，錄影帶裡滲著血的痂。我看了又看，但他整張臉只有蒼白，被關在室內二十年，每週只有三十分鐘到戶外放風的人所擁有的慘白。他朝門走去，我克制不住地出聲喊他。獄警惱怒地看向我，我伸出一隻手攔他。「拜託，」我說，「拜託，你會讓我拿到他提的信件和相片嗎？」

「他們會處理的，皿島小姐。我們的審查官每週五會來。」我看見海太郎露出淺淺的微笑；這動作如此細微，獄警便當沒看見。當門為他開啟時，海太郎抬眼看向我。「壽美子，」他說，眼中的溫暖令我難忘，「燒掉也可以，隨你高興。」

名字蘊含的意義

從千葉回來後，我外祖父就避著我。在家中他幾乎當我空氣，拒絕說話。我們不一起吃飯，我也不確定他是否有吃。彷彿揭開傷痛過往，讓我不再是我，看見我只會令他心痛。然而我還是每天都會去找他，無法疏遠，而且最後，我不得不藉由問他一定會願意討論的話題來打破僵局：我父親。

中村海太郎在東京地方法院宣判那日，他們兩人都在場。然而我外祖父到得早些，我父親遲些，希望不引人注意地溜進去，站在後頭。當判決宣讀後，他摸索著打開門，跑下主要樓梯，急匆匆地穿過大廳寬闊的大理石地板，投身雨中。我的外祖父跟隨在後，十分清楚他要做什麼。

我父親離開法院，沿街向霞關站走去。街角有個電話亭，外觀灰撲撲地布滿塵垢，雜沓的鞋印、菸蒂，和撲鼻汗味是殘留的汙跡。他打開亭子的門，並迅速關上。接著猶疑半晌，瞪視著電話聽筒，然後才伸手取下，撥出一個號碼。

電話亭裡很悶熱，水氣凝結在玻璃上。僅在我父親仰起頭並微笑時，可看見他的臉。他對著聽筒快速敘說。線的彼端靜默，他等候，等候某人來接電話，此人的認可是他最需要的。他兩手抓著受話器，你可以從他的嘴型看出歐多桑三字，父親。數秒內他的笑容從臉上隱沒，他垂下頭聆聽，然後他慢慢地舉高聽筒，遠離他的耳畔，他瞪視它片刻，這才掛上。門外已排了一小列隊伍，有些是記者，有些則等著用電話。一個男人上前拍打玻璃，驚動了我父親，他點點頭，迅速離開電話亭。他擠過人行道上的群眾，揮手擋開試圖和他說話的記者。他喊著他幫不上忙，他不是他們要找的人，他不是佐藤治。

越來越多的人聚集在他身邊，他被迫朝法院宏偉的水泥建築走，直到他被堵住，無法再往前。他前頭幾公尺處，我外祖父撐著把傘，站在雨中等候。

我父親並未遭起訴，但法官還是下令讓他為自己的行為支付民事責任罰金。他的家人不會被媒體騷擾。儘管如此，佐藤家還是與他斷絕關係，但他們這麼做並非為了他如何對待我母親，甚至不是因為她死了。而是中村海太郎所蒐羅、整理的一連串完整罪行，迫使他們與他劃清界線。他們兒子的人生真相被裝在一個以細繩綁起的棕色包裹中寄達。

裡頭詳細交代了佐藤的商業往來、他的酗酒、債務，耀西在他們結婚時給他的錢是如何花光，他被公司解僱，以及他追求名古屋那女人的事。最後提及他的種種行徑導致離婚，包括他怎麼對付我母親。在所有這些事之中，一名年輕女性的被殺只是最後一根稻草。我問外祖父是海太郎把資料寄給他們的嗎？在餐廳的昏暗光線中，他噘起嘴，擠出一朵疲倦的微笑。「我寄的。」他說。

他清楚我父親不會再與我們聯絡，而他也沒有。我和他最後的聯繫是一張生日卡，離婚後不久寄來的，當時我母親還活著。發現時，我正坐在目黑客廳的地板上，打開面前的一堆賀卡。卡片內寫有他的住址，位在名古屋的一間公寓，另一個我從未見過的家，還附有一張相片。那照片必定是他們搬入後拍的，兩人並肩站在公寓樓房外的一條細窄草皮上。我一定拿在手上看了很久，因為外祖父從其他房間內走進來。「你還沒看完啊？」他問我。「你正在算你的仰慕者寄來多少封情書嗎？」當他看見我手上拿的那張時，他沉默，走過來在我身旁的地板上坐下。

「這是誰？」我問。

「你父親的女朋友。」

「她醜死了。」當他把我抱到他腿上時，我嘀咕道。

她不醜，但她和我母親一點都不像。她的臉很寬，雙頰下垂——一個不再年輕的女人。眼睛和嘴角都有皺紋，不自然的微笑周圍可見摺痕。我父親伸出一隻手臂摟住她，他的表情與她如出一轍。我看不出他們究竟快樂與否。

我記得我轉過頭，把臉埋入外祖父的頸間。他抱著我站起來，然後把我放下，彎腰把我留在地上的那落卡片拾掇好，用雙手捧起。從那刻起他建立了一個延續到我成年的傳統，因為他把所有卡片拿到咖啡桌上排開，一張接一張，覆滿整張桌子。「瞧，你有多特別。」他說。

我們把相片收起，放入某本家庭相簿中，在我從千葉監獄回來後的那段時間，我又把它翻了出來。沒變，站在草地上的仍是同樣的兩人，凝結在時光中。我已經得知我父親這麼多事，與他在我母親死亡中所扮演的角色，垂眼看向照片，我知道自己不會想去找他。

有段時間，或許我父親的命運幫忙療癒了我外祖父。儘管失去我母親令他深感悲痛，但得知仇敵已遭懲罰，他就能把憤怒擱下，展望未來。在寂靜的繭中，他重建自己的世界。他全心栽培我，在我身上重新創造失去的一切。

我知道自己很幸運，我的童年安全無虞。我的一生都有外祖父支持和引導。他的錯誤在於以為全世界都在他的掌控之中；任何事都能用法律解讀。法律本身不具保護功能，對於我們今日所面對的世界，它經常是不足的。最重要的是認識，對我們自己和其他人的認識。我從我母親身上學到的改變了我的人生。

外祖父不解。他坐在我們家中望著房子，彷彿在他不在時，它背叛了他。我們在他書房暈黃燈光下共度夜晚、我衝出門趕上課時，他會遞給我剪報文章，這些景象都已遠去。我不只違抗了他的決定，我還改變了他的真實，他的現在，和他的未來，他無法原諒。

夏日漸深，海太郎出獄的日子也即將到來。每天清晨我會下樓查看他的信件和照片是否有寄來。我懷疑他改變心意了，決定不要寄給我。我懷疑他內容失檢，批評獄方或獄警，致使信件遭扣留。與此同時，「野村&東野」的合約還留在書房，我依舊未簽署，對於該怎麼做，我每天都變得更加不確定。終於，我跑去看我母親。

我面前的道路蜿蜒，隨地形上升，每轉一個彎就揭露我們街坊的一個新面向——神社、孩童嬉玩的公園、茶鋪、髮廊、亡者可以寧靜地接受清理和瞻仰的殯儀館。坡道上蹲踞著白色矮房，前院裡有修剪整齊的微型綠雕，種在盆裡的柿子樹、夏蜜柑，通往大門、鋪滿圓形扁石的小徑，和屋宇間交錯、棲滿烏鴉的電話線，彷彿串連起整個街坊。牠們始終監看著，等候新丟入垃圾桶的垃圾，或者攜帶零食的小孩。

我在花店前停步，那天藍色的水桶裡插著好幾束花。我挑了把繡球，因為那是此刻下田山丘上正盛放的花。

路先攀升到極致，接著又下降，通往一截陡梯，坡度之陡就連當地人在缺少幫助的情況下都很難行走。階梯底部有個遊樂場，我母親常帶我來。盪鞦韆和蹺蹺板都比我當年用過的更鮮豔漂亮，還有個沙坑，中央嵌著隻站在彈簧上的熊貓。我經過時，空無一人，很安靜。從這裡看不見目黑區中部忙碌的快速道路、辦公室和摩天大樓。只有光線斜照著電話線，並穿透樹葉灑落地面，而街尾——我舉行命名典禮的廟宇，我母親長眠之地，我們當地的寺廟——便是我們家族墓園所在。

穿過廟內各進院落，我沒有爬上通往主殿的階梯，而是順著繞殿的小徑通往後頭的小墓地。我外祖父和我數週前才來過，當時的我們還處在一個不同的世界。

據說亡者在盂蘭盆節期間會回家，從早到晚都可聽見寺廟傳來的誦經聲。外祖父和我帶了幾碟用玻璃紙包起的糖果和紅豆餡糕餅。我知道寺廟的管理員很快就會把食物收走，以免腐壞或在夜裡引來城市中的狐狸，但那天我早上過去時，我們的供品還擺在原地，其他家庭的也是，繫著蝴蝶結的盒子整齊地放在每座墳前。

墓地的遠端有家族水桶，我們的家徽以黑色顏料漆在淺色的竹子上。我尋找皿島家紋章：三顆球掛在五角形中央。然後我汲水裝滿桶子，雙手平穩提起。

此處的墳塚可遠溯許多代，有些很舊，石上爬滿地衣，有些則是簇新的花崗岩，會在晨光中晶瑩閃爍。但那天此處沒有僧侶，也沒有景仰者來朝拜，只有被我雙腳踩碎的樹葉所發出的嘎吱響。

這樣的小土地很難找到，只有當一個家庭被迫移居城外時才能獲得。他們會把他們的祖先也遷走，把原本的土地賣掉。這些「新」土地被快速易手。我母親還年輕時，日圓的強勢和湧入東京的外國人讓地價以令人暈眩的速度成長。廟方承受壓力，必須釋出他們的墳地，納骨塔應運而生，數層樓高的建築，各樓層滿是私人祭壇和存放家族骨灰的家族塔位。這是現代的模式：死者住進摩天大樓，生者卻緬懷過往。

我母親曾跟我說過一個有關外祖父和此墓地的故事，二戰期間的一名男孩如何因為偷了墳墓的一塊年糕被抓，如何在遭轟炸的街上和飢餓難忍中尋求庇護。她想提醒我有多幸運，她成功了。但我也記得我當時的驚愕。我很難想像那般景況的外祖父。他是如此正直、體面、舒適自在、營養充足，而且在他口中，這故事搖身變成一個貪心男孩不尊敬祖先的幽默故事，儘管他絕望的情境如此明顯。

透過他的稜鏡觀看我們的歷史，我看見我外祖父見證了他國家和法律系統的崩垮。他活過美國人占領的日本，經歷因此所帶來的改變。那麼他會怎麼看待瘋狂的富庶繁榮，泡沫經濟時代，當時我母親還活著，而我只是個小孩。對於大漲的股票市場，房產炒作，致使東京躋身世界最富裕城市之列的短暫時期，以及隨後的破滅，他有何看法。對於我們現在居住的這個世界，他又怎麼看？

他必定和我一樣相信，無論何時出現的靜土都必須珍惜，由於我們人類的欲望不會改變，我們永遠不可能平安太久。曾如此蠱惑我父親的漲跌市場，造成我母親過世後，持續二十年的崩盤，甚至今日依舊，稱之為Ushinawareta Nijūne，失落的二十年，於經濟於我都是。我外祖父珍視和平，而我攪亂了他的。但我也疑惑他的憤怒是否源於事實：對於目前的昌盛繁榮我不知善用，我突然改變我的生涯發展方向，一如母親昔時所為。然而知道她和他的故事之後，我感覺與他們，與那些埋在我腳下我們的歷史，是如此地更加親近。那天早晨，站在我家族墳墓旁，我等候生命周而復始，明白歷史一定會重演，也明白如今該怎麼活由我決定。

我把花放在地上，跪下並把數週前枯萎的枝幹從金屬花瓶中抽出，從水桶中舀出乾淨的水添入。然後我在墳墓兩旁都插入繡球花，確保它們對稱。我沉浸在清掃中好半晌，舀乾淨的水淋在墓碑上，沖去塵埃，再從我的袋子中取出一塊布，把花崗岩擦乾淨。我們的墳地全做了鋪砌，所以不會有雜草或腐植質破壞紀念碑。這很實用，但也很奇怪，因為我外祖父母非常熱愛大自然和自然秩序，他認識伊豆半島上的每一朵花。這點甚至表現在墳墓上，因為當他妻子過世時，外祖父把她最愛的素描蝕刻在花崗岩上——下田冬季溫室中的草莓盆栽，盛開的杜鵑——將她最珍愛的回憶刻進墓石裡。

我母親也對我們的墳塚做了貢獻，她負責我們的姓名。等到成年時，我母親已經是個有造詣的書法家，技藝成熟堪稱藝術家，但孩提時的她擁有的僅是熱忱和生澀的技巧。她先在目黑家中把姓名寫在一張宣紙上，外祖父再轉印至花崗岩上。現在我唸著面前直書的雕刻字體。她自己書寫的墓碑，下頭躺著她的骨灰。

把最後一抹灰塵擦去，我把手指放入我們姓名的鑿痕中，順著我母親的筆法，描摹每個字的一撇一捺。我祖先的佛教名字在上方，世俗名和靈性名字的中間有段間隔——象徵著兩個世界的距離。但那天，我只對我們世俗的名字感興趣，我們的姓氏，我母親熱愛，而如今我為自己選擇的姓。

坐在她長眠之地的旁邊，我想起我既不想簽名也不想退還給「野村&東野」的合約；在我眼前展開的兩條路。我完全準備好接受了。在某種程度上成為公司法的學徒，然後運用經驗和我經營的人脈去興旺外祖父的事業。他理當歇息了，卸下肩上的重擔。然而，那天早晨，我明白我已改變心意。當我沉思我所發現的一切，我想知道我如此辛苦掙得的人生和知識是否能作更好的運用。

自從我母親過世，我外祖父變成一個「被遺忘方」後，法律也進化了許多；那是他一直反抗的角色，竭盡全力想擁有發聲權。現今，給予受害人家屬的支持較以往多。他們可以坐在法庭上檢察官的身邊，並且作證，甚至質疑加害人，從而逐漸獲得某種解脫。但犯罪層出不窮，法律必將與時並進，因為人彼此間能發生的糾葛傷害，永無公式可循。

外祖父不信任人性。他替自己的人生嚴格把關，並且退守到公司法之內，在那個領域裡，他可以不受侵擾，獲得保護。我也可以照做，又或者我可以向我在最高法院的指導老師提出申請，找到一個替犯罪受害人工作的職位。

從提袋中取出幾枝香，我點燃並插入墳前的香爐裡。然後我肅立祈禱。在我的命名儀式之後，我父親堅持我該叫佐藤壽美子。但我真正的姓名，我此刻所使用的，是我母親特意算過，每一字加總的筆畫數大吉，並放在我們家族寺廟的神壇上，以我們的姓氏：孤島，結合我寓意著慶賀、美麗、孩童的名字組合。皿島壽美子有數種漢字組合形式，但這些是我的，那就是它們蘊含的意義。我外祖父第一次看見這名字便如此滿意。他說它具備了他希望我能成為的一切，力量的要塞、堡壘。我熱愛我的名字和我的家族，但我不想再當一座島嶼。

回到家，我一打開門走上鋪砌磁磚的車道，就看見外祖父的腳踏車斜倚屋旁。我吞口口水，替屋內的狹路相逢作心理建設，唯有如此他才可以看見我並轉身離開。我打開前門，窺視前廳，然而卻一片寂然，毫無動靜。整間屋子彷彿籠罩著近乎寧謐之感。外祖父把百葉窗全拉開，光線傾瀉入屋內，漫溢在他書房的書桌上。一如以往，我回家時總先去這裡。四處不見我外祖父的身影，但當我看見他在書桌上留給我的東西時，我的心情瞬間好轉。那是只棕色的大包裹，嶄新且未開啟，是那天早晨郵差送來的：海太郎的信。

我所知道的

結果我跟隨這些信來到北海道。我不知道抵達時我想看見什麼，肯定不是暑氣。我一直以為如此遙遠的北方會是涼爽的，甚至或許觸感冰冷。當我開著租來的汽車，沿海岸行駛時，渾身是汗的我搖下車窗。我經過數間有竹竿和海帶繩的昆布農場，這些繫滿海帶的繩索浸沒在下方的海浪中，嶙峋的海岸線上堆滿農產品，鋪排在陽光下晒乾。微風馥郁帶著鹹味，空氣盈溢著海的氣味。

我停車查看我獲悉的方向，琢磨著路牌上愛奴人的地名，歷經殖民、殺害，最後殘餘的原住民。我在港口細聽他們的腔調，留意到在東北和北陸地區的陽剛子音，本土來的移居者影響。我邊吃炸牡蠣和煮玉米邊看著漁船駛入海灣，船尾有用日文和西里爾字母油漆的船名。

我看了海太郎的信，但信中可沒替我介紹他成長的迷你村莊，海灣旁的唯一街道，小鎮中央家族經營的破舊商店，隔壁是間咖啡館，霓虹燈管招牌「café」的「é」壞掉了，可能從未修理過。我在小鎮邊緣停車，沿著濱海區走。人們凝視著我，看見新面孔感到詫異。他們某些人向我揮手，但當他們試圖和我交談時，我轉身走開，這個對海太郎和我母親如此深具意義的新島嶼，對我卻是陌生的，我無法自在。

我在咖啡館外往內望，它沒開。這裡沒有賓館或小旅店，因此我必須在日暮前開去最近的城鎮或者睡在車裡。我走到海灘上，在一塊探向海中的岩礁前停步。它們後方海灣繼續蜿蜒著，盡頭有一連串的洞穴。我想他們的洞穴一定就在那裡，眺望著在我面前漲落的海水，這些水會一路沿海岸南行，奔流至下田；正如世人不會停頓甚至存活太久，因此我面前的這些水也不會是曾經的水。

我背轉身朝濱海街道走，直到我看見海太郎的平房。這太令我驚訝了。就像其他的矮房，褪色的牆，斑駁的漆，隨風拍打的外門，彼此間僅以一條龜裂的小巷隔開，歐丁香從隙縫中冒出頭，在陣陣吹拂的風中抖顫。

海太郎的母親早已過世，有個新家庭住在裡頭。後院有張小彈跳床，被雨水打溼了，客廳的窗戶敞開著，可以看見室內的一名年輕女人。她發現我在窺看，雖然她微笑並且招手要我過去聊聊，我搖頭，突然感到羞怯。這裡找不到任何海太郎或我母親的蹤跡。但或許我還可以找到他們曾替彼此拍照的小棚屋。

我母親過世那晚，海太郎把這些照片全塞擠入一個圓筒旅行袋裡。它們被視為證據，並且保存在監獄的保管室內，然而經他指示，獄方寄給了我。如今我雙手捧著它們，儘管這些相片早就不是調查的一部分，按理是海太郎的財產，但在服刑期間，卻不准他看。囚犯在他們的牢房中是不能擁有紀念品的。當照片寄到我手中時，還是裝在當初警方彌封的袋子裡，因此我懷疑，我或許是這二十年來頭一個真正細看它們的人。

日文的回憶是 kioku；相關的紀錄或文件叫 kiroku。這些字如此相似，僅靠一個音區隔彼此。正因如此，照片不僅是記錄生活的方式，還能創造回憶——一個人類精神和物質世界產生連結之處。在聚落邊緣，叢集的附屬建築、棚子和一些稀落蔓生的貧瘠菜園後頭，有一片通往森林的野花田。我眼前的樹蔥蘢且蒼翠欲滴，綠葉挺立。僅葉緣透著星點黃色，很快就會轉為金色、紅色和棕色的細微徵兆。我母親當年來時正值年終和紅葉狩期間，賞楓潮已横掃全國。然而，黑色的枝椏上仍有些樹葉，已形成琥珀和朱紅的色塊。

當我朝樹林走去時，景象很是眼熟，於是我拿出袋中的相片。第一張中，她穿著靴子在長得很高的草上走，望向森林。她襯衫的衣領立起遮住頸間避寒，她的臉是側影。她就像是其中一棵樹般，纖細又靜定。照片是以彩色拍攝的，但以曝光不足處理，如此我母親便會融入風景——北方邊域的精靈。

下一張照片她回眸瞥向海太郎，這張的氛圍與上一張截然不同。她面對鏡頭，凝望著太陽，近晚的光線柔和地映染她的臉龐，照亮她的五官，大而黝黑的雙眼，在森林陰影襯托下，肌膚的光澤。她正在微笑，看起來年輕又自由。真正活著。

接下來的兩張照片顯然是在小鎮郊區拍的，在附屬建築附近，其中之一可能就是海太郎和他舅舅作為暗房的棚屋。第一張我母親是在棚屋裡頭。她打開唯一窗戶的百葉窗，冬季的光線拂過她的側面。那照片是黑白的，凸顯她臉龐乾淨的線條，她優雅的身段。另一張則俏皮得多，她在屋內到處轉，碰觸水缸和從井裡打水的古老手壓泵浦。慢速快門模糊並增強她旋轉的速度，她臉上的歡欣。

最後一張他也入鏡。他們替相機裝上定時器，把相機擺在暗房內，鏡頭朝向門口，於是兩人便能在門口同框。她正逗弄他，雙手在他髮上胡亂揉搓，他把她抱起，因此她靴上的毛皮鑲邊正好探出草叢。她正大笑，她雙眼閉上了，但他卻看向鏡頭，他也在微笑；幾乎算是他身為自由人的最後一張照片。

這些不是那種親戚站一排，笑容僵硬，無人不舉措莊重的家族照。這些照片像是他們兩人間的交談、對話，從只有他們才知道的時空。

我拿著手中的照片轉身，穿過長得很深的草叢，走時小心不踩到野生蘭花，尋找她佇立過的地點。然而在晚夏的陽光中，森林的鳥鳴、野生香草和小野花什麼也沒告訴我，只有樹林裡樹葉拂動的沙沙響。

我思考過留在北海道，進一步尋覓他們的身影。或許接下來幾天我可以再度走進小鎮，和居民聊聊，然而一回到車上，坐在悶熱潮溼的清冷中，我知道我不會。

我收到的包裹裡還有一張相片是我的。我站在一個岩岸邊，或許是我們下田家的附近，或許是熱海海岸。我母親逆光拍攝，因此岩石和我，甚至我的白T恤、紅短褲都沒入陰影，成為靛藍大海前的一抹剪影。我側身站立，因此只看見部分面容。不過她還是捕捉到當我眺望海浪時，微風輕揚我的髮、光線鬆染我臉頰的瞬間；那神情裡蘊含著無限可能。

當我拿著這張相片，我母親最後一個企畫的唯一遺跡，我們在下田度過的最後夏天所拍，我努力回想和她在那裡共度的情景。我可以感受到微風吹拂臉龐的清涼，海水嚇人的冰冷，爬過岩石時，踩到海藻打滑的涼鞋。或許還去了趟港口看遊艇，我在水泥地上不停奔跑的腳步聲，還有之後的蛋捲冰淇淋，和把我高舉到空中的強壯手臂，好頂著太陽拍照。

我意識到我就是那唯一留存的。所有這些故事、相片和事實都住在我身體裡。也留有一些真實可觸摸的東西：她去北海道的飛機票根，她的鞋子，她的香包，他的信。這一切都訴說了一個生命的故事，許多生命纏結其中，而我是使他們相遇的那個交會點。

拂曉光輝中，在北海道的柏油碎石路上，我望著飛機窗外，等候起飛。當空服員關上頭上的置物櫃，引擎開始震動。我不耐煩地咬住下唇，期盼飛機在跑道上滑行的那一刻，期盼我們被送入空中時，因加速在背上造成的衝撞感，再無機會回頭，只有高飛或墜毀。

我知道我會保留海太郎的信件，紙上有他清晰的原子筆筆跡，而且我不會燒掉它們，我做不到。我永遠無法與我母親和他的愛人切割，但其餘的部分由我決定。如同沙特所說（他的著作我外祖父曾引介給我），其中有句話，自由是你如何回應生命中既成的一切。我必須為自己打造一個未來，一個人生。

當飛機終於升空，我俯瞰機場，然後札晃市在底下逐漸縮小。很快地，我們飛離北海道的火山、湖泊和它與世隔絕的綿長海岸。我們沿著內浦灣邊緣飛，穿越津輕海峽，和洶湧翻騰的藍色海洋。把頂著白色浪花的海水拋在身後，我們回到本州，越過青森的森林，山脈如此陡峭，致使所有小鎮或城市都像安居在山縫中的一小塊文明。

當我們經過福島和栃木市的金黃稻田上空時，地勢變平坦，從森林綿亙的蒼翠到收割後土壤的焦赭橙，和陽光下縱橫交錯，仍在等待熟成的作物田地，織綴出萬花筒般的色彩。好長一段路看見的都是閃著銀光的產業溫室，種植番茄和小黃瓜，其中間雜著藍磁磚屋頂——沿河岸聚居的小村落和滿是塵土的鄉下小路。無論如何，隨著我們飛越平原，村莊再次匯聚為城鎮，城鎮變成城市，最後進化成向四面八方脫序蔓生的大都會，我家的所在。

我感到飛機略為轉向和傾斜。我看見機翼尖端弧形劃過太陽，而在機翼下，我看見陸地在眼前流溢，東京邊緣交融並蔓延至千葉。一大片水泥建築隱入另一片中，一座孕育鋼鐵、玻璃和進步的森林。

我俯瞰並想像我不過一週前搭過的那條鐵道路線，在心裡順著那條鐵軌抵達車站，來到千葉縣立監獄方正的堂皇建築。我幾乎可以看見外頭的警衛，手拿他晨間的保麗龍咖啡杯，邊指點訪客停車場方向，邊遞給對方表格，而在複合建築的後頭，城鎮的人們忙著上班上學。我瞥一眼手錶，留意時間，尤其是日期。只要再幾小時，就會有一名社會的新成員走出那些暗色玻璃門，因為今天是他刑期的最後一日，很快中村海太郎就自由了。

自從和他碰面之後，我經常想一旦獲釋後他會怎麼做。在錄影帶裡，他聲稱沒有我母親他也不想活了，因此我懷疑他是否真會結束自己的生命。他會開車前往鄉下，找片陰森可怕的自殺森林，然後躺下來受死嗎？我不這麼認為。我覺得他會像我一樣帶著對我母親的懷念活著。他會帶著自己的負疚活著。

飛機轉向成田機場，當我看向窗外，覓尋遠方的機場，視野中盡是東京。往下凝望我的家鄉，我可以看見城市的每道舊邊界，依舊在那兒，是都會結構的一部分，就像樹木的年輪。一旦著陸，我會搭特快車前往品川，從前的郊區，如今的市中心，以及我母親最後一個家的地點。當我置身人群，穿過通往車站的地下廊道、充滿無數霓虹燈管海報和招牌的無盡隧道時，我想起這地方曾發生的一切，從小村莊發展成江戶的近郊，到現在的面貌：通往東京和日本各地的國際門戶。來自全世界的人經由機場導入通往品川的洪流中。一天有近一百萬人行經這些大廳，地板打磨得如此透亮，映照出我們己身。

當我終於登上手扶梯、穿過旋轉閘門，來到車站大鐘底下的一個站牌時，已過尖峰時段，但依然人潮洶湧。差不多是時候了，秒針不停歇地滴答，我想像海太郎穿過一個走廊，雙手仍然銬起，朝監獄出口走去。我看見警衛正收拾他的物品——一袋他的衣服、他保留的幾樣物品，和一個信封，裡頭裝滿他在工廠賺來的錢。我看見他們簽署文件、解開他的手銬，然後當時鐘指向九點正，在筆打勾和刷卡的動作中，門一道道打開，而冷靜地，雖然步履悠緩，海太郎出現了，對著陽光眨眼。

一陣恐懼沿著我的背脊往上竄，因為現在輪到我做同樣的事了。我面前是最後一段騎樓。路的盡頭，我僅勉強看出有個十字路口，人潮在那兒交會，分別往車站周遭的大使館、飯店和寬廣的商業辦公大樓走去。我再次看向時鐘，霎時胸口發緊、呼吸困難。早過九點了，但我的人生彷彿仍停滯不前。我可以察覺到拱門外有各色各樣的人，我也可以退縮、逃走，或者選擇擁抱它。我稍微調整我肩上的劍橋包，想起裡頭裝著的我母親的相片，以及她為我拍攝的那張，突然間選擇清晰浮現，或許它始終是清晰的。更緊地抓牢我的背包，我朝出口走去，疾步走上通道，踏入陽光中。

藍小說 330

分手師

What's Left of Me Is Yours

作者—史蒂芬妮・史考特（Stephanie Scott）著
譯者—劉曉米
副總編輯—羅珊珊
責任編輯—蔡佩錦
校對—蔡佩錦、蔡榮吉
內頁排版—新鑫電腦排版工作室
封面設計—朱疋
行銷企劃—陳玉笈
總編輯—胡金倫
董事長—趙政岷
出版者—時報文化出版企業股份有限公司
108019台北市萬華區和平西路三段二四〇號四樓
發行專線—（〇二）二三〇六—六八四二
讀者服務專線—〇八〇〇—二三一—七〇五
（〇二）二三〇四—七一〇三
讀者服務傳真—（〇二）二三〇四—六八五八
郵撥—一九三四四七二四時報文化出版公司
信箱—10899臺北華江橋郵局第九九信箱
時報悅讀網—http://www.readingtimes.com.tw
思潮線臉書—https://www.facebook.com/trendage
法律顧問—理律法律事務所 陳長文律師、李念祖律師
印刷—勁達印刷有限公司
初版一刷—二〇二二年九月二十三日
定價—新臺幣四八〇元
（缺頁或破損的書，請寄回更換）

時報文化出版公司成立於一九七五年，
並於一九九九年股票上櫃公開發行，於二〇〇八年脫離中時集團非屬旺中，
以「尊重智慧與創意的文化事業」為信念。

分手師 / 史蒂芬妮・史考特 (Stephanie Scott) 著；劉曉米 譯. --
初版. --臺北市：時報文化出版企業股份有限公司, 2022.09
344面；14.8x21公分. --（藍小說；330）
譯自：What's Left of Me Is Yours
ISBN 978-626-335-826-3（平裝）

873.57 111012846

ISBN 978-626-335-826-3
Printed in Taiwan